Titus Müller · Christa Roth

Geigen der Hoffnung

Titus Müller · Christa Roth

Geigen der *Hoffnung*

Damit ihr Lied nie verklingt

adeo

Teil 1

Erinnerungsorte

Ihr wollt wissen, wie viele Männer unter einem Dach wohnen? Schaut an die Wände! Es wohnen so viele Männer dort, wie Geigen daran hängen!

Isaac Lejbusch Peretz: Die Seelenwanderung einer Melodie

Dass die Nacht bereits hereingebrochen war, bemerkte Amnon nicht. Über eine Geige gebeugt saß er in seiner kleinen Kellerwerkstatt, vor ihm das kalte, flackernde Licht einer Neonröhre. Von allen Seiten betrachtete er das Instrument. Geruhsam, sorgsam. Dann seufzte er tief. Die Geige befand sich in einem erbärmlichen Zustand, das sah er sofort. Die Oberseite ramponiert und abgenutzt. Das Holz gesplittert, ausgebleicht. Die gelackte Unterseite dagegen glänzte geradezu herausfordernd und wies weit weniger Gebrauchsspuren auf. Es schien fast, als würden beide Teile nicht zusammenpassen. Als seien sie zusammengesetzte Hinterlassenschaften aus verschiedenen Welten, die nichts weiter miteinander verband als die Passform. Das Verstörendste aber, das erst auf den zweiten Blick zum Vorschein kam, befand sich im Inneren des filigranen Klangkörpers. Denn was aussah wie schwarzer Staub, stellte sich als Asche heraus.

„Nehmen Sie meine Geige oder ich verbrenne sie!“ Mit diesen Worten suchten Ende der 1940er-Jahre zahlreiche verzweifelte Musiker die Werkstatt auf, die Amnons Vater Moshe gehörte, einem der ersten Geigenbauer Israels. Viele, die zu ihm kamen, hatten die Vernichtungsversuche der Nazis nur nach außen hin überlebt. Verachtet, verschleppt und verstümmelt an Leib und Seele quälten sie sich nach dem Krieg durch ihr neues Leben. Mit der Vergangenheit abzuschließen gelang den wenigsten. Auch diejenigen, die selbst nicht unmittelbar Opfer von Gewalt geworden waren, hatten zu oft mitansehen müssen, wie anderen Schreckliches widerfuhr. Die Erinnerungen an die Nazizeit waren ihnen allen ständige Begleiter. Manchen sogar in Form von Musik. Ich habe Jahre gebraucht, bis ich wieder das Violinkonzert von Brahms hören konnte, sagten sie etwa. Auf Instrumenten zu musizieren, die vor den Toren der Konzentrationslager gespielt werden mussten, während entkräftete, vor Angst gelähmte

Menschen in die Gaskammern getrieben wurden? Allein die Vorstellung daran war unerträglich. Um sich davon frei zu machen, sollten die einst geliebten Instrumente verstummen, in der Hoffnung, das Erlebte möge entsprechend verblassen.

Auch unschuldige Geigen, Bratschen oder Celli, die nie Teil der Tötungsmaschinerie geworden waren, wurden nach 1945, als man das Ausmaß der Verbrechen erfuhr, nahezu unantastbar. Sie zu spielen kam einem Frevel gleich. Immerhin waren nicht wenige deutscher Machart. Moshe Weinstein, der 1938 mit seiner Frau Golda gerade rechtzeitig aus dem damals noch polnischen Vilnius in das britische Mandatsgebiet Palästina fliehen konnte, nahm sich der nutzlos gewordenen, weil schwer verkäuflichen Ware an. Er verstaute sie in der hintersten Ecke seiner eigentlich viel zu kleinen Werkstatt und schützte sie so vor dem Verfall. Sein Handeln kam in gewisser Weise einer Form des Widerstands gegen die Nazis gleich. Denn die Instrumente – und damit auch die viele Arbeit, die darin steckte und seine eigene hätte sein können – zu Brennholz zu verarbeiten, war für ihn im Grunde nichts anderes, als sie nachträglich ebenfalls den Nazis zum Opfer fallen zu lassen. Das aber brachte Moshe nicht übers Herz. Genauso wenig wie darüber zu reden. Für seinen 1939 in Tel Aviv zur Welt gekommenen Sohn Amnon bedeutete dieser sprachlose Umgang mit der Nazizeit ein Leben im Schatten des Holocausts.

„Die Begriffe ‚Oma', ‚Opa' oder ‚Tante' und ‚Onkel' kannte ich als Kind nicht", eröffnet er mir eines Nachmittags in der Werkstatt. In den Achtzigern hat er sie von seinem Vater übernommen und verbringt nun Tag für Tag in ihr – wie in einem Kokon. Außer Amnons Eltern und einem Bruder seines Vaters, der in die Vereinigten Staaten gezogen ist, hat niemand sonst den Krieg überlebt. „Meine Mutter und meine Schwester haben einmal versucht auszurechnen, wie viele Angehörige unserer Familie umgebracht wurden“, erzählt er und hält plötzlich inne, um mich direkt anzuschauen. „Sie kamen auf fast 400 Namen!“ Den Nachsatz, dass es wohl auch deshalb so viele seien, weil die Familien oft mit zehn oder mehr Kindern gesegnet waren, nehme ich kaum wahr. Überwältigt von der schieren Zahl weiß ich nichts zu erwidern und werde mir stattdessen der betretenen Stille bewusst, die sich schlagartig zwischen uns breitmacht. Nach ein paar Sekunden schließlich, die mir wie eine halbe Ewigkeit vorkommen, setzt Amnon mit gesenkten Lidern nach: „Wie kann ein Mensch am Morgen aufstehen, sich mit einem Kuss von seiner Frau verabschieden, den Tag über Juden umbringen und am Abend auf dem Klavier Chopin spielen, als sei nichts gewesen?“ Ihn treiben solche Gedanken um. Er weiß zwar, dass er auf Fragen wie diese niemals irgendwelche Antworten erhalten wird. Aber anders als früher will er sie jetzt, im stattlichen Alter von fast 80 Jahren, nicht länger ignorieren, sondern sich ihnen stellen. „Ich versuche es immer wieder“, sagt er etwas leiser und klingt dabei, als würde er sich rechtfertigen. „Ich suche einen Weg, um zu verstehen, wie so etwas Furchtbares geschehen konnte.“

Vergangenheitsbewältigung – für Amnons ehrgeizigen Vater Moshe bedeutete das vor allem verdrängen. Und vergessen, dass es einmal ein Leben gegeben hatte, in dem so viele andere gewesen waren, die auch später noch geliebt und vermisst wurden, aber dennoch unerwähnt blieben. Für ihn zählte die Gegenwart, das Auskommen seiner Familie. „Mein Vater wollte nie mit uns über früher sprechen. Sein Kummer war zu groß“, sagt Amnon, während er sich an einer Geige zu schaffen macht. Mit einem schmalen Pinsel trägt er an der Zarge durchsichtigen Lack auf, der sofort süßlich-stechend in die Nase steigt. Worüber hätte Moshe sprechen sollen, denke ich bei mir. Wie seine weißrussisch-polnische Heimat, die lange Zeit wie keine andere Region im Baltikum für Aufklärung stand, mit der Besetzung durch Hitler-Deutschland gezwungen wurde, nicht nur sich, sondern auch alles in ihr gediehene Jüdische aufzugeben? Vilnius, in das der junge, Geige spielende Moshe aus Brest-Litowsk wegen des Konservatoriums gezogen war, galt schon früh als einer der liberalsten Orte Europas. Hier fanden verfolgte Juden aus Mitteleuropa und Russland Schutz. Das sprach sich schnell herum. Weil immer mehr von ihnen in das Stadtgebiet zogen und dort zur größten Minderheit aufstiegen, nannte man Vilnius bald das „Jerusalem des Nordens“. Doch die Hochzeit dieses kulturellen Zentrums währte nur ein paar Hundert Jahre. Am Ende des Zweiten Weltkriegs war davon nichts mehr übrig. Hunderttausende Bewohner waren ermordet worden. Und die, die den Nazis entkommen waren, wurden von den Sowjets vertrieben oder deportiert. Ab Mitte der 1940er-Jahre besiedelten ausschließlich Litauer und Russen die Stadt neu und veränderten damit nachhaltig ihr Gesicht.

Zur gleichen Zeit blühte die bekannteste jüdische Siedlung – das 1909 gegründete Tel Aviv – immer weiter auf. Ab 1921 städtisch verwaltet, erhielten die dort lebenden Juden von den Briten 1934 ihre volle Unabhängigkeit. Der „Frühlingshügel“, wie das Städtchen auf Deutsch heißt, war nur wenige Kilometer entfernt von dem in südlicher Richtung liegenden Jaffa aufgebaut worden, einer mittelgroßen, nicht unbedeutenden arabischen Hafenstadt. Hier, unter der heißen Sonne des Nahen Ostens, umgeben von fruchtig duftenden Orangenhainen, hätte der Unterschied zu den antisemitischen Pogromen im kalten Europa nicht größer sein können. Und wie zum Beweis wusste man über die prekäre Lage jenseits des Mittelmeers in der „Weißen Stadt“ Tel Aviv nur wenig. Wenn überhaupt. Das wiederum, was an grausamen Details zu erfahren war, wollten viele nicht wahrhaben, weil sie das Unaussprechliche schlicht nicht für möglich hielten. Man konzentrierte sich auf die alltägliche Arbeit in den ländlichen Kommunen, sogenannten Kibbuzim, und auf das Zusammenleben mit den Arabern vor Ort, das sich immer weniger friedlich und zunehmend feindlich gestaltete. Je mehr Juden nach Nahost gelangten. Diesem neuen sich anbahnenden Konflikt schenkte jedoch noch keiner wirklich Beachtung. Die Hauptsache in jenen Jahren war, jüdischen Ankömmlingen eine Heimstätte zu bieten. Überall wurden Straßen gebaut. Im Wochentakt entstanden neue Häuser, weil der Zustrom an Neueinwanderern immer mehr anschwoll. Zumindest bis zum Ende der 1930er-Jahre, als der Zionismus seinen vorläufigen Höhepunkt erreicht hatte.

Wie nah sich Moshe und Amnon waren, lässt sich für Außenstehende leicht ausmachen. In der Werkstatt hängen nicht nur mehrere Schwarz-Weiß-Aufnahmen, die den Vater zeigen, sondern auch gerahmte Zertifikate, die auf seinen Namen ausgestellt sind. Die Inneneinrichtung, die einen Hauch von Antiquariat verströmt und mit teilweise fürchterlich verstaubten Instrumenten bis unter die Decke vollgestopft ist, trägt immer noch eindeutig seine Handschrift. Selbst die schmalen Laufwege, die sich Amnon etliche Male am Tag zwischen Tür, Schrank und Werkbank entlangschraubt, sind die gleichen, wie sie auch Moshe zurückgelegt hat. Unzählige Stunden haben beide hier mit- und nebeneinander gearbeitet. Wenn Amnon über seinen Vater spricht, scheint es darum beinahe so, als könnte dieser jeden Moment den Raum betreten.

Wie so viele, die den Visionen des österreichischen Publizisten Theodor Herzl über einen „Judenstaat" anhingen, zog es auch Moshe und seine Golda in das pulsierende, aufstrebende Tel Aviv, als über Europa bereits dunkle Wolken hingen. Nachdem ihr Antrag auf Einwanderung nach Palästina durch die

Briten genehmigt worden war, drehte sich bei beiden alles nur noch um ihre Ausreise. Obwohl sie einer zionistischen Familie entstammte, verfügte nur er über Hebräischkenntnisse. Golda erlernte die Sprache erst im verheißungsvollen „Heiligen Land", nachdem sie ihr altes, unter Trümmern begrabenes Leben endgültig hinter sich gelassen hatte. Ihr gemeinsamer Weg führte das junge Paar zunächst aber nicht in die Stadt am Meer, sondern etwas weiter östlich davon. Petach Tikwa – wörtlich übersetzt „Tor der Hoffnung" – wurde nach ihrer Ankunft die erste Station der beiden. Dort fand Moshe als Orangenpflücker Arbeit. Zu schade war er sich dafür nicht. Seine Zuversicht, die anstrengende körperliche Betätigung würde nicht von langer Dauer sein, ließ ihn das frühe Aufstehen, die Gluthitze und auch jegliche Monotonie ertragen. In weiser Voraussicht hatte er sich bereits in Warschau darauf eingestellt, den Unterhalt für sich und Golda im „Gelobten Land" wohl kaum als Musiker bestreiten zu können. Vor ihrer Emigration hatte er sich deshalb in die Kunst des Geigenbaus einweisen lassen. Als Handwerker, so nahm er an, würde er eines Tages ein sicheres Einkommen haben.

„Golda, es ist so weit!" Golda, die gerade mit Kochen beschäftigt war, drehte sich vom Herd weg und offenbarte ihren kleinen Babybauch. Moshe strahlte. Nach einigen Monaten harter Feldarbeit war sein Plan tatsächlich aufgegangen. In der Rambam, einer kleinen, engen Seitenstraße nahe des großen Markts in Tel Aviv, sollte er endlich seine Reparaturwerkstatt für Streichinstrumente eröffnen können. Dass es sich dabei genau genommen nur um ein Zimmer in einer kleinen Zweiraumwohnung handelte, störte weder ihn noch seine Kunden. Wohnen und Arbeiten waren eins in Moshes Leben. Abgesehen von einigen wenigen Gebäuden im Dessauer Bauhausstil war man im britischen Mandatsgebiet von modernen Wohnstandards zu dieser

Zeit mangels Material und Facharbeitern ohnehin noch entfernt. 1950 – sechs Jahre nach der Geburt von Amnons kleiner Schwester Esther – zogen die Weinsteins in den wohlhabenderen Norden der Stadt. In der König-Salomon-Straße etablierte Moshe seine zweite, repräsentativere Adresse. Rein äußerlich ging es der jungen Familie nicht schlecht. Auch was die Zukunft betraf, gab es nicht wirklich Grund zur Sorge. Reparaturbedürftige Instrumente fanden sich in der musikaffinen jüdischen Gesellschaft genug. Das Leben der Weinsteins war in diesen Jahren geprägt von einer willkommenen Beständigkeit. Während Moshe in der Werkstatt arbeitete, schuf Golda ein behagliches Zuhause für ihre beiden Kinder, mit denen sie ausschließlich Hebräisch sprach. Was mit der Vergangenheit zusammenhing, hatte vergleichsweise wenig Platz in Moshes und Goldas neuem Leben. Nur wer genau hinhörte und hinsah, dem fiel etwa die sich häufende, aber unkommentierte Ansammlung ungewollter Instrumente in der Werkstatt auf. Wer die Oberfläche hinter sich ließ, bemerkte, dass hinter der Fassade dieser scheinbar glücklichen Familie vieles nicht in Ordnung war.

Welche Bedeutung die unbrauchbar gewordenen Instrumente für Moshe gehabt haben mögen – offenbart hat er seine Ansichten dazu nie. Zumindest nicht gegenüber Amnon. „Wir haben nicht darüber geredet. Es gab zu viel anderes zu tun“, sagt er schnell, um einen Anflug von Wehmut zu verhindern. Vergeblich. Die sonst blau-grün strahlenden Augen glänzen verräterisch. Sein Blick wandert verlegen zu Boden. Das Licht seiner Arbeitslampe überströmt sein Gesicht wie Tränen. Immer wieder von Neuem ruft Amnon anderen und sich selbst die Leiden von Holocaust-Opfern in Erinnerung. Sich über seine ganz eigene Not zu beklagen, sein Bedürfnis nach Trost mitzuteilen, fällt ihm dagegen schwer – wie auch schon seinem Vater. Die ganze Wahrheit des Unheils, das über die, die ihm und seiner Frau in der Heimat nahegestanden hatten, erfuhr Moshe erst nach Kriegsende. Ein befreundeter Arzt aus Vilnius überbrachte ihm die Nachricht. Nach dem Einmarsch der Nazis in die Sowjetunion 1941 waren Moshes Eltern und seine Geschwister aus Brest-Litowsk in Richtung Vilnius geflohen. Wenig später wurden sie von den Nazis eingeholt und zusammen mit allen anderen Juden aus der Region nach Treblinka und Auschwitz deportiert. Das Wissen um den schrecklichen Verlust seiner Familie führte gleich in der darauffolgenden Nacht zu Moshes erstem Herzinfarkt. Seine Besuche in der Synagoge stellte er von einem Tag auf den anderen ein. „Mein Vater war nicht übermäßig religiös, aber als Sohn eines Rabbis durchaus konservativ", erinnert sich Amnon. „Doch dieses Unglück hat ihm den Glauben genommen."

Dieses „Unglück", von dem so viele jüdische Familien betroffen sind, bekam den Namen „Shoah" – Katastrophe. Die hebräische Übersetzung des griechischen Begriffs „Holocaust" – vollständig verbrannt – steht für das bislang größte Leid, das dem jüdischen Volk widerfahren ist. Darüber zu sprechen wagte niemand. Wenn etwa der junge Amnon es doch nicht mehr aushielt und seine Mutter nach ihren Vorfahren befragte, nahm sie zur Antwort ein Buch aus dem Regal. Ein Geschichtsbuch. Auf die Fotos von entsetzlich abgemagerten, aufeinandergestapelten Toten zeigend, sagte sie zitternd: „Da! Dort ist unsere Familie." Danach brach sie in einen Strom von Tränen aus, der über Stunden hinweg anhalten konnte. Denn nicht nur die Familie seines Vaters, auch die seiner Mutter hatte den deutschen Todesschwadronen nicht entfliehen können. In Ponary, einem für Freizeitausflüge beliebten Wäldchen unweit von Vilnius, waren Goldas Verwandte zusammen mit zehntausend anderen Juden, sowjetischen, litauischen und polnischen Kriegsgefangenen 1941 in Massen exekutiert worden. Wie man sich dieses grausame Tun vorzustellen hatte, das beschrieb das Buch haargenau. Dennoch beließ es der verwirrte Amnon bei einer flüchtigen Betrachtung. Seine Mutter in einem derart elenden Zustand zu sehen, wollte er aller Neugier zum Trotz vermeiden. Ihm blieb nichts anderes übrig, als das Fragen einzustellen.

Das Unfassbare unterdrücken, nichts wissen wollen – das konnte die gesamte Bevölkerung des 1948 neu gegründeten Israel. Man dachte nicht an früher, sondern genoss und feierte das Leben, sich selbst, den jüdischen Zusammenhalt. Bis zum Eichmann-Prozess 1961. Da gelang es der israelischen Öffentlichkeit, die planmäßige Tötung aller europäischen Juden erstmals wirklich in ihr kollektives Bewusstsein aufzunehmen. „Ich war einen Tag bei dem Prozess dabei, weil ich musste", sagt Amnon. „Das hat gereicht. Wir jungen Leute verstanden nämlich nicht, wie das alles hatte passieren können. Wir wollten nicht begreifen, wie man sich wehrlos töten lassen konnte. Wie man Schlange stehen konnte, nur um sich am Ende der Reihe eine Kugel durch den Kopf jagen zu lassen." Er spricht laut, ist sichtlich aufgebracht, so als könnte die Zündschnur seiner Worte in die Vergangenheit reichen und irgendetwas an ihrem Verlauf ändern. Seine damalige Wahrnehmung entsprach der seiner Altersgenossen. Der Staat Israel war eine neugeborene Nation der Kämpfer. „Wir haben uns im Unabhängigkeitskrieg gegen fünf arabische Armeen verteidigt! Fünf gegen einen!", bricht es aus ihm heraus, seine Augen blitzen. „Verstehst du, was das bedeutet?", fragt er und fährt direkt fort, ohne eine Regung abzuwarten. „Was auch immer uns noch in diesem Land erwarten sollte, hier war allen klar, dass die Geschichte sich nicht noch einmal wiederholen durfte."

Die Kinder der Überlebenden, die sogenannte Zweite Generation, hatten nur wenig Verständnis für den Opferstatus ihrer Eltern. Insbesondere diejenigen, die mit eintätowierten Nummern auf den Armen aus den Lagern kamen, schämten sich sehr. Einerseits, weil sie überlebt hatten und damit die Frage nach dem Wie aufwarfen. Andererseits, weil sie sich überhaupt hatten vertreiben oder einsperren lassen, anstatt gegen ihre Henker aufzubegehren. Am Ende war es egal, welcher Gruppe man angehörte – die meisten fürchteten negative Reaktionen zu sehr, um sich öffentlich zu beklagen. Mitleid erwartete kaum jemand. So wurde schlichtweg verschwiegen, was keiner hören wollte. Den Holocaust detailliert aufzuarbeiten ebenso wie sich einzugestehen, dass ein Großteil der Gesellschaft traumatisiert worden war, sollte erst der dritten Generation ein Anliegen werden. Amnon stand dem Thema, wie er selbst zugibt, als Heranwachsender auch eher gleichgültig gegenüber. Krieg, Unterdrückung, Hunger und Tod, das alles betraf ihn nicht. „Sicher, ich hätte von meiner Mutter wenigstens richtig Jiddisch lernen können. Aber ich wollte mit der Diaspora nichts zu tun haben. Keiner von uns." Untereinander sprachen die Eltern Jiddisch und ein paar Brocken sind auch in Amnons Ohr hängen geblieben. Ärgert ihn jemand, macht er seiner Ansicht in einer Mischung aus Jiddisch und nicht ganz korrektem Deutsch Luft, das von einem schweren osteuropäischen Akzent getragen wird: „So eine Chuzpe! Das ist eine Ganove!" Wenn man ihm daraufhin anerkennend zunickt, freut er sich wie ein kleiner Junge und erwidert stolz: „Heute habe ich wieder genug Jiddisch in meine verstopfte Dickkopf."

Was früher nicht sein sollte und deshalb keine Beachtung fand, hütet Amnon inzwischen wie einen Schatz. Seine Abstammung verleugnet der selbstbewusste, säkulare Israeli in ihm längst nicht mehr. „Vilnius ist die Stadt meiner Eltern. Und

Herman Kruks Buch[1] über Vilnius ist meine Bibel", sagt er unverblümt. Zu dieser neuen alten Identität gehört nicht nur das Sammeln von Literatur, sondern auch das Knüpfen von Kontakten und die Suche nach Hinweisen auf Vergangenes. Damit könnten sich sein desinteressiertes früheres Ich und der wissbegierige Mann, den er heute darstellt, kaum mehr voneinander unterscheiden. Amnon ist sich dieser Wandlung bewusst und lacht unverhohlen, wenn man ihn darauf anspricht, nur um kurz darauf mit einigem Ernst in der Stimme hinzuzufügen: „Wie ich haben sich viele ihrer eigenen Historie mittlerweile geöffnet. Heute wissen wir durch Projekte wie Steven Spielbergs Shoah Foundation und Museen wie Yad Vashem fast alles darüber, was unserem Volk angetan wurde."

Obwohl es an diesem Herbsttag draußen deutlich über 30 Grad hat, merkt man im „Atelier Weinstein" nur wenig davon. Heruntergelassene Jalousien vor den beiden Kellerfenstern sperren einen Gutteil der Hitze aus. Ebenso die Klimaanlage und der Ventilator. Das Ergebnis: Das Thermometer zeigt frische 19 Grad Celsius Raumtemperatur an. Den konzentriert arbeitenden Amnon stört das kaum. Als Israeli ist er diesen Gegensatz gewöhnt. Ich hingegen bin nach mehreren Stunden an seiner Seite froh, mich draußen in der Abendsonne aufwärmen zu können, und verabschiede mich bis zum nächsten Tag. Als ich die Treppe zum Garten hinaufsteige, kommen mir zwei Straßenkatzen entgegen. Nicht um gestreichelt zu werden, das weiß ich. Die wenigsten Katzen in Israel lassen sich so schnell auf Fremde ein. Sie nähern sich nur, weil sie auf Futter aus sind, das ihnen

---

1 Hermann Kruk: The Last Days of the Jerusalem of Lithuania: Chronicles from the Vilna Ghetto and the Camps; 1939–1944, hrsg. von Binyamin Harshav, New Haven, Connecticut: YIVO Institute for Jewish Research, 2002.

Amnon gibt, wenn er aus der Werkstatt kommt. Ich hingegen tauge nur wenig als Objekt der Begierde. Ich habe nichts für die beiden und bin nach kurzem Schnuppern wieder allein. Zumindest bis zur nächsten Kreuzung. Dort biege ich in die Ben-Gurion-Straße ein – einer der breitesten Boulevards, der Tel Aviv horizontal durchschneidet und nach Westen hin die Sicht auf das Meer freigibt und auf einen Haufen gut gelaunter Menschen.

Anstatt direkt zu meinem Hotel zu gehen, schlendere ich durch die Stadt. Den Gehweg säumen eine Vielzahl von Israelis, die ihren Tag bei einem Feierabendbier ausklingen lassen. Es riecht nach Gegrilltem. Nirgendwo gelingt die israelische Variante des Savoir-vivre besser als in Tel Aviv: Mittelmeerklima, Straßencafés und Bars, wohin das Auge reicht, modisch gekleidete, braun gebrannte junge Städter, die sich angeregt unterhalten, flirten. Der Nahostkonflikt mit den Palästinensern könnte nicht weiter weg sein. Das Gleiche gilt für den Holocaust. Ein paar Augenpaare lachen mich an, als ich mir an einem Kiosk ein Wasser holen will. „Shalom! Du willst Wasser? Lass mich dir etwas Richtiges zu trinken kaufen!“ – „Nein danke“, winke ich ab, lächle und gehe weiter. Mir ist nicht nach einem seichten Zeitvertreib zumute. Wie immer, wenn ich aus Amnons Welt trete, muss ich das Gehörte erst gänzlich verarbeiten, bevor ich mich auf Neues einlassen kann. Am Strand angekommen, bläst mir der Wind durch die Haare. Meine Füße vergrabe ich so tief ich kann im warmen Sand. Außer ein paar Spaziergängern und Hunden ist niemand sonst zu sehen, stelle ich erleichtert fest. Amnons Worte klingen noch in mir nach. Dabei war ich mir sicher, dass das Rauschen der Wellen mich endlich vollständig ein- und alle Schwermut aus mir herausnehmen würde. Doch mich von der Tragik des Erzählten zu lösen, fällt mir an diesem

Abend schwer. Immer noch ergriffen mache ich mich nach einer Stunde in mein Hotelzimmer auf. Die Dialektik des Seins, denke ich müde, bevor ich erschöpft auf mein Kissen sinke, kann nichts anderes bedeuten, als Widersprüche zu erkennen und auszuhalten. Diese Devise gilt nicht nur für Amnons Leben, ganz Israel ist voll davon.

Mit gut zwanzig Jahren, erfahre ich am nächsten Tag, entschied Amnon, Israel den Rücken zu kehren. Sein Ziel: die Lombardei. In Cremona, am Flussufer des Po, wo die Stradivaris, Amatis und Guarneris herstammen und bis heute gültige Maßstäbe im Geigenbau setzen, wollte er die Kunst italienischer Meister erlernen. Doch so manches Spezialwerkzeug ebenso wie besonders geeignetes Holz galt es, in der oberbayrischen Isar-Stadt Mittenwald zu besorgen. Fichte für den Deckel, Ahorn für Seiten und Boden. Gutes Instrumentenholz, wie es bei Mittenwald wächst, ist nicht einfach aufzutreiben. Damit etwa das Fichtenholz besonders langfaserig und gleichmäßig wird, braucht es nährstoffarme Böden. Derartige regionale Vorzüge führten Mitte des 19. Jahrhunderts zur Eröffnung einer der bekanntesten Geigenbauschulen vor Ort. Für aufstrebende Geigenbauer wie Amnon kam es deshalb gar nicht infrage, nicht nach Deutschland zu gehen. Für den Juden in ihm konnte es kaum etwas Schlimmeres geben, als dort – gerade einmal 100 Kilometer südlich von Dachau – dem Geheimnis des perfekten Instrumentenkorpus näherzukommen.

Doch Amnons Leidenschaft war größer als seine Abscheu. Seine Liebe zur Musik ging bereits in jungen Jahren tief. Selbst eine unnötige und nicht ganz ungefährliche Operation am rechten Ohr, die seine besorgte Mutter nach einer schweren Entzündung an ihm vornehmen ließ und die ihn als Kleinkind fast sein Gehör gekostet hätte, konnte ihn nicht davon abhalten, in die verschiedenen Klangwelten von Violine, Viola und Trompete einzutauchen. Als er 17-jährig zum Armeedienst eingezogen wurde, fand er sich auch sogleich im Militärorchester wieder. Amnon schmunzelt. „Ich will mich nicht selbst loben. Aber ich war ziemlich gut." Paraden und Konzerte boten eine willkommene Abwechslung in dem sonst eher eintönigen Soldatenalltag. Ein Grund mehr für Amnon, sich der Musik zu verschreiben. Es sollte die Blütezeit seiner musikalischen Karriere bleiben. Sein Berufswunsch stand früh fest und ging in eine andere, wenn auch wenig überraschende Richtung. Als Junge hatte er seinem Vater regelmäßig in der Werkstatt geholfen und so das Handwerk eines Geigenbauers kennengelernt. Nach dem dreijährigen Wehrdienst galt es, Spezialwissen zu erlangen. In Italien und während der Besuche in Mittenwald und Paris absolvierte er alle notwendigen Stationen, um unter neuen kulturellen Vorzeichen handwerkliche Feinheiten auszumachen. „Das war eine fantastische Zeit", fasst er seine Wanderjahre zusammen. Wenn er nicht arbeitete, musizierte er – und umgekehrt. Denn ein Meister seines Handwerks, das wusste Amnon bereits von klein auf, ist nicht nur Schreiner, Lackierer und Zeichner, sondern auch Musiker. Und wer musiziert, schenkt seinem Körper Halt, Takt und Harmonie. Nur rund zehn Jahre später fand Amnons Spiel ein abruptes Ende.

Es ist noch früh am Abend, als Amnon, der als Linkshänder schon immer auf seine Position besonders achtgeben musste, sein linkes Handgelenk plötzlich nicht mehr drehen kann. Seine Geige fest unter das Kinn geklemmt, nimmt er die Hand vom Griffbrett, schüttelt sie vorsichtig, um die Muskeln zu entspannen, setzt wieder an. Keine Sekunde später entweicht ihm ein Schmerzensschrei – ein kurzer, aber heftiger Krampf bemächtigt sich seiner. Fast wäre ihm das Instrument auf den Boden gefallen. An diesem Tag wird Amnon klar, was er lange befürchtet hat: Die tägliche Handarbeit an den Instrumenten verträgt sich nicht mehr mit seinem intensiven Musikspiel. Die Belastung für seine Hände ist zu groß geworden. „Darum habe ich das Geigespielen aufgegeben", spricht er in mein Diktiergerät und erhebt sich kurz darauf ruckartig von seinem Drehstuhl, nimmt die Haltung eines Violinisten ein und demonstriert mir – an einer imaginierten Geige –, wozu genau er seit jenem Abend nicht mehr imstande ist. Der Moment dauert gerade lange genug für einen unerfahrenen Blick wie meinen, um zu verstehen, wie schwer es Amnon wirklich fällt, alle Finger der linken Hand zu kontrollieren. Dann lässt er die Arme wieder sinken und zuckt mit den Achseln. Vermissen, meint er, würde er das Violinenspiel nicht. „Ich war damals nicht schlecht, wie gesagt. Aber jetzt würde ich sicher grauenhaft klingen. Arbeiten und spielen zugleich – das geht nicht. Meine Hände sind zerstört. Also, lassen wir das!"

Von Deutschland ließ sich Amnon trotz der schmerzhaften Vergangenheit nicht abbringen. Knapp zwanzig Jahre nach seinem ersten Besuch stand der zweite bevor. Diesmal kam er allerdings aus einer gänzlich anderen Motivation. 1979 nahm er in Westberlin erfolgreich an den 30. Weltmeisterschaften im Bogenschießen teil. Unter 95 Teilnehmern erreichte er als 58. eine beeindruckende Platzierung – von der der Ausschnitt eines vergilbten Zeitungsartikels zeugt, der seitdem an einer Vitrinentür in der Werkstatt klebt. Der amerikanische Bogenschütze Larry Wise nannte Amnon in einem Interview 2007 „einen der talentiertesten Geigenbauer und Schützen, die ich kenne". Der Sport entschädigte Amnon ein Stück weit für den Mangel an Musik. Kennengelernt hatten die beiden sich um die Jahrtausendwende, als Wise in einem Kibbutz in Westgaliläa als Trainer für die Violinschüler der dortigen Musikschule auftrat. Drei Wochen lang trainierten täglich über 50 Musiker aus mehr als 20 Ländern neben der richtigen Bogenführung in der Musik auch den treffsicheren Umgang damit im Sport. Aus der Bekanntschaft mit Wise entstand bald eine Freundschaft. Wise brachte Amnon sogar die Geige seines Großvaters zur Reparatur. „Streichinstrumente", erklärte Amnon wie beseelt, „sind quasi Nachfahren von Pfeil und Bogen. Eine Geige, das ist eigentlich nur das Aneinanderreiben zweier Bögen." „Mich fasziniert am Bogenschießen die lebenslange Herausforderung, die damit einhergeht. Man muss immer wieder aufs Neue versuchen, mit einem einzelnen Pfeil das anvisierte Ziel zu treffen. Außerdem liebe ich es, dem Pfeil auf seinem Weg hinterherzuschauen."

Rückblickend lässt sich Wise' Satz ebenso gut auf Amnons bisheriges Leben anwenden. Dass er, ausgesandt wie ein Pfeil, irgendwann Moshes Vermächtnis antreten würde, war ihm das wirklich schon als Kind klar? Stand zu keiner Zeit der Gedanke an eine andere Biografie im Raum? Amnon antwortet zunächst mit einem fragenden Blick. Dann sagt er: „Das ist für unseren Beruf nicht eben ungewöhnlich. Der Vater gibt sein Wissen an den Sohn weiter mit dem Auftrag, den Familienbetrieb fortzuführen. So wie ich es auch gemacht habe." Ich blicke auf seinen Arbeitstisch. Vor ihm liegt eine in ihre Einzelteile zerlegte Geige. Auf dem Tisch neben ihm eine ganze Armada von Werkzeugen. Viele ähneln Messern und kleinen Sägen, andere Stiften mit metallischen Spitzen. Das Ganze erinnert an Zahnarztbesteck. Aber ich schiebe diese Assoziation schnell beiseite und lasse mir eine kleine Einführung in die Arbeit eines Geigenbauers geben. Gleichgültig, wie gewissenhaft ein Musiker sein Instrument auch pflegt, lerne ich, mit der Zeit finden sich selbst bei den Besten Risse. Hinzu kommen Leimungen, die sich lösen sowie nötige Wirbel- und Saitenwechsel. Um etwa einen Bogen neu zu behaaren, müssen Bogenspitze und der Frosch – das Spannelement am Ende des Streichbogens – in einem speziellen Spannstock fixiert werden. Danach braucht es kleine Hobel, Schnitzer und Garn für die weitere Verarbeitung.

Mir schwirrt der Kopf. „Und wie kommt die Wölbung der Decke zustande?", frage ich. „Holz lässt sich unter Feuchtigkeit und Hitze gut biegen. Beim Erkalten festigt sich das Material wieder und bleibt stabil. Für alles andere verwendet man einen Hobel", antwortet Amnon. „Die Zargen bringe ich mit einem Biegeeisen in Form." Um die Holzstärke am offenen Gerät zu prüfen, nimmt Amnon ein Messgerät zur Hand, das wie eine Uhr aussieht und bis auf ein Zehntelmillimeter genau ist. Ich könnte ihm stundenlang schweigend zusehen, wie er ein Detail nach dem anderen unter die Lupe nimmt, doch wir haben keine Zeit. Es gilt, mumifizierte Gedanken aufzulösen, die Vergangenheit für die Dauer unserer Gespräche zur Gegenwart werden zu lassen. Zum Abschluss seiner Lehreinheit gibt er mir ein paar wichtige Tipps. „Die besten Retuschierpinsel sind aus Marderhaar, das läuft sich am besten aus." – „Ein gut reparierter Riss bedeutet für ein Streichinstrument selten einen klanglichen Makel. Oft schwingt der Instrumentenkorpus danach sogar viel freier." – „Dieser Deckenriss unterhalb eines Kinnhalters wurde nicht rechtzeitig beachtet. Staub und Schmutz haben sich an den Bruchkanten gesammelt. Siehst du? Bei einer solchen Reparatur muss der Riss vorsichtig ausgewaschen werden, bevor die beiden Teile wieder zusammengeleimt werden können. Damit erhöhen sich der Reparaturaufwand und natürlich auch die Kosten."

Man braucht nicht lange, um zu begreifen, hier ist einer bei der Arbeit ganz in seinem Element. Man könnte fast sagen, den

Geigen, Bratschen und Celli ist Amnon nicht weniger treu ergeben als seinerzeit als Soldat dem Militär. Längst ist aber die Militärmontur einer anderen, einzigartigen „Uniform“ gewichen. Klassischerweise sitzt Amnon in Leinenhose und Jeanshemd da, gelegentlich trägt er auch bräunliche Cord- oder gar rote Stoffhemden. Je nach Arbeitssituation umhüllt eine dunkelblaue Schürze seine Aufmachung. Sein dichtes, lockiges Haar bändigt er mit einem galanten Seitenscheitel, den Mund umrahmt ein hufeisenförmiger Schnurrbart. Über die Jahre hat er sich kaum verändert. Mittlerweile zwar ergraut und einen ansehnlichen runden Bauch vor sich hertragend – doch seine Augen leuchten immer noch interessiert unter dicken Augenbrauen hervor und verstärken den schelmischen Ausdruck in seinem Gesicht, wenn er sich zu einem Lächeln hinreißen lässt.

„Shalom, Herr Weinstein! Ich komme, um meine Violine reparieren zu lassen. Für meinen Enkel“, sagt ein alter Mann. Mit Mühe hieven seine steifen Finger den Geigenkasten auf den Holztisch vor Amnon. „Ich habe sie sehr lange nicht mehr gespielt“, sagt der Mann halb entschuldigend, während ein Amnon im besten Alter vorsichtig den Koffer öffnet. „Kein Problem, das kriegen wir schon hin.“ Amnon hört sich diese Worte zwar sagen, glauben kann er sie aber nicht, als er das Instrument zum ersten Mal in Augenschein nimmt. Dafür ist die Geige zu sehr in Mitleidenschaft gezogen worden. „Oj, was haben Sie denn damit angestellt?“, will Amnon wissen. Es dauert ein paar Sekunden, erst dann hebt der alte Mann den Blick und fängt an zu erzählen. „Im KZ-Orchester habe ich zuletzt darauf gespielt.“ Pause. „Bei Wind und Wetter, morgens und abends, sogar mit klammen Händen. Es ging nicht anders.“ Es ist Amnons erste nachhaltige Konfrontation mit einem Überlebenden. Als ihm das klar wird, kann sich der junge Familienvater nicht darauf einlassen und fragt nicht weiter. Er spürt, dass er nicht in der Lage ist, dem standzuhalten, was hinter einer Mauer aus jahrelangem Schweigen verborgen lag. Noch nicht. „Am darauffolgenden Abend entdeckte ich im Inneren der Geige Aschereste. Allein der Gedanke, dass es menschliche Überbleibsel aus den Krematorien sein könnten, war so ein Schock, dass ich noch immer nicht mehr über diese Zeit hören wollte", sagt Amnon heute.

Für ihn repräsentiert die Violine besser als jedes andere Instrument einen einzigartigen Zeitzeugen der Musik und Geschichte seines Volkes. „Eine Geige erfüllt jede jüdische Melodie mit Leben. Ihr sinnlicher, nobler Klang, der trotz der kleinen Größe in talentierten Händen wunderbar satt tönt, geht einfach schnell zu Herzen." Zusammen mit Flöte und Klarinette zählt sie außerdem zu den Grundpfeilern der Klezmermusik – einer traditionell jiddischen Volksmusik, die früher zu allen erdenklichen Festen gespielt wurde. „Vor dem Holocaust hatten nicht wenige jüdische Familien in Osteuropa so ein Instrument im Haus. In jeder Generation wusste mindestens einer damit umzugehen. Und die meisten, die die Geige gespielt haben, konnten sich dadurch irgendwie retten."

Dass er mit der kleinen Meisterwerkstatt nicht nur irgendwann das Geschäft seines Vaters übernehmen würde, wusste Amnon. Die stetig wachsende Zahl an alten, unbenutzten Geigen war unübersehbar. Sich ihrer nicht anzunehmen? Unmöglich! Doch die Asche, die Erzählung des alten Mannes und Amnons eigenes Familiendrama – das war an jenem Abend zu viel auf einmal. Es dauerte erneut über ein Jahrzehnt, bis er bereit war, sich seinem unfreiwilligen Erbe zu stellen und damit eine beispiellose, zynische Seite des Holocaust in Erfahrung zu bringen: die Rolle der Musik. Ob Buchenwald, Bergen-Belsen, Mauthausen, Sachsenhausen, Theresienstadt oder Treblinka – in fast jedem größeren Lager gab es ein oder gar mehrere Häftlingsorchester, wurden Musikaufführungen unter unwürdigen Umständen erzwungen. In Auschwitz etwa formten die Lagerinsassen sowohl ein Männer- als auch ein Mädchenorchester. Erstere spielten meistens draußen, keine 200 Meter entfernt von der Toraufschrift „Arbeit macht frei". Die Mädchen traten dagegen in den Barracken auf. In gemischten Gruppen zu spielen war nicht üblich. Genauso wie alles andere Übliche nicht mehr war.

Der Zug kam zum Stehen. Ein Ruck ging durch die Waggons, sie stießen mit lahmer Geste noch einmal zusammen. Die Lokomotive schnaufte auf, erschöpft von der langen Fahrt.

Draußen Hundegebell. Befehlsgeschrei.

Marek presste den Geigenkasten an sich. „Wir haben das Ghetto überlebt", sagte er. „Wir werden auch das hier schaffen, Bruder. Gemeinsam schaffen wir es."

Stani schloss die Augen. „Nein, tun wir nicht."

„Wieso nicht?"

„Weil das kein Ghetto ist. Das hier ist ein KZ."

„Aber es gibt Unterschiede zwischen den KZs. Die hätten sich doch nicht ohne Grund die Mühe gemacht, uns tagelang durchs Land zu fahren. Sie wollen noch was von uns. Wir sollen für sie arbeiten. Und solange wir gut arbeiten, leben wir weiter, hörst du? Der Krieg ist bald vorbei. So lange müssen wir durchhalten!"

„Bevor es vorbei ist“, sagte Stani leise, „bringen sie uns Juden noch um. Dann haben sie wenigstens an einer Front gewonnen.“

Die Riegel knirschten, Stahl auf Stahl, der Waggon wurde geöffnet. Grelles Tageslicht platzte herein. Marek blinzelte.

„Los, los, alle raus!“, brüllte jemand. „Wird’s bald? Raus, hab ich gesagt!“

Er wurde am Arm gepackt und aus dem Waggon gezerrt. Ein Mann in schwarzer Uniform verpasste ihm einen Fußtritt. Er verlor den Geigenkasten. „Da rüber, Bewegung, dalli!“ Rasch hob er den Kasten auf und stolperte in die gewiesene Richtung. Nach einigen Schritten blieb er stehen und sah sich nach Stani um. Der Bruder stützte einen Alten beim Aussteigen. Wütend bellte ihn ein Schäferhund an.

Marek wartete, bis Stani und der Alte aufgeschlossen hatten, und hielt sich dann an Stanis Seite. Sie durften sich nicht trennen lassen. Fünfhundert Männer quollen aus den Güterwaggons, viele mussten von Freunden oder Fremden gestützt werden, weil ihre Kraft nicht mehr zum Gehen reichte. Bald war der Platz vor den Waggons überfüllt.

Sie wurden zu einem Haufen zusammengedrängt und mit Faustschlägen und Flüchen zu einem niedrigen Gebäude getrieben. Dort wartete ein Offizier auf sie. Sein fleischiges Gesicht war gerötet, er schwitzte trotz der herbstlich kalten Luft. „In einer Zehnerreihe!“, brüllte er und entblößte sein Löwengebiss. „Dahinter die nächsten. Ausrichten nach dem Vordermann. Was seid ihr für ein erbärmlicher Sauhaufen!“ An Kragen und Mütze seiner Uniform blitzte ein silberner Totenkopf. Jetzt bemerkte Marek das Symbol auch bei den anderen Soldaten, die sie mit gefällten Gewehren eingekreist hatten. Die berüchtigte SS-Totenkopfstandarte.

Ein Unteroffizier ging mit den Geleitpapieren ihres Transports in das Gebäude. Währenddessen hielt ihnen der „Löwe", wie Marek ihn im Stillen nannte, eine Standpauke. „Ihr seid der Abschaum der Menschheit", schrie er, „weniger wert als ein Stück Scheiße! Der gesunde Volkskörper scheidet euch aus, ihr werdet abgesondert und weggeworfen. Ich bin SS-Oberscharführer Köcher, und was ich euch zu sagen habe, sage ich nur einmal, also hört genau zu. Wer sich den Anweisungen der SS-Wachmannschaft widersetzt, wird abgeknallt! Wer einen Wachmann berührt, wird abgeknallt! Wer versucht, eine Botschaft aus dem Lager zu schmuggeln, wird abgeknallt! Wer versucht zu fliehen, wird abgeknallt! Seht ihr den Schornstein da hinten? Das ist das Krematorium. Das ist der einzige Weg, auf dem ihr dieses Lager verlasst."

Jetzt schritt er die Reihen ab. Dieser raubtierhafte Gesichtsausdruck! Wonach suchte er? Ausgerechnet bei ihrer Reihe blieb er stehen. Er begab sich zwischen die Angetretenen, ging die Reihe entlang. Vor Stani blieb er stehen. Nein, Stani, nicht zittern, nicht dieses Beben deiner Augenlider, genau daran weidet er sich!

Der Löwe streckte die Pranke nach Stanis Kinn aus und fasste danach. Er lächelte Stani an. „Dein Name?"

„Stanisław Król."

Der Offizier wiederholte den Namen mit leisem, liebevollem Vorwurf, als spreche er von einem persönlichen Sorgenkind. Er tätschelte ihm die Wange. Dann sagte er: „Hast du vor zu fliehen, Stanisław?"

„Nein, Herr SS-Oberscharführer."

„Vielleicht ergibt sich ja eine günstige Gelegenheit. Dann kannst du dem Elend entgehen."

Stani schlotterte am ganzen Körper. „Nein, Herr SS-Oberscharführer. Ich werde nicht fliehen."

Der Löwe zog seine Pistole. Er entsicherte sie. „Dachau wird kein Spaziergang. Einer wie du steht das nicht durch. Du könntest dir einiges ersparen. Geh einfach durch die Postenkette."

Am Ende würde er ihn vor sich herstoßen, an den Posten vorbei, und ihm den Bruder erschießen, von hinten, „auf der Flucht". Marek räusperte sich. „Bitte um Erlaubnis, sprechen zu dürfen."

„Dich hat keiner gefragt", brüllte der Offizier. Seine Speicheltropfen benetzten Mareks Gesicht. „Also hältst du die Klappe, verstanden?"

„Ja, verstanden, Herr SS-Obersturmbannführer." Mit vollem Bewusstsein hatte er ihn um etliche Dienstgrade erhöht. Die Wachmannschaften lachten. Es entschärfte die Situation, hoffte er.

Aber der Löwe verstand keinen Spaß. Er kniff die Augen zusammen. Ein Fausthieb landete in Mareks Gesicht und hob ihn von den Füßen. Er landete im Dreck. Die Haut über dem Wangenknochen brannte und etwas Warmes rann daran herunter. Er sah sich nach der Geige um. Sie war einen Meter weitergeschlittert. Er krabbelte hin. Schon war der Offizier da und trat darauf, der Geigenkasten knirschte unter seinem genagelten Stiefel. „Zurück in die Reihe", befahl er.

Marek stand auf und stellte sich zurück zu den anderen.

Der Löwe hob den Geigenkasten auf und öffnete ihn. Er entnahm ihm die rot schimmernde, geliebte Geige. Durch alles Unglück, allen Hunger hatte ihn die Geige begleitet. Er besaß nichts mehr außer ihr, abgesehen von den wenigen Fotos und den Kleidern am Leib. Sie in den groben Pranken des SS-Offiziers zu sehen, tat ihm weh.

Der Mann hob die Geige hoch und zerbrach sie auf seinem Knie. Die Saiten gaben ein lautes Schnarren von sich, der

Geigenhals baumelte losgelöst vom Korpus in der Luft, nur durch die Saiten noch mit ihm verbunden.

Das kann man reparieren, dachte er, irgendwie werde ich sie reparieren.

Jetzt schleuderte der Offizier die Geige zu Boden und trat mit Wucht darauf. Der Korpus zersplitterte.

Marek stiegen Tränen in die Augen.

„Musiker bist du, ja? Und hältst dich für besonders schlau. Ich werd dich in die Mangel nehmen, bis du nicht mehr weißt, wer deine Mutter ist!“ Die Wachen lachten nicht mehr. Der Löwe ging wieder nach vorn. Die Reste der Geige lagen im Dreck.

Ein Unteroffizier begann, Namen von einer Liste zu lesen, und wartete jeweils, bis der Betreffende sich gemeldet und sein Geburtsdatum gesagt hatte. Einzeln mussten die Aufgerufenen in das niedrige Gebäude treten. Es dauerte, fünfhundert Namen zu verlesen. Während die deutsche Gründlichkeit ihr Werk verrichtete, brach ein Geschwächter zusammen, dann kurz darauf noch einer, man hatte sie nicht stützen dürfen, die Kräfte reichten für das lange Strammstehen nicht. „Liegen lassen!“, befahl Köcher.

Da lagen die Menschen am Boden. Der Alte, dem Stani geholfen hatte, lag dicht vor ihnen. Er war wohl bewusstlos, er stöhnte nicht und versuchte auch nicht, sich wieder aufzurappeln. Die Gleichgültigkeit der Wachen zeigte, wie wenig hier ein Jude wert war, sobald er nicht mehr arbeitsfähig war. Sie ließen ihn im Dreck liegen wie ein weggeworfenes Taschentuch.

Immer noch Namen, Namen, Namen. Als er selbst an der Reihe war, antwortete er mechanisch mit dem Geburtsdatum, dann wandte er den Blick vom Alten und sah zur Geige. Es war ein stummer Abschied.

Er trottete ins Gebäude. An einem Schreibtisch saßen zwei Männer, sie trugen grau-blau gestreifte Drillichhosen und Hemden. Waren das Häftlinge? Er sollte seinen Beruf nennen. „Gärtner", log er. Früher hatte er mal im Straßenbau geholfen, und im Garten der Großmutter hatte er auch ein wenig gewerkelt. Man musste ihn für praktisch verwendbar halten, wenn er überleben wollte.

Seine Fingerabdrücke wurden genommen. Dann musste er auf einem hölzernen Stuhl Platz nehmen. Eine Tafel wurde ihm umgehängt, dick mit einer Nummer beschriftet, und ein Blitzlicht flammte auf. Der SS-Fotograf betätigte einen Hebel, der Holzstuhl drehte sich abrupt um ein Viertel. Erneut wurde Marek fotografiert, diesmal von der Seite. „Raus!", befahl der Häftling, der dem Fotografen zur Hand ging. Die Häftlinge hatten den Tonfall der SS übernommen.

Er verließ das Gebäude und stellte sich wieder in die Reihe. Da lagen immer noch die Überreste der Geige. Da lag immer noch der Alte. Er war jetzt wach, er stöhnte. Mühevoll erhob er sich auf alle viere, dann stand er auf und stellte sich zurück an seinen Platz.

Es dauerte bis zum Abend. Endlich durften sie ins Lager marschieren. Der Löwe beobachtete ihn genau, er wartete auf einen Anlass für weitere Schläge. Taub vor Schmerz ließ Marek die Geige liegen, ohne sich noch einmal zu ihr hinunterzubücken. Stattdessen hievte er den Alten gemeinsam mit Stani ins Lager, Stani hatte sich den linken, er sich den rechten Arm des Alten über die Schulter gelegt.

Das Ghetto war schlimm gewesen, vor allem der Hunger. Aber Stani hatte recht, hier würde es ärger werden. Ein zementierter Graben mit fließendem Wasser grenzte das Lager ab, dahinter folgte eine hohe Mauer mit Stacheldraht.

Sie überquerten eine Brücke und traten durch den Bogen eines zweistöckigen Torhauses. Das schmiedeeiserne Tor stand offen, es trug aus gebogenem Eisen die Buchstaben: *Arbeit macht frei.* Da hatte Köchers Rede anders geklungen.

Der Anblick des Lagers deprimierte. Sieben Wachtürme, jeder mit zwei schweren Maschinengewehren besetzt, hüteten die Mauer. An der Innenseite der Mauer entlang verlief ein Stacheldrahtzaun. Der Zaun führte offenbar Strom, das verrieten die elektrischen Isolatoren und die Schilder mit einem Totenkopf und der Warnung: „Lebensgefahr", die vereinzelt am Zaun angebracht waren.

Stani raunte: „Danke für eben."

„Lass dich von denen nicht einschüchtern. Ich brauch dich noch."

Stani biss sich auf die Lippen und nickte. „Tut mir leid wegen deiner Geige."

Die langen Reihen von Baracken wirkten wie Rippen, mehr als ein Dutzend gegenüberliegender Paare, und das gewaltige Wirtschaftsgebäude war der Kopf. Dort staute sich die Herde der Deportierten, erneut eingekreist von grimmig dreinblickenden Soldaten. „Stillgestanden!", befahl Köcher, und sie mussten den Alten loslassen, um selbst strammstehen zu können. Er hielt sich mit Mühe.

Wieder wurden sie einzeln mit Namen aufgerufen und mussten in das Gebäude treten. Hier saßen in einem großen Raum mehrere Häftlinge an Tischen und schrieben Listen und verpackten Dinge in Papierbeutel, die anschließend an Seilen unter die Decke gezogen wurden. Tausende solcher Beutel hingen bereits dort oben.

Die Häftlinge bedeuteten ihm, sich auszuziehen.

„Hier?", fragte er.

Sie sahen ihn mit großen Augen an. Das hatte wohl noch niemand gefragt. „Natürlich, hier. Und ein bisschen schnell! Geld? Uhr? Brieftasche?“, fragten sie.

Er sah die großen Kleiderstapel. Was sie auszogen, wurde nicht in die Papierbeutel gesteckt, sondern sofort sortiert und beiseitegeschafft. Er würde seinen guten Pullover und das Hemd wohl nie wiedersehen. Wie hastig hatte er sie in Łódz übergezogen, froh, wenigstens diesen Teil seiner Sachen zu retten.

Aber schlimmer war, dass man ihm die Fotos wegnahm. Er warf einen letzten Blick auf die Eltern, prägte sich ihre Gesichter ein. Er hatte die Behauptung, dass man nach Jahren die Gesichter geliebter Menschen vergaß, immer schrecklich gefunden. Wie konnte so etwas möglich sein? Ich vergesse euch nicht, dachte er. Niemals vergesse ich euch.

Die Fotos wurden in einen der Papierbeutel getan und nach oben unter die Decke gezogen. Dort hingen die Leben vieler Menschen.

Er rieb sich die Arme, fröstelte. Die Schuhe hatte man ihm gelassen. Er schlüpfte wieder hinein. Nackt wie er war, hatte er eine Aufstellung seiner Habseligkeiten zu unterschreiben. *Drei Fotos*, stand darauf. Sein Papierbeutel enthielt nicht viel. Die Geige war zerstört. Beim Gedanken daran schien es ihm, als hätte der SS-Offizier ihm mit seinem genagelten Stiefel ein wichtiges Organ zertrampelt, die Leber vielleicht oder die Nieren.

„Zum Lagerfriseur mit dir, dalli, dalli!“, befahl einer der SS-Männer, die hinter den Häftlingen standen. Und wirklich, es staute sich schon die Reihe von Neuankömmlingen, die sich ebenfalls auszogen und ihre Habseligkeiten abzugeben hatten.

Er verließ den Raum und musste sich nebenan auf einen Hocker setzen. Der Boden war mit einem Teppich von Haaren aller Farben übersät. Mit einem elektrischen Apparat schor ihm ein Häftling die Haare vom Kopf. Dann folgten die Haare unter den Achseln und zwischen den Beinen. Parallel dazu wurden auf zwei weiteren Hockern anderen die Haare abrasiert.

Man trieb sie weiter. Im benachbarten Raum war der Kachelboden nass. Hier konnten sicher hundertfünfzig Mann gleichzeitig duschen. Er zog die Schuhe aus, stellte sie vor den Eingang und trat unter einen Brausekopf. Zögerlich drehte er den Hahn auf. Die ersten Tropfen waren warm. Tatsächlich! Er drehte weiter auf. Warmes Wasser spülte über ihn. Wie gut das tat! Es war Wochen her, dass er zuletzt eine solche Wohltat verspürt hatte.

Leider trieben ihn bellende Befehle weiter. Man spritzte ihn an der nächsten Station mit einer Desinfektionslösung ab, auch unter den Armen und sogar zwischen den Beinen. Die Lösung brannte auf der Haut. Dann erhielt er eine neue Unterhose, ein Hemd, eine gestreifte Drillichhose, eine Jacke und eine Militärmütze. Die Jacke war mit roter Farbe markiert, ein langer Strich den Rücken hinunter. Das hatten sie wohl getan, damit er auch in der Ziviljacke als Häftling zu erkennen war. Das Hemd war zu eng, es kniff unter den Achseln. Als er um ein anderes bat, setzte es Ohrfeigen.

Stani sah in der geflickten, verwaschenen Häftlingskleidung auch aus wie ein Hanswurst, die Hosen gingen ihm nur bis zu den Knien und die Ärmel kaum über den Ellenbogen. Dem Alten hingegen waren Hemd und Hose so weit, dass er darin zu verschwinden schien.

„Ihr solltet bei Gelegenheit tauschen", sagte Marek.

Abgesehen davon, dass es der SS egal war, ob den Neuen die Sachen passten, schien es bei Weitem nicht genug Drillichzeug zu geben, auch die anderen erhielten zum Teil Zivilkleidung, die man mit Farbe gekennzeichnet hatte.

Die Aufseher jagten sie und eine Gruppe weiterer Häftlinge aus dem Gebäude. Man befahl ihnen, über den Platz zur Reihe der Baracken zu traben und sich im Krankenrevier zu melden. Gemeinsam stützten sie wieder den Alten, sie schleiften ihn mit, seine Füße berührten kaum einmal den Boden. An jede der rund vierzig Baracken war eine große Nummer gemalt, nur die ersten beiden hießen A und B, das war offenbar das Krankenrevier.

Sie wurden gewogen, er wog einundfünfzig Kilo, Stani achtundvierzig, der Alte kaum noch vierzig. Alle drei sahen sie skeletthaft aus. Man maß ihre Körpergröße und prüfte mit einem modernen Röntgenapparat den Zustand ihrer Lungen. Dann kamen sie einzeln in ein zahnärztliches Behandlungszimmer. Der Zahnarzt war innerhalb von Sekunden fertig, wahrscheinlich tat er nur so, als würde er die Zähne untersuchen. Goldzähne wurden notiert, das war wohl der Sinn des Ganzen. Man musste später prüfen, ob das Krematorium die entsprechende Menge Gold ablieferte. Glücklicherweise besaß er keine Goldplomben oder Goldkronen. Wer wusste schon, ob sie Männer, die solche Wertsachen im Mund trugen, nicht gleich für krematoriumsreif erklärten?

Im Nebenraum wurde eine Karteikarte geschrieben, und dann noch ein Personalzettel. Den Personalzettel händigte man ihm aus, er vermerkte seinen Namen, den angeblichen Beruf und die Häftlingsnummer: 95101. Stani bekam die 95102. Der Schreiber musterte ihn und Stani und raunte ihnen auf Polnisch zu: „Passt auf eure Schuhe auf. Ihr habt Glück, dass ihr sie behalten durftet. Lederschuhe sind hier kostbar."

Ein SS-Mann näherte sich. Der Schreiber bemerkte es und sprach wieder in geschäftsmäßigem Ton und auf Deutsch. Er deutete auf eine der Zahlen auf dem Personalzettel. „Block 17, das ist einer der Zugangsblöcke. Ihr seid für eine Weile in Quarantäne, bevor ihr in einen Wohnblock kommt."

„Los, raus hier!", befahl der SS-Mann und holte mit dem Knüppel aus.

Sie beeilten sich. Er nahm sich vor, die Schuhe zum Schlafen unter das Kopfkissen zu legen, damit sie nicht gestohlen wurden. Die anderen trugen fast alle Holzpantoffeln. Offenbar war man mit der Produktion dieser groben Pantoffeln nicht nachgekommen, weil im Moment so viele Neue aus dem Osten kamen.

Vor Block 17 wartete ein Häftling mit Armbinde, „Blockältester" stand darauf. Die Armbinde rief ungute Erinnerungen wach. Als vor einigen Wochen im Ghetto die ersten „Hochzeitseinladungen" vom Judenältesten gekommen waren, man solle sich mit zwanzig Kilo Gepäck und einer Decke beim Zentralgefängnis einfinden, war niemand hingegangen, auch nicht, als der Judenälteste allen die Brotkarten sperrte, die auf der Liste für den Abtransport standen. Aber er war unerbittlich: Er hetzte den Ordnungsdienst nachts in die Wohnungen und ließ die Leute abholen. Der Ordnungsdienst: Juden mit Armbinden. Sie trieben ihre Nachbarn aus den Betten und in die Güterwaggons. Sie würden nun ins Deutsche Reich fahren, hieß es, dort warteten gute Verpflegung und gute Arbeit auf sie. Nur wegen eines Mangels an Personenwagen müssten sie den ersten Teil der Strecke im Viehwagen fahren.

Bald waren die Straßen zum Zentralgefängnis voller Menschen mit Koffern und Rucksäcken, die Menaschka, die Essschale, baumelte daran. Wie angewiesen, trugen sie Decken bei sich, farbige Decken, als ginge es auf eine Urlaubsreise.

Marek hatte sich nachts versteckt, um den Razzien des Ordnungsdienstes zu entgehen. Dann aber sperrte der Ordnungsdienst auch tagsüber die Straßen ab und kontrollierte jeden, ob er auf der Liste stand. An den Lebensmittelläden und Kooperativen fingen sie ebenfalls Menschen ab. Mit Mühe entgingen Stani und er den Häschern.

Er hörte, dass die Transporte nicht ins Deutsche Reich rollten, sondern nach Chełmno. Jemand hatte mit seinen Freunden vereinbart, eine Nachricht im Viehwaggon zu verstecken, sobald klar sein würde, wohin sie führen, und als die Waggons leer zurückkamen, hatte einer aus dem Widerstand den Zettel gefunden. In Chełmno verschwanden die Menschen zu Tausenden.

Aber es kamen auch Postkarten aus Leipzig, fröhliche Postkarten, wie gut es den Deportierten ginge. Wer daran glauben wollte, glaubte es. Viele waren erleichtert. Also doch Arbeitsdienst!, meinten sie. Dabei waren die Menschen tot, die da angeblich Postkarten geschrieben haben sollten.

Plötzlich der Befehl, das gesamte Ghetto werde evakuiert. Die Rote Armee war nicht mehr fern. Fünf Jahre hatte er das Ghetto ausgehalten, eine Ewigkeit. Jetzt musste bald das Ende kommen. Nur nicht vorher sterben.

Leider gab es nicht genügend Verstecke für so viele Menschen. Immer mehr wurden eingefangen, auch wenn keiner wie befohlen in die Fabriken zur Arbeit ging. Das Ghettogeld war nichts mehr wert, nur noch im Tausch gaben die Menschen etwas ab. Die Brotkarten waren gesperrt, verzweifelt suchte man nach Essbarem.

Er konnte in seinem Versteck nachts nicht mehr schlafen, weil auf den Straßen ein solcher Lärm herrschte, weinende Menschen und wütende, prügelnde Männer des jüdischen Ordnungsdienstes.

Man hasste den Judenältesten dafür, dass er den Deutschen half, die eigenen Volksgenossen einzufangen. Er verteidigte sich, es laufe so weniger brutal ab, als wenn die Deutschen es machten – dabei versuchte er in Wahrheit doch nur, seine eigene Haut zu retten, so wie jedes Ordnungsdienstmitglied hoffte, auf diese Weise von den Deportationen verschont zu bleiben.

Einige überfüllte Todeszüge fuhren fort, dann kamen die Deutschen doch, sie sperrten die Straßenzüge ab und durchkämmten die Häuser, Schüsse fielen. Das Gebiet, auf dem Juden leben durften, wurde immer kleiner. Die Schlinge zog sich zu. Viele mussten aufgeben, weil sie kein Versteck mehr fanden.

Auch Mareks Block wurde umstellt, die Soldaten riefen: „Alle raus!" Der jüdische Ordnungsdienst ging in die Wohnungen und holte die, die sich verstecken wollten. Stani und er lagen auf dem Dachboden, flach auf dem Boden ausgestreckt, über sich Gerümpel, und hielten die Luft an. Sie hörten die Schritte des Ordnungsdienstes, sogar das Atmen.

Man fand sie nicht. Aber ein paar Stunden später, als sie glaubten, alles sei ruhig, und in ein anderes Haus zu gelangen versuchten, wurden sie doch erwischt. Man schleppte sie zum Bahnhof Radegast. Große Mengen Gepäck lagen dort achtlos übereinandergeworfen. Keiner glaubte mehr, dass man es den Besitzern nach der Ankunft im Arbeitslager ordentlich übergeben würde. Es gab kein Arbeitslager. Sie wurden auf hölzernen Rampen in schmutzige Viehwaggons getrieben. Jeder erhielt noch einen Laib Brot. Dann wurden die Waggons von außen verriegelt. Achtzig Leute in einem Waggon, ein Eimer für die Notdurft, es war schwül und stickig. Vier Tage Fahrt nach Auschwitz.

Die Selektion dort hatten sie überlebt. Von den Eltern, die schon zwölf Tage vorher eingefangen worden waren, keine Spur.

Und jetzt wieder einer mit Armbinde. Er befahl barsch: „Hemden runter!"

Stani gehorchte, er ebenfalls. Dem Alten halfen sie dabei. Der Blockälteste besah sich die Haut auf der Brust, zum Alten sagte er: „Krätze. Auf Block neun!"

„Aber –"

„Kein Aber, du gehst auf Block neun. Los, ab!"

„Dürfen wir ihn hinbringen?", fragte Marek.

„Meinetwegen. Danach kommt ihr wieder her."

Sie stützten ihn. Block 9 war durch ein Drahtgitter abgesperrt. Sie erklärten der Wache, was sie zu tun hatten, und brachten den Alten hinein. Er bedankte sich. Auf dem Weg zurück sagte Stani: „Er wird nicht lange leben."

„Vielleicht päppeln sie ihn wieder auf."

Stani sah ihn finster an. „Bist du wirklich so naiv? Er kann nicht arbeiten. Du hast doch selbst gesagt, wir sind nur so lange für sie etwas wert, wie wir arbeiten können."

„Dann war es umso wichtiger, dass wir dagegengehalten haben."

„Haben wir doch gar nicht."

„Wir haben ihn wie einen Menschen behandelt."

Stani schwieg. Kurz vor ihrer Baracke sagte er: „Du redest dir was ein. All diese Kleinigkeiten, auf die du so stolz bist, sind nichts, gar nichts! In Wahrheit lassen wir uns wie Schafe zur Schlachtbank führen."

Der Blockälteste wies ihnen Stube 3 zu. Als sie den Aufenthaltsraum ihrer Stube betraten, sahen ihnen über hundert Augenpaare neugierig entgegen, in einem Zimmer, das höchstens für die Hälfte der Menschen gedacht war. Es gab Tische und vierbeinige Hocker, aber mindestens fünfzig Männer lehnten an den Spinden an der Wand oder kauerten am Boden. In der Mitte des Raumes stand ein grüner Kachelofen, auch er umlagert von Männern.

Ein kleiner, breit gebauter Mann trat auf sie zu. Auch er trug eine Armbinde. Aber statt Befehle zu bellen wie die anderen, streckte er ihnen die Hand entgegen. Stumm ergriff zuerst Stani sie, dann er, Marek. Der Händedruck war ein Willkommen und eine Beileidsbekundung zugleich: Ihr also auch.

„Ich bin Willi Bader", sagte der Mann, „euer Stubenältester." Er händigte ihnen braun emaillierte Essschüsseln und Holzlöffel aus. „Handtücher gibt es nicht mehr. Hat sich vieles verändert. Die Bettwäsche haben sie uns auch weggenommen."

Alle Männer, die hier hockten, hatten ihre Häftlingsnummer auf der Brust angenäht. Es waren ausschließlich Zahlen über 90 000.

Willi Bader zeigte ihnen ihren Spind, den sie sich mit anderen teilen mussten, und ließ sie die Schüsseln und Löffel darin verstauen. Dann führte er sie in den Schlafraum. Dreistöckige Betten standen darin, dicht beieinander, eine Bettenlandschaft mit dem Charme einer Rumpelkammer. Er zeigte ihnen ein Bett im letzten Winkel des Raums, es stand entlang der Wand hinter einer Reihe von Bettgestellen, die senkrecht dazu aufgebaut waren, nur am Fußende konnte man hineinkriechen, wie ein Hund in seine Hundehütte. „Da könnt ihr schlafen", sagte er. „Ihr kennt euch?"

„Wir sind Brüder."

„Dann habt ihr Glück. Es müssen immer zwei in ein Bett. Den Neuen ist es oft unangenehm, mit Fremden das Bett zu teilen."

Marek befühlte die Matratze. Sie schien aus einer dünnen Papierschicht zu bestehen und mit Sägespänen gefüllt zu sein. Zwei Pferdedecken lagen darauf.

An der Wand hing ein Plakat, das eine Laus von der Größe eines Hundes zeigte und einen Sensenmann. „Eine Laus – dein Tod!“, stand darüber, und am Fuß des Plakats der Spruch in zehn weiteren Sprachen, auch in Polnisch. Es war vergilbt und an den Rändern eingerissen.

Der Stubenälteste führte sie in den Waschraum. Zwei emaillierte Waschbecken standen wie Springbrunnen mitten im Raum, runde Becken mit Wasserhähnen ringsum. Hydraköpfe.

Nebenan befand sich die Toilette. Acht Klosettbecken aus braunem Steingut in einer Reihe, drei davon waren momentan besetzt, ohne Zwischenwände, ohne Kabinen und so dicht beieinander, dass man sicher die Beine seines Sitznachbarn berührte, während man sein Geschäft verrichtete. Willi Bader entschuldigte sich nicht bei denen, die sie gestört hatten. Er schloss einfach wieder die Tür. Eine Intimsphäre schien man den Häftlingen nicht zuzubilligen. Sie waren Arbeitsvieh.

Wieder im überfüllten Aufenthaltsraum, gab ihnen der Stubenälteste Leinenstreifen, Nadel und Zwirn. Mit schwarzer Tinte hatten sie ihre Häftlingsnummer auf die Streifen zu schreiben, dann sollten sie die Streifen annähen, auf die linke Brust der Jacke und an das rechte Hosenbein. Außerdem farbige Dreiecke, die so übereinanderzulegen waren, dass sie einen Judenstern ergaben. Was die Farben bedeuteten, begriff er nicht, viele im Raum hatten ebenfalls Judensterne auf der linken Brust, andere aber nur Dreiecke, rote, schwarze, violette.

Er schrieb: 95101. Dann sah er auf, um zu prüfen, ob Willi Bader seine Ziffern genauso groß geschrieben hatte, und erstarrte. Auf den Leinenstreifen des Stubenältesten stand nur eine einzige Ziffer. Er war die Nr. 9.
Bader folgte seinem Blick, dann sagte er leise: „Ja. Ich bin schon eine Weile hier.“

„Sind Sie …"

„Du. Wir sagen hier du. Ich wurde 1933 verhaftet. Erst war ich in Heuberg und im KZ Welzheim, dann haben sie mich hierher nach Dachau gebracht."

Jetzt begriff er, wie Willi in diesem Gebrüll und Gehetze so eigenartig ruhig bleiben konnte. Er strahlte die Gelassenheit eines Häftlings aus, der schon mehr als ein Jahrzehnt im KZ war und den nichts mehr erschüttern konnte, selbst nicht der ständig drohende eigene Tod. Wie hatte er das überlebt? Wie lebte man zehn Jahre ohne Hoffnung, ohne Perspektive?

Unter dem Leinenstreifen trug er ein rotes Dreieck. Ein Jude war er also nicht.

„Rot steht für politische Häftlinge. Ich bin Kommunist. War Transportarbeiter in Ludwigsburg bei Stuttgart."

Marek schluckte. Er fragte leise: „Gibt es einen Juden im KZ mit so einer niedrigen Nummer?"

Mit Bedacht sah Willi ihn an. Er verstand, was die Frage bedeutete, ganz sicher verstand er es.

Auch Stani blickte jetzt von Nadel und Faden auf. Die Gespräche im Aufenthaltsraum verstummten. Alle richteten den Blick auf den Stubenältesten, den erfahrenen alten Kommunisten.

Willi schüttelte den Kopf, langsam und stumm.

„Gibt es Juden, die länger als ein Jahr leben?", fragte Stani leise.

Wieder dieses drückende Schweigen im Raum.

Plötzlich sprang Willi auf und brüllte: „Stillgestanden!"

Alle Häftlinge schnellten in die Höhe. Sie legten die Hände flach an die Hosennaht und streckten den Rücken durch. Mit Verzögerung erhob sich auch Marek, und Stani als Letzter. Sie sahen sich verblüfft um.

Ein schwarz Uniformierter stand im Eingang. SS-Oberscharführer Köcher.

„Mützen ab!", zischte Willi.

Rasch nahmen auch er und Stani ihre Mützen herunter.

Der Löwe schritt durch den Raum wie durch ein Wachskabinett mit reglosen Figuren. Sie in ihren Lumpen, er in straffer, makelloser Uniform. Sie halb verhungert, er gut genährt. Er öffnete einzelne Spinde und schimpfte, dass die Schüsseln darin nicht ordentlich gestapelt seien. Nebenan im Schlafraum riss er die Decken von den Betten und warf sie zu Boden. „Die Betten ordentlich halten!", knurrte er.

Dann kam er zurück. Er blieb vor Marek stehen, dicht vor seinem Gesicht, und sah ihm in die Augen. Dieser kalte Blick aus den stahlgrauen Augen! Diese kleinen, scharfen Pupillen! Marek konnte die Haut des Offiziers riechen, so nah standen sie voreinander.

„Der hier scheint mir schon bereit zu sein", sagte Köcher. „Verschaff ihm ein Kommando, Willi. Ich glaube, die Straßenwalze wäre gut für ihn. Sobald da ein Platz frei wird, trägst du ihn ein."

„Jawohl, Herr Oberscharführer", sagte Willi ruhig.

„Wollen wir doch mal sehen, wie er sich so macht." Damit marschierte der Löwe wieder nach draußen, und Willi gab das Kommando: „Rührt euch."

Die Häftlinge atmeten auf. „Noch mal gut gegangen", seufzte einer.

Willi aber musterte ihn, Marek, aufmerksam.

„Was bedeutet das?", fragte Marek leise.

„Er hat es eilig mit dir."

Womit? Womit hatte er es eilig?

Willi sagte: „Er wird versuchen, dich zu brechen."

Wie Eisblumen wuchs die Angst seinen Rücken hinauf. „Was wird er tun?"

„Alles, was nötig ist." Willis Gesicht zeigte keine Regung.

Gerade das machte ihn noch nervöser. „Und ich? Was rätst du mir?" Er würde sich hart machen müssen, innerlich hart, um für alle Qualen vorbereitet zu sein. Aber darin war er noch nie gut gewesen.

„Bleibe ein Mensch."

Meinte er das ernst?

„Das ist das Schwerste hier im Lager", sagte Willi. „Sie versuchen, dich zum Tier zu machen, aber du darfst nicht vergessen, dass wir Menschen sind. Du darfst *dich selbst* nicht vergessen, deine Persönlichkeit, deinen Wert. Musst ihn ziemlich verärgert haben. Üblicherweise bleibt man zwei, drei Wochen zur Quarantäne hier im Zugangsblock. Aber so lange will er nicht warten, er will dich schleifen. Hab mir schon bei deinen Fragen gedacht, dass du's hier schwer haben wirst."

Ein Summton war von draußen zu hören.

„Alle Mann raus zum Abendappell!", befahl Willi. Die Männer gehorchten, sie verließen die Stube. Zwischen den Baracken befand sich ein langer schmaler Hof, dort hatten sie anzutreten. Marek kam neben Stani in der ersten Reihe zu stehen, Willi sagte, das sei für Neulinge einfacher, dann hätten sich die anderen nach ihnen auszurichten und nicht umgekehrt.

So sah er aus dem Hof heraus bis hin zum Appellplatz. Aus den Baracken und vom Torhaus her marschierten immer mehr Häftlinge dorthin. Dabei schrien sie Lieder. Die einen „Schwarzbraun ist die Haselnuss", die anderen „Steig ich den Berg hinan, das macht mir Freude", wieder andere „In dem Wasser schwimmt ein Fisch" oder „Das Wandern ist des Müllers Lust". Jede Gruppe von etwa hundert Häftlingen schrie ihr eigenes Lied und die Häftlinge strömten zu Tausenden zum Appellplatz. Sie schrien die Lieder teilnahmslos, wie Maschinen.

„Stillgestanden!“, befahl der Blockälteste ihrer Baracke, der vorhin den Alten fortgeschickt hatte. Marek nahm Haltung an. Der Blockälteste begann, die Häftlinge zu zählen, und seine Schreiber liefen neben ihm her, um eilfertig die Zahl zu notieren. Auch Willi wurde mitgezählt. Währenddessen marschierten immer mehr von denen, die nicht in Quarantäne waren, zum großen Platz.

Ein SS-Mann erschien, und der Blockälteste befahl: „Mützen ab!“ Sie rissen ihre Mützen herunter.

Der SS-Mann nahm die mündliche und schriftliche Zählmeldung des Blockältesten und seiner Schreiber entgegen. Er schien ihnen nicht zu vertrauen. Mit strengem Blick schritt er die Reihen entlang und zählte nach.

Vorn, in Mareks Blickfeld, hatte sich der Appellplatz gefüllt. Zehntausend Menschen hörten schlagartig zu singen auf. Marek konnte nicht sehen, wer vor sie getreten war, aber es musste wohl eine ranghohe Persönlichkeit des Lagers sein. Die Männer rissen ihre Mützen herunter, ein Meer von geschorenen Köpfen kam zum Vorschein. Sie standen stramm. Das Lager war plötzlich still.

Aus dem Lautsprecher auf dem Appellplatz dröhnten blecherne Worte. Willi schien keinen Wert darauf zu legen, dass sie das hörten. Kaum war der SS-Mann mit dem Nachzählen fertig und davongestiefelt, gab Willi das Kommando: „Mützen auf! Rührt euch!“ Er schickte sie zurück in die Baracke.

Die verhängte Quarantäne bewahrte sie wohl davor, am großen Appell teilnehmen zu müssen. Dort spielte jetzt eine Kapelle Marschmusik. Willi verteilte in der Stube Brot, der

Stubenschreiber half ihm dabei, er machte einen Strich auf der Liste bei jedem, der sein Brot erhalten hatte. Auch Stani und er bekamen je ein Viertel eines Komisslaibs. Obwohl ihn alles drängte, das Brot hinunterzuschlingen, drehte er es noch für einen Moment in den Händen und genoss die Vorfreude. Er hatte die tagelange Fahrt überlebt, besaß ein Bett und hielt ein Stück Brot in den Händen. Vielleicht wurde doch noch alles gut.

Am Brot klebten Sägespäne, offenbar hatten sie es in Spänen statt in Mehl gewälzt. Aber es kümmerte ihn nicht. Er biss ab und kaute genüsslich. Jetzt verteilte Willi sogar noch eine Scheibe wässriger Wurst an jeden. Marek legte sie sich auf die Zunge und ließ sie dort zergehen. Ihr Saft floss ihm wohltuend den Rachen hinunter.

Niemand sprach. Alle waren mit ihrem Abendessen beschäftigt. Als er aufsah und die missgünstigen Blicke bemerkte, die Gier in den Augen der Häftlinge beim Blick auf das Essen der anderen, schrak er zusammen. Was macht der Hunger aus uns?, dachte er betrübt.

Kaum dass die Ersten das Brot und die Wurst verspeist hatten, hängten sie sich an diejenigen, die noch etwas hatten. Sie bettelten. Sie flehten. Sie machten Tauschangebote. Zu ihm sagte einer: „Ich kann dir ordentliche Kleidung beschaffen. Dein Hemd passt dir doch gar nicht.“ Er zupfte an seinem Ärmel herum. „Gib mir dein Brot, dann hast du die Sachen morgen.“

Marek traute ihm nicht.

Aber der Kerl ließ nicht locker. „Rauchst du? Ich bringe dir Zigaretten! Es sind russische, Machorka, das muss ich zugeben, der Tabak ist mit Mais und Kräutern gestreckt. Aber es sind Zigaretten! Musst nur aufpassen, dass dich keiner beim Rauchen erwischt. Drei Zigaretten für dein Brot.“

„Ich esse es selbst, tut mir leid."

Ein anderer mischte sich ein: „Ich biete fünf Zigaretten."

„Ich sechs!", sagte ein dritter.

Willi packte zwei von ihnen am Genick und stieß sie fort. „Wenn ich euch noch einmal mit dem Zeug erwische, setzt es Prügel. Mir sind genug Leute verhungert, weil sie das Rauchen nicht lassen konnten."

„Aber es ist die letzte Freude, die man hier noch hat", schmollten sie.

„Um Freude geht es hier nicht", sagte Willi. „Es geht ums Überleben. Das solltet ihr langsam kapieren." Er wandte sich an alle: „Wir singen jetzt, damit ihr die Lieder lernt! Ihr habt gesehen, wie schnell die Quarantäne vorüber sein kann, Marek hat es heute erwischt, euch erwischt es vielleicht morgen. Dann kommt ihr zum Arbeitseinsatz und müsst morgens aus dem Lager marschieren und singen und kommt abends genauso zurück. Wenn ihr ein Lied nicht könnt, prügelt euch die SS in Grund und Boden! Und was passiert, wenn ihr eine Verletzung davontragt und nicht mehr arbeitsfähig seid? Ihr landet im Krankenrevier. Von da sind viele nicht wiedergekehrt. Also, wir singen!" Er stimmte an:

„Schwarzbraun ist die Haselnuss,
schwarzbraun bin auch ich, ja ich,
schwarzbraun muss mein Mädel sein,
gerade so wie ich.
Holdrio, duwiduwidi, hodria.
Holdria duwiduwidi.

Schätzerl hat mir'n Busserl geb'n,
hat mich schwer gekränkt, gekränkt,
hab' ihm gleich ein's wiedergegeb'n,
nehm ja nichts geschenkt.
Holdrio, duwiduwidi, hodria.
Holdria duwiduwidi.

Schätzerl hat kein Heiratsgut,
Schätzerl hat kein Geld, kein Geld,
doch ich geb es nicht heraus
für alles in der Welt.
Holdrio, duwiduwidi, hodria.
Holdria duwiduwidi.

Schwarzbraun ist die Haselnuss,
schwarzbraun bin auch ich, ja ich,
wenn ich eine heiraten tu,
so muss sie sein wie ich.
Holdrio, duwiduwidi, hodria.
Holdria duwiduwidi."

Marek wurde von dem primitiven Lied übel. Sie taten ja gerade so, als säßen sie in einem bayerischen Biergarten und freuten sich ihres Lebens! Was bezweckte die SS damit, sie zu solchen Liedern zu zwingen?

Er hörte zu, wie die anderen sangen. Viele von ihnen konnten kein Deutsch, sie verrenkten sich schier die Zunge bei den ungewohnten Worten. Ein strenger Blick von Willi zwang ihn, ebenfalls mitzusingen. Er beherrschte Deutsch. Nur den Text musste er lernen.

Nachdem sie das Lied wieder und wieder heruntergesungen hatten, befahl Willi: „Marsch, marsch, in die Betten! Schuhe unten stehen lassen."

Marek beobachtete die Erfahreneren: Sie zogen Hose und Strümpfe aus und legten sie für die Nacht zwischen die Beine eines umgedrehten Hockers, den sie oben auf den Spind schoben. Er und Stani folgten ihrem Beispiel.

Dann krochen sie ins Bett. Marek gehorchte nicht, er versteckte die Schuhe, so schmutzig sie auch waren, unter dem Kopfkissen. Stani zog sich die Pferdedecke bis zum Hals, dann schob er sie mit spitzen Fingern wieder ein Stück weg. Jetzt roch er es auch: Obwohl die Decken offensichtlich frisch gewaschen waren, stanken sie nach ungewaschenen Leibern.

Unter der dünnen Papierschicht der Matratze fühlte er harte Sägespäne. Aber er war dankbar, liegen zu dürfen.

Ein benachbarter Häftling murmelte: „Der ist wirklich klasse, dieser Willi. Schlägt nicht, flucht nicht ..."

Stani lag steif da, er rührte sich nicht. Marek machte sich Sorgen um ihn. „Stani?", flüsterte er.

„Ja", antwortete der Bruder.

Wie konnte er ihn auf andere Gedanken bringen? Ihn von hier fortbringen, zumindest in der Vorstellung? Gute Erinnerungen würden ihm Kraft geben. „Weißt du noch, wie wir bei Nowaks Äpfel gestohlen und sie dann auf dem Dachboden gegessen haben? Das war ein Sommer! Die Hitze stand richtig zwischen den Balken. Und Mutters Wäsche hing da, davon war die Luft feucht, und es hat nach Stärke gerochen."

„Das ist alles vorbei, Marek. Das gibt's nicht mehr, und es wird so etwas auch nie wieder geben."

Er schluckte. So fest hatte die Niedergeschlagenheit Stani bereits in ihrem Griff.

„Wir sind jetzt hier“, sagte Stani. „Es ist besser, wenn wir das alles vergessen. Sentimental zu werden, macht uns nur schwächer. Gute Nacht, Bruder.“ Damit drehte er sich auf die Seite, das Gesicht von ihm abgewandt.

Vielleicht hatte jeder seine eigene Art, mit den Schrecken fertigzuwerden. Vielleicht brauchte Stani dazu die Wut und die Härte. Trotzdem fürchtete er um ihn.

Auch er drehte sich auf die Seite. Direkt vor ihm prangte der Name der Waffen-SS, er war ins Holzgestell des Bettes eingebrannt. Sie befanden sich in der Gewalt Himmlers.

Teil 2

Amnons Reich

Hoffnung ist nicht die Überzeugung,
dass etwas gut ausgeht, sondern die Gewissheit,
dass etwas Sinn hat – egal, wie es ausgeht.

Václav Havel, tschechischer Politiker und Schriftsteller

Da stehen sie nun. Der 34-jährige Amnon und die 28-jährige Assi. Mit ihrem kinnlangen, rot-braun gewellten Haar, den schmalen Augenbrauen und blutroten Lippen sieht sie wie ein Filmstar der 1920er aus. Assi lächelt verführerisch. Aber es ist nichts zu machen: Ihr Bus nähert sich. Sie muss zurück nach Hause. Eben waren sie noch spazieren. Ihre erste richtige Verabredung, seit sich Amnon von seiner vorherigen Geliebten – und auch einer Freundin von Assi – getrennt hat. Nachdem Assi ihm vorgestellt worden war, galt Amnons Augenmerk bald nur noch ihr. Anstandshalber hat er nach der Trennung einige Wochen gewartet, ehe er sie um ein Treffen bat. Jetzt stehen beide hier an der Bushaltestelle mitten in Tel Aviv. Amnon, der nicht ungeschickt ist im Flirten, wirkt in Assis Nähe nervös. Er fährt sich mit den Fingern ein paarmal durch sein dunkles Haar und sagt dann in letzter Minute, bevor Assi im Bus verschwindet, so trocken wie möglich: „Du wirst jetzt vielleicht darüber lachen, aber irgendwann wirst du meine Frau werden." Nur anderthalb Jahre später stehen Amnon und Assi als „Herr und Frau Weinstein" auf einem Boulevard in Tel Aviv und lassen sich in verschiedenen Kostümen fotografieren – zur Feier ihres Hochzeitstages. „Seitdem sind über 40 Jahre vergangen! 40 Jahre!", wiederholt Amnon und klingt dabei sehr zufrieden.

Dass die Romanze zwischen beiden in einem Ehegelübde münden würde, war bei so unterschiedlichen Persönlichkeiten nicht unbedingt zu erwarten. Während Amnon äußerst emotional werden kann, bleibt Assi meist ihrer rationalen Art treu. Außerdem hätte ihre Geschichte nicht gegensätzlicher sein können. Die Familie ihres Vaters stammte aus Stankiewicze, einem kleinen von Polen dominierten Dorf rund 150 Kilometer westlich von Minsk, in dem es sonst keine weiteren Juden gab. In der Großfamilie lebten zwölf Geschwister, zwei Mädchen und zehn Jungen. Assis

Vater Asael galt als ruhiger, zurückgezogener Charakter. Nachdem sich seine Brüder Tuvia und Alexander, genannt Zus, als Partisanen dem Kampf gegen die in die Sowjetunion einmarschierten Nationalsozialisten verschrieben hatten, war Asael es, der sich um Haus und Hof der Eltern kümmerte. Doch die „Operation Barbarossa", Hitlers hinterhältiger Invasionsversuch, und die Ermordung ihrer Eltern infolgedessen veränderten das Leben der Geschwister jäh. Zusammen mit seinem jüngsten Bruder Aron flüchtete Asael zu Tuvia und Zus in den Wald. Von dort bereiteten die vier mithilfe einiger anderer ab 1942 die Rettung aller in den nahe gelegenen Ghettos eingesperrten Juden vor. Zusätzlich sabotierten sie mit zahlreichen Guerillaattacken die Kriegsmaschinerie der Nazis, wann immer sie konnten. Doch ihr primäres Ziel war es, so viele Juden wie möglich in den Wäldern zu verstecken – was ihnen auch tatsächlich gelang. Am Ende des Krieges zählten über 1200 Menschen jüdischen Glaubens zu den Glücklichen, die dank der Bielski-Partisanen überlebt hatten. Assis Vater Asael selbst gehörte nicht dazu. Er starb mit nur 37 Jahren während der Schlacht um Königsberg in Kaliningrad als Soldat in der Roten Armee – wenige Monate bevor seine Tochter Assi zur Welt kam. Assis offizieller Rufname Assaela wurde ihr zur Erinnerung an ihn gegeben.

„Das alles ist schon so lange her." Assi selbst spricht nicht gern über die Heldentaten ihres Vaters. Nicht, dass sie nicht zu schätzen wüsste, wofür er sein Leben gegeben hat. Im Gegenteil. Um alles zu verarbeiten, hat sie seine Geschichte sogar in einem Buch[2] beschrieben, das als Inspiration für den

2 In ihrem Buch beschreibt Assi die Geschichte von Sonia, einem Mädchen, das während des Zweiten Weltkriegs mit jüdischen Partisanen im Wald lebt und die Nazis bekämpft. Die Geschichte des Kinderbuchs basiert zum Teil auf Assis Familiengeschichte und ist unter dem Titel ילדת היער / מאת: עשי וינשטיין (zu dt.: „Waldkind") auf Hebräisch zu haben.

US-Kinofilm „Defiance“ diente. Darin spielt kein Geringerer als der Brite Daniel Craig die Hauptrolle – Asaels Bruder Tuvia. Doch die Enttäuschung darüber, ihren leiblichen Vater nie gekannt zu haben, ist ihr anzusehen, wann immer sie angehalten ist, an ihn zu denken. Ihr wacher Blick, der einen sonst freundlich fixiert, ermattet und schweift melancholisch in die Ferne. Amnon hingegen versucht nicht einmal, seine Begeisterung zu verbergen. „Meine Familiengeschichte ist bei Weitem nicht so wichtig. Es gibt sechs Millionen ähnlicher Begebenheiten. Aber Assis Fall ist außergewöhnlich. Wenn es einige Hundert dieser Bielskis gegeben hätte, wer weiß, wie das Schicksal unseres Volkes insgesamt verlaufen wäre.“

Ich kenne nur Fragmente eines anderen Lebens. Aber dieses Leben hat mich einiges gelehrt. Etwa dies: Wer wir sind, hängt entscheidend davon ab, wer wir sein wollen. Vor einer Tasse israelischen Löskaffees sitzend sinniere ich Stunden später über das Gespräch mit Amnon und Assi. Die Sehnsucht, zu etwas Größerem zu gehören, scheint mir, war schon immer in Amnon. Er wollte mehr darstellen, als die Summe zweier Individuen, die seinen eigenen Worten nach „den Holocaust im Gesicht trugen“. An der Eingangstür zur Werkstatt hängt denn auch demonstrativ ein Filmposter von „Defiance“. „Es ist schon seltsam“, höre ich ihn aus meinem Diktiergerät sagen, „meine Familie wurde von Deutschen ermordet, und die Familienmitglieder meiner Frau brachten Deutsche um.“ 70 Jahre später liegen Nachfahren nicht-jüdischer Deutscher in Tel Aviv in der Sonne und lassen es sich gut gehen. Umgekehrt hat sich in den letzten zehn Jahren eine große Community junger Israelis in Berlin niedergelassen. Haben wir uns also von der Last der Vergangenheit emanzipiert? Sind wir lernfähige Lebewesen, die sich aus ihrer Sippenhaft befreien können?

Amnons Wanderjahre als Lehrling zum Beispiel waren ihm nicht nur willkommen, um sich neue Welten zu erschließen und Berufserfahrung zu sammeln. Fast wirkt es so, als ob darin der Versuch gelegen hat, sich etwa durch den Erwerb neuer Sprachen – er spricht Hebräisch, Englisch, Französisch, Italienisch und versteht ein wenig Russisch, Jiddisch und Deutsch –, Kulturen und Kontakte eine andere Identität einzuverleiben, um so den ihm auferlegten Opferstatus hinter sich zu lassen. Auch könnte man meinen, mit Assi als Tochter einer modernen jüdischen Heldenfigur an seiner Seite sei er seinem Ziel so nah wie möglich gekommen. Vielleicht erklärt das die lang anhaltende Liebesbeziehung zweier, die einander geben konnten, was ihnen in der Welt zunächst versagt bleiben sollte: Geborgenheit, gegenseitiges Einfühlungsvermögen und die Möglichkeit, sich neu zu erfinden.

Die ersten gemeinsamen Jahre der beiden verlaufen trotz weltpolitischer Veränderungen wie dem Ende des Nachkriegsbooms und der Ölpreiskrise herrlich unspektakulär. Mit Avshalom, den alle in der Familie nur Avshi nennen, wird Amnon zum ersten Mal Vater. Auf ihn folgen Tochter Merav und 1984 schließlich Nesthäkchen Jonathan, den Assi oft liebevoll „Joni" ruft. Alle drei erlernen jeweils verschiedene Instrumente – darum bemühte sich nicht zuletzt Großvater Moshe. Wie zum zärtlichen Beweis posieren Amnon und die Kinder auf Fotos mit Geigen, Bratschen, Trommeln und einem Cello vor reizend bunten Wandteppichen. Ein Gefühl von Normalität umgibt die fünfköpfige Familie. Die jüdischen Feste sind in diesen Tagen gern gesehene Gelegenheiten, Verwandte zu besuchen und Freunde einzuladen. Es ist nicht mehr wie zu Amnons Kinderzeiten, als er während des Pessach-Festes, das an den Auszug aus der ägyptischen Sklaverei erinnert, am feierlich gedeckten Tisch saß und das Gefühl hatte, dass neben seinen Eltern und der kleinen Esther noch Hunderte anderer wie Geister anwesend waren – stimmlos, gesichtslos, aber immer da.

Stattdessen ist auf einmal alles ganz anders. Amnon, der Geigenbauer, und Assi, die Journalistin, harmonieren nicht nur miteinander, sondern scheinen auch mit der Vergangenheit ihren Frieden gemacht zu haben. Sie leben ganz und gar in der Gegenwart. Die aber bleibt nicht lange sorgenfrei. Zwei Jahre nach Jonis Geburt stirbt Amnons Vater Moshe. Sein Tod führt Amnon auf grausame Weise die Zerbrechlichkeit der menschlichen Existenz vor Augen. Er erleidet seinen ersten Herzinfarkt und bekommt sofort einen Bypass gesetzt. „Ich habe nun mal die Gene meines Vaters und der hat mehrere solcher Attacken durchmachen müssen", antwortet er lapidar, wenn man ihn nach einem Zusammenhang zwischen beiden Ereignissen fragt. Wie sehr ihn Moshes Verlust mitnimmt – der Infarkt sagt alles, was Amnon für sich behält. Allerdings belastet den damals 47-Jährigen auch die politische Situation im Land. Für Israel bedeuteten die 1980er-Jahre wiederkehrende Krisen. Die Spannungen mit den Palästinensern gipfelten 1982 im Ersten Libanonkrieg. Weil die PLO aus Beirut koordinierte Anschläge in Israel verüben ließ, ließ der israelische Regierungschef Menachem Begin den Libanon besetzen. Rund 10 000 Menschenleben kostete die Auseinandersetzung, die noch im gleichen Jahr ihr Ende fand. Nur fünf Jahre später brach die Erste Intifada aus – ein gewalttätiger Aufstand vor allem junger, frustrierter Palästinenser, die gegen die schlechten Lebensverhältnisse in den von Israel besetzten Gebieten protestierten.

Die Weinsteins überstehen die politischen Umwälzungen unversehrt. Die Lage in Israel beruhigt sich wieder, während andernorts ein längst überholter Konflikt die Aufmerksamkeit der

Weltöffentlichkeit auf sich zieht: In Europa bahnt sich mit dem Fall der Berliner Mauer das Ende des Kalten Kriegs an. Für den Dresdner Daniel Schmidt ergibt sich dadurch eine unverhoffte Chance. Über seinen Vater, einen angesehenen Bogenmachermeister, der wie Amnon Mitglied der Internationalen Gemeinschaft von Geigenbauern und Bogenmachern ist, nimmt der Sachse Anfang der 1990er Kontakt nach Israel auf. Sein Wunsch ist, dort all das nachzuholen, was ihm die DDR zeit seines Lebens verwehrt hat. „Ich durfte als junger, erfolgreicher Bogenmacher nicht einmal an meiner eigenen Preisverleihung teilhaben. Meine Eltern sind statt meiner nach Westdeutschland gefahren, um zwei Goldmedaillen vom damaligen bayrischen Ministerpräsidenten Streibl entgegenzunehmen“, erzählt er mir. In seiner Stimme schwingt noch immer Empörung mit. 1989 war Schmidt bereits international als Bogenmacher anerkannt, hatte Einladungen nach Kanada und in die USA. „Nach Los Angeles hatte mich ein deutscher Jude eingeladen, aber der verstarb, bevor die Mauer fiel.“ Israel ist jedoch keineswegs die zweite Wahl. Schmidt will nicht irgendeinen neuen Kulturkreis kennenlernen, um mehr Lebenserfahrung zu sammeln. Er will bewusst nach Israel, dem er sich näher fühlt als den USA. „Mich haben die Leute dort und ihre Geschichte immer schon fasziniert“, erklärt er. Sein Interesse geweckt hatten jüdische Musiker aus Russland wie Olek Kagan und Gidon Kremer, die bei seinem Vater ein- und ausgingen. Dann hieß es nicht, „die Russen kommen“, sondern „die Juden“. Bei seinem Sohn blieb der Ausdruck hängen. „Außerdem hatten wir Schallplatten von fantastischen Musikern wie Isaac Stern und Itzhak Perlman. Auf einer stand: Geboren in Tel Aviv. Danach stand meine Entscheidung fest.“

Eine förmliche Bewerbung und zwei Briefwechsel später tritt der 24-jährige Bogenmacher mit den kurzen schwarzen Haaren und braunen Augen im Januar 1992 die erste große Reise seines Lebens an. Schmidt schwitzt, als er am Flughafen in Tel Aviv ankommt, obwohl es draußen winterlich kalt ist. Stattliche 55 Kilo bringt sein Gepäck auf die Waage und besteht praktisch doch nur aus Arbeitsutensilien. Amnon hatte seinen neuen Arbeitskollegen vorgewarnt, dass es in seiner Heimat sonst kaum Bogenmacher gäbe und Werkzeuge und Materialien nur schwer zu beschaffen seien. Davon hatte sich Schmidt nicht abschrecken lassen. Neben drei jungen Mitarbeitern bezog er allen Widrigkeiten trotzend eine Werkbank in Amnons kleinem Reich, das ihm die nächsten beiden Jahre nicht nur eine Arbeits-, sondern auch Heimstätte werden sollte. Hatten die Wanderjahre Schmidts Großvater gerade einmal zehn Kilometer ins nächste Dorf gebracht, kam sein Vater mit seinen Schweizer Lehrjahren schon bedeutend weiter, bevor er 1963 zurück nach Ostdeutschland ging. Die Reise des Enkels beziehungsweise Sohns markierte hingegen einen neuen Meilenstein in der ehrwürdigen Familientradition.

Ungewohnte sengende Hitze, ein schwelender Nahostkonflikt, als Deutscher unter Juden – Herausforderungen gab es für Schmidt neben der eigentlichen Arbeit genug. „Für mich war das eine ganz neue Welt." Doch nicht einmal die offensichtlichste Hürde, seine mangelnden Sprachkenntnisse, hatte ihn von seinem Plan abhalten können. „Mein Englisch war eine große Katastrophe", erinnert er sich und lacht. „Aber ich hatte Glück. Neben Gari, der heute noch mit Amnon arbeitet, gab es zwei weitere russischstämmige Lehrlinge. Gleich nach meiner Ankunft habe ich mir von meinen Eltern unsere alten Russischbücher schicken lassen und noch mal richtig Russisch gelernt." Als Bogenmacher mit fast einer Dekade Berufserfahrung im väterlichen Betrieb besteht Schmidts Aufgabe vorwiegend aus zweierlei: Amnon über die Schulter zu schauen, um dessen Tagesgeschäft genauer kennenzulernen, sowie ihn seinerseits in sein eigenes Kunsthandwerk einzuweisen.

Es dauert nicht lange, bis dem jungen Bogenmacher die vielen Instrumente in den Glasschränken auffallen, von denen keiner weiter Notiz zu nehmen scheint. Eine beachtliche Anzahl besonders schöner und ausgesprochen hochwertig gearbeiteter Geigen befinden sich darunter. Nicht wenige stammen aus deutscher Hand. „Die galten aber nicht so viel wie italienische, auch wenn sie qualitativ gut waren. Gewundert hat mich, dass verhältnismäßig viele dieser Geigen in Israel zu finden waren." Schmidt kann seine Neugier kaum zügeln und fragt Amnon immer wieder nach Herkunft, Zweck und Verbleib der Instrumente. „Einige haben einen Davidstern aus Perlmutt eingraviert – ein Zeichen dafür, dass darauf Klezmermusik gespielt wurde", erklärt Amnon mit einer Mischung aus Stolz und Traurigkeit. „Das sind keine besonders kostbaren Schmuckstücke. Einfache Leute haben sie benutzt." Schmidt nimmt daraufhin Kontakt zu jüdischen Musikern auf, die aus Deutschland nach Palästina immigriert sind. Seine Recherchen werden immer umfangreicher und entgehen letztlich auch Amnon nicht, der sich von diesem unerschöpflichen Wissensdurst langsam, aber sicher anstecken lässt.

„Amnon, du musst von diesen Instrumenten erzählen! Niemand ahnt auch nur, dass es sie noch gibt." Immer wieder fordert Schmidt seinen israelischen Meister auf, sein Wissen mit anderen zu teilen. Für ihn ist es eine hochemotionale Angelegenheit, sich ausgerechnet in Israel mit deutschen Musikinstrumenten auseinanderzusetzen. Doch Amnon lässt sich nicht erweichen. Als 1993 seine Mutter Golda im Alter von 86 Jahren stirbt, kommt für ihn eine Beschäftigung mit den Geigen erst recht nicht mehr infrage. An Schmidt gewandt antwortet er nicht nur einmal erzürnt: „Ich möchte nicht, capice?" Manchmal kann Amnon unwirscher auftreten als gewollt. Obwohl Moshe und Golda ein hohes Alter erreicht haben, lastet ihr Tod schwer auf ihm. Erst 1998, als Sohn Avshi in Amnons Fußstapfen tritt, gerät etwas in Bewegung. Ein Jahr später, im Juni 1999, hat Schmidts Drängen Erfolg, und Amnon tritt seine erste Reise nach Dresden an. Dort, in der Dreikönigskirche, soll er zur 50. Jahrestagung des Verbandes Deutscher Geigen- und Bogenmacher, in deren Vorstand Schmidt zuvor berufen worden war, einen Vortrag darüber halten, was es mit den europäischen Violinen, Viola und Celli im Heiligen Land auf sich hat.

Amnon spricht nicht nur über eine Stunde lang vor angesehenen Arbeitskollegen mit Meisterbrief, er steht den ganzen Tag über für Fragen zur Verfügung. „Ich hatte 250 Dias dabei und sechs Instrumente", erinnert er sich. Was die Zuhörer erfahren, ist den meisten völlig neu. „Bronisław Huberman war einer der bedeutendsten Geiger in der ersten Hälfte des 20. Jahrhunderts", übersetzt Schmidt Amnons Worte ins Deutsche. „Er war ein musikalisches Genie und bekannt dafür, Violinenstücke sehr individuell zu interpretieren", fährt er fort. „Huberman war als polnischer Jude aber auch Vorkämpfer eines geeinten Europas und zugleich Verfechter eines jüdischen Staates in Palästina. Ihm ist es zu verdanken, dass im Jahr 1936 nicht weniger als 75 osteuropäische Musiker nach Palästina kommen konnten, um dort das Palestine Orchestra zu gründen." Vorrangig Männer mittleren Alters sitzen in dem wiedererrichteten Sakralbau aus dem 15. Jahrhundert und lauschen wie gebannt. „Das erste Konzert fand am 26. Dezember 1936 in Tel Aviv statt und wurde von dem berühmten Italiener Arturo Toscanini dirigiert. Gespielt wurden die Zweite Sinfonie von Johannes Brahms und die Overtüre zu Carl Maria von Webers Oper ‚Oberon'." Amnon hält kurz inne. „Dann verlor die Musik ihre Unschuld. Nach den Novemberpogromen von 1938 entschied sich Huberman unter anderem, nie wieder Stücke von Richard Wagner in sein Programm aufzunehmen. Nach der Unabhängigkeitserklärung Israels, zehn Jahre später, hieß das Orchester fortan Israel Philharmonic Orchestra."

Wie Schmidt kamen auch Hubermans Musiker Jahrzehnte vorher mit schwerem Gepäck. Viele brachten gleich mehrere Instrumente nach Palästina. Immerhin gab es zu diesem Zeitpunkt kein erwähnenswertes Angebot an Ersatzteilen oder gar Reparaturmöglichkeiten. Erst später, als die fünfte vorstaatliche Einwanderungswelle zu ihrem Ende hin über 200 000 Menschen ins Land gespült hatte – darunter Amnons Eltern –, normalisierte sich die Situation ein wenig. So hatte bald auch Moshe nicht nur regelmäßig Reparaturaufträge, sondern nannte mit der Zeit ein ganzes Ensemble vollständiger Geigen sein Eigen, das ihm als Ersatzteillager diente. „Fast 1000 Menschen aus Deutschland, Österreich, Polen und Ungarn – Orchestermitglieder und deren Familien – haben den Holocaust überlebt, weil ihnen Menschen wie Huberman rechtzeitig den Weg ins Exil ebneten", hört sich Amnon in Dresden sagen. Der Gedanke, dass auch sein Leben keineswegs selbstverständlich war, durchfährt Amnon in jenem Moment wie ein Blitz, während er sich vor Augen führt, welche Botschaft er weiterträgt. Die Instrumente haben viele Menschen in den Tod begleitet, andere aber davor bewahrt. „Musik hat vielen das Leben gerettet", schließt er seinen Vortrag.

Zwei Tage später machen sich Amnon und Schmidt zusammen mit einer Dresdner Musikprofessorin nach Theresienstadt auf. Sie wollen im Archiv vor Ort weitere Nachforschungen anstellen, mehr herausfinden über die Aufgabe von Musikern in der Propagandamaschinerie der Nazis. Im Sammellager Theresienstadt ließen die Nazis die Kinderoper „Brundibár" – die Hummel – nach der Uraufführung im jüdischen Kinderheim in Prag mehr als 50-mal spielen. Ausschnitte der Oper kamen auch in dem Film „Der Führer schenkt den Juden eine Stadt" vor und erreichten so das erhoffte Ziel: die Vertuschung der menschenverachtenden Ostpolitik. Zwar ermöglichte die Oper den beteiligten Kindern, ihrer ansonsten misslichen Situation eine Weile zu entfliehen. Doch ihre Überlebenschancen stiegen deswegen nicht. Die Figuren wurden immer wieder neu besetzt, weil die kleinen Darsteller nach und nach in den Tod geschickt wurden.

Zurück in Israel berichtet der öffentlich-rechtliche Radiosender Kol Israel – die Stimme Israels – über Amnons Reise. In dem Beitrag wendet sich Amnon mit einer besonderen Bitte an die Zuhörenden. „Ich weiß, dass die Leute damals in den Lagern und Ghettos gespielt haben. Ich würde mich freuen", sagt er am Ende der Sendung, „wenn wir mehr erfahren könnten über den Verbleib ihrer Instrumente." Keine Woche später meldet sich der erste Anrufer bei Amnon. „So kam die ganze Sache ins Rollen", erinnert er sich. „Die Reaktionen kamen über uns wie eine Lawine." Obwohl sich nicht immer mit absoluter Sicherheit rekonstruieren lässt, welches Schicksal den Besitzern zuteilwurde oder aus welcher Hand die Geigen stammen – es gibt meist genügend Hinweise, um nach und nach ein dichter werdendes Netz an Informationen zu spinnen, die sich mithilfe von Experten verifizieren lassen. Heraus kommen dabei manchmal vollständige Geschichten wie die vom jungen Motele.

Mordechai „Motele" Schlein, ein Junge aus dem Dorf Krasnowka an der Grenze zwischen Polen und der Sowjetunion, entstammte ärmlichen Verhältnissen. Eine entfernte Cousine ermöglichte ihm 1938 das Geigespielen. Kind sein durfte der 1930 geborene Motele jedoch nicht lange. Als Zwölfjähriger musste er aus einem Versteck heraus die Erschießung seiner Eltern und seiner kleinen Schwester Batyale mitansehen. Nur seine Geige war ihm geblieben. Über Umwege gelangte er zu jüdischen Partisanen und übte mit ihnen Vergeltung an deutschen Besatzern und deren ukrainischen Kollaborateuren. Eine der erfolgreichsten und spektakulärsten Aktionen wäre ohne die geniale List des mutigen Jungen wohl kaum gelungen. Unerschrocken und mit einigem Talent unterhielt er mit seiner Geige allabendlich zum Schein die Besucher einer bei deutschen Soldaten beliebten Gaststube. Jeden Abend, wenn er mit seinem Geigenkoffer die Stube betrat, befand sich jedoch nicht das Instrument selbst darin, sondern Sprengstoff. Nach ein paar Tagen reichte dieser schließlich aus, um das ganze Haus in Schutt und Asche zu legen. Nach seinem Konzert stahl sich Motele in Windeseile davon. Ein paar Minuten später war nur noch ein ohrenbetäubender Knall zu hören – das Vorhaben war gelungen, nicht wenige Nazis dabei getötet worden, und Motele stieg kurzzeitig zu einer lebenden Legende auf, die nie mehr ohne Geige zu sehen war. Als die Partisanen von der Roten Armee eingezogen wurden, war auch Motele darunter. Im Oktober 1943 starb der Junge mit nur 13 Jahren auf dem Schlachtfeld. Sein Partisanenführer, den alle nur Onkel Misha nannten, bewahrte Moteles Geige samt Kasten auf und emigrierte damit nach Israel. Dort hörte ein anderer ehemaliger Partisan, der Amnon Mitte der 1990er durch die Negev-Wüste geführt hatte, ein paar Jahre später dessen Radioaufruf, und so endete Moteles Geige schließlich in Amnons Sammlung. Inzwischen hat sie in der Gedenkstätte Yad Vashem ihre letzte Ruhestätte gefunden – und die Beachtung, die ihr gebührt.

„Das Wissen um Geschichten wie diese darf nicht einfach erlöschen." Die wohl wichtigste Erkenntnis, die Amnon in Dresden gewinnt, verändert ihn durch und durch. Mit fast 60 Jahren hat ihn seine Lebensaufgabe gefunden. „Ich habe mir diese Aufgabe nicht gesucht, aber ich werde mich ihr auch nicht entziehen. Es ist meine Verantwortung und der komme ich jetzt nach", erklärt er in Interviews. Was er jahre-, gar jahrzehntelang vermieden hat, nimmt er nun fast dankbar an. Er dokumentiert die Geschichte eines jeden Instruments so präzise wie möglich in einem Notizbuch. Anfangs ändert sich in seinem und Assis Leben wenig. Amnon geht weiterhin an sechs von sieben Tagen zwischen sechs und zehn Stunden in die Werkstatt, um Seite an Seite mit Gari Bögen zu schleifen, Gipsabdrücke zu nehmen oder fein säuberlich Pinselstriche zu setzen. Eingehüllt wie in einen schweren Mantel legt sich der Geruch aus Holz und Lacken über ihn und jeden Besucher, der sein Reich betritt. Doch von nun an ist es Amnon selbst, der den vorhandenen Staub aufwirbelt. Sprichwörtlich. Mit jeder Lackschicht, die er vorsichtig abträgt, ist es, als versuche er, der Geschichte jedes einzelnen Instruments auf die Spur zu kommen. Nur um im Anschluss an die Reparatur – einem Schöpfer gleich – eine neue Schutzschicht aufzutragen, die das Geschaffene, ihr Antlitz und das Andenken der dahinterstehenden Person bewahren möge.

Einer der engsten und ältesten Kunden, Guy Braunstein, erinnert sich lebhaft an den Moment, als er zum ersten Mal mit einer von Amnons geschichtsträchtigen Geigen in Berührung kam. Er hatte nur seinen Bogen neu bespannen lassen wollen. Anschließend sollte er sich mit seiner Familie am Strand treffen. Als der Violinist zwei mit Davidsternen verzierte Violinen auf Amnons Werkbank liegen sah, fragte er beiläufig nach deren Herkunft. Dann begann Amnon zu erzählen. Von den Konzerten in den Ghettos, den Lagern. Im Verlauf des Gesprächs setzte Braunstein mehrmals zum Spielen an. „Ich hatte am ganzen Körper Gänsehaut." Mehrere Stunden vergingen, ehe sich der ehemalige Konzertmeister der Berliner Philharmoniker losreißen konnte. In Situationen wie diesen erkannte Amnon, dass die musikalischen Stolpersteine in seiner Vitrine genug Zeit hinter Glas verbracht hatten. Zu den Berichten über Erniedrigung und Tod, fand er, gehörten auch die von Mut, Hoffnung und der Kraft der Musik.

Die konkrete Idee, den Instrumenten wieder Gehör zu verschaffen, hatte schließlich eine langjährige Freundin. Diese lebte und arbeitete zu Anfang des neuen Jahrtausends als israelische Kulturattachée in der Türkei. „Lass uns doch ein Konzert veranstalten, damit dort deine Geigen gespielt werden können, Amnon", schlug sie vor. Auftreten könnte der Gründer und Musikdirektor des Istanbuler Kammerorchesters, Solo-Violinist Cihat Aşkin. Dieser erinnerte Amnon an seinen Vater. Genauso wie Moshe war auch Aşkin überzeugt, dass so viele Kinder wie möglich das Geigespielen erlernen sollten. Sein Anliegen hatte er bereits mit seinem Studienprogramm „Cihat Aşkin und Kleine Freunde" in die Tat umgesetzt. Amnon und Cihat waren sich auf Anhieb sympathisch. Und die Umsetzung der Konzertidee damit nur noch eine Frage der Zeit. „Die Proben verliefen noch etwas holprig. Aber Cihats Auftritt war in jeder Hinsicht vom Glück getragen. Er ist ein fantastischer Musiker und brachte das Ganze richtig in Fahrt", schwärmt Amnon.

Dass sich seine Herzensangelegenheit in kürzester Zeit in ein größeres Unterfangen verwandeln könnte, das sich nur mithilfe der Familie bewältigen lässt, hätte sich Amnon nie träumen lassen. Immer mehr Menschen meldeten sich, verwiesen auf mögliche „jüdische Violinen". Medienschaffende baten um

Interviews, Kulturschaffende boten künstlerische Kooperationen an. Noch heute, Jahre nach dem allerersten Konzert, an dem Tag, an dem diese Zeilen geschrieben werden, erhält Amnon weiterhin Anfragen. Um den Überblick nicht zu verlieren, hilft Assi ihm mit der Korrespondenz. „Ohne sie würde ich das alles nicht schaffen", sagt Amnon. Sohn Avshi übernimmt aus seiner eigenen Werkstatt in Istanbul gemeinsam mit Amnon die Beschaffung und Instandhaltung von Instrumenten und dient nach außen hin als zusätzlicher Ansprechpartner. Was Amnon sich höchstens heimlich gewünscht, aber nie offen zu hoffen gewagt hatte, resultierte in einer überwältigenden Anteilnahme und in einem anhaltenden Interesse aus aller Welt. Für seine regulären Kunden bleibt ihm kaum mehr Zeit. Wie von einer inneren Hast getrieben, steht er als Korpusmacher und Besaiter, Lackierer und Halsmacher vorrangig im Dienste der „Geigen der Hoffnung" – wie er seine wertvolle Sammlung inzwischen nennt. Bereut hat er es nie. „In dem Moment, in dem ich entschieden habe, mich dem Ganzen zu stellen, war klar: Es gibt kein Zurück."

Der zurechtgemischte Leim muss warten. Amnon greift umständlich mit dem rechten Arm um seine linke Achse, streckt sich dem klingelnden Telefon entgegen, das ihm an diesem Tag keine Ruhe lässt. In seiner linken Hand hält er eine gerade zu bearbeitende Geige sicher am Hals und stützt ihren Körper auf seinem Oberschenkel ab, während sich die weiße Schnur seines Telefons wie Efeu um ihn rankt. „Welcher Otto spricht da?", fragt Amnon leicht gereizt in den Hörer. Wie immer drängt die Zeit, hinkt er seinem eigenen Plan hinterher. Doch er will erreichbar sein, wenn auch nur kurz. „Ja, gegen sechs Uhr heute Abend können wir telefonieren. Keine Mails! Auf die antworte ich sowieso nicht." An der Werkbank nebenan formt Gari ein Negativ einer Geigenoberseite aus penetrant riechendem, grünlich schimmerndem

Modellgips. Dann legt Amnon umständlich wieder auf, beugt sich langsam über seinen kugelrunden Bauch und fährt konzentriert mit seiner Präzisionsarbeit fort. Keine zehn Minuten später klopft es von außen an die rote Kellertür. Ohne sich groß zu rühren, entriegelt Amnon per Knopfdruck das Türschloss. „Ich habe mir schon vor Jahren extra einen elektrischen Türöffner an die Werkbank verlegen lassen, damit ich nicht aufstehen muss", erwidert er auf meinen erstaunten Gesichtsausdruck.

Ein junger Mann tritt herein. Unter dem Arm trägt er einen alten, ein wenig schäbig aussehenden Geigenkasten. Darin befindet sich das Instrument seiner Mutter, die als Kind in ihrem Versteck in Rumänien darauf gespielt habe, sagt er. 1948, im Jahr der Staatsgründung, sei sie mit 13 Jahren nach Israel gekommen. Hier aber hätte die Violine unbenutzt in einer Ecke gelegen. „Mein Bruder und ich wollen ihre alte Geige bei ihrer Trauerfeier für sie spielen lassen", erklärt der Besucher. Amnon späht über seine Brille hinweg prüfend auf das Instrument. Obgleich er einen skeptischen Eindruck macht, sagt er nach einigen Augenblicken, dass diese Geige typisch für all diejenigen sei, mit denen Juden einst häufig gespielt hätten. Dann macht er seinem Besuch einen Vorschlag. Rund vier Monate würde eine komplette Restauration dauern. Das könne er kostenlos machen, aber danach würde er das Instrument gern in seine Sammlung aufnehmen. „An Ihre Mutter erinnert aber nicht nur ein kleiner Zettel. Ihrer wird gedacht, wann immer ihre Geige gespielt wird. So könnte man ihr Andenken nicht nur einmal, sondern immer wieder aufleben lassen." Der leicht verdutzte Blick seines Gegenübers löst sich in Zustimmung auf, als Amnon den Kontext seines Angebots genauer erläutert.

Über 60 Geigen hat Amnon in seine Sammlung aufgenommen. Die meisten sind bereits wieder konzerttauglich und jedes

Jahr mehrmals in Gebrauch. „Die Vergangenheit schreibt sich nicht in den Korpus ein“, versucht Amnon einem indischen Fernsehmoderator zu verstehen zu geben, „eine Geige ist eine Geige ist eine Geige – fertig! Es sind die Musiker, die anders auf ihnen spielen, sobald sie die Geschichten hinter den Instrumenten kennen. Dadurch ergibt sich der besondere Klang, weil die Musiker 1000 Prozent geben, nicht 100!“ Eng gedrängt sitzen der Moderator, sein Kameramann und Amnon in dessen kleinem Büro im Nebenhaus der Werkstatt. Den restlichen noch verbliebenen Platz nehmen eine Vertreterin des israelischen Außenministeriums und ich ein. Sie hat das Interview mit dem Fernsehteam aus Neu Delhi arrangiert. Dass Menschen auf der ganzen Welt Amnons Namen kennen, rührt ihn. Es ist auch kein Geheimnis, dass er selbst jede Gelegenheit genutzt hat, um die Geigen bekannt zu machen. Doch 2015, gut zehn Jahre nach Beginn des Projekts, kommt ihm längst nicht mehr jede Form von Öffentlichkeit gelegen. Nicht nur, weil sich sein Alter bemerkbar macht. „Ich muss mich immer fragen: Was bringt dieses Interview der Sache selbst und vergeude ich am Ende nicht meine Zeit?“ Das indische Fernsehformat bleibt eine einmalige Sache, das weiß Amnon, kurz nachdem die Tür hinter dem Team ins Schloss fällt. „Drei Stunden hat mich das jetzt gekostet“, grummelt er und spielt den entrüsteten Alten. „So, zurück an die Arbeit!“

Amnon will so viele Geigen retten, wie er kann, und damit ihre Geschichten, die Geschichten von zahlreichen Juden. Der alte Mann und die Musik? Das allein ist es nicht. In politische Zusammenhänge will er sich aber auch auf keinen Fall ziehen lassen. „Warum sollte ich auch? Mit Politik hat das alles nichts zu tun. Politik spielt nur insofern eine Rolle, als dass Politiker gewisse Angelegenheiten für mich vereinfachen können.“ Wenn jemand mit einer Vielzahl von teilweise antiken Instrumenten verreist, lässt das in der Regel Zollbeamte hellhörig werden. Dank eines speziellen Erlasses kann sich Amnon langatmige Erklärungen sparen. Gegen weitere Unterstützung für seine Erinnerungsarbeit hätte er natürlich nichts einzuwenden. Seit ihm klar geworden ist, wie viele Instrumente Leben gerettet haben – und sei es nur für einen zusätzlichen Tag –, sieht er es als Pflicht aller, bei der Suche nach diesen Instrumenten weiterzuhelfen. Doch sich fordernd vor Institutionen oder gar Privatpersonen zu stellen, etwas zu verlangen, was nicht sowieso bereitwillig gegeben wird, das entspricht nicht seiner Art, wie eigenwillig er auch erscheinen mag.

Samstag in Israel. Shabbat, Ruhetag. Die Tel Aviver bewegen sich an diesem Tag nur zähflüssig in ihrem Zeitkarussell. Sogar der Wind gönnt sich eine Pause. Das Meer steht still. Niemand scheint in Eile. Wer zu Fuß unterwegs ist, schreitet genussvoll. Statt einen „Kaffee zum Mitnehmen" gönnt man sich eine richtige Tasse, die man gemächlich auf dem Tisch vor sich abstellt. Bücher, Zeitungen, Magazine werden, wie es sonst absolut nicht die Art der meisten Israelis ist, geduldig Seite um Seite durchgeblättert. Und wer nichts zu lesen und auch keine gesprächige Begleitung hat, heftet den zurückgelehnten Blick auf Flanierende. Ein ganz anderes Bild bieten dagegen die Weinsteins an diesem Tag. Der jüngste Sohn, Joni, kommt zum Mittagessen und bringt seine Freundin mit. Und auch ich bin eingeladen. Halb zwei Uhr mittags. Ich spiele die Deutsche und bin natürlich zu früh. Oder die anderen zu spät? Als ich komme, wischt Assi mit einem Elan den gefliesten Wohnzimmerboden, als hätte dieser es besonders nötig. Ihre frisch gewaschenen, noch nassen Haare kleben ihr am Kopf. Irgendwie hat sie heute doch noch die Zeit vergessen, lacht sie. Amnon ist nicht zu sehen, er muss den Müll nach draußen tragen. Zu Hause ist Assis Reich, auch wenn dieses ebenso voll von Dingen ist wie Amnons Büro und Werkstatt. Nur finden sich hier statt Geigen afrikanische Holzfiguren in allen Größen und Formen, Skulpturen, Bücher und Gemälde sowie zahlreiche gerahmte Fotos, die Amnon im Laufe der Jahre selbst geschossen hat. Ein Faible für Flohmärkte lässt sich bei beiden nicht leugnen. Meist ist es allerdings Amnon, der hofft, Assi werde gleichermaßen entzückt von seiner neuesten Entdeckung sein und ein Plätzchen im Regal freimachen.

Eine zertifizierte Bestätigung dessen, was Amnon über die einzelnen Geigen weiß, gibt es in den wenigstens Fällen. Die Instrumente sind grundsätzlich für jedermann zugänglich, und niemand spricht öfter und ausgiebiger darüber, als er selbst. „Wir wissen nur über eine Handvoll tatsächlich, was genau passiert ist." Kritiker, die vermutete historische Abläufe infrage stellen könnten, sind frei, nach allen Regeln der Kunst den Hintergrund der Geigen herauszufinden, zu überprüfen. „Wir tragen alle verfügbaren Informationen zusammen. Ich muss aber zugeben, und das bedaure ich heute auch, dass ich zu spät damit angefangen habe: Viele Menschen sind schon gestorben und andere wollen kein Wort sagen." Er schlägt die Augen nieder. „Am Ende", meint Amnon, „ist die Frage allerdings nicht, was wir mit dem Projekt machen, sondern was es mit uns macht." Wenn also ein Münchner Geigenbauer mit einer alten Violine kommt und diese in Amnons Obhut geben möchte, weil er sich so gut wie sicher ist, dass das Instrument in Dachau gespielt wurde – wer würde Motivation und Sachverstand infrage stellen wollen?

Beim Morgenappell wurde erneut gezählt, als wolle man sichergehen, dass über Nacht keiner abhandengekommen war. Dann wurden Stani und er in eine andere Baracke befohlen, in einen leeren Raum, der sich allmählich mit Häftlingen füllte. Sie trafen viele aus Łódz wieder, die mit im Zug gewesen waren.

Marek fragte, wie es ihnen ergangen war. Mit ihnen hatte keiner singen geübt. Sie waren geschlagen worden, und Wurst hatten sie auch keine bekommen. Vielleicht hatte ihr Blockältester sie abgezweigt. Willi schien ein Ausnahmefall zu sein.

Ein Tisch wurde hereingebracht. Dann kamen Häftlinge mit Karteikarten und andere mit Tätowiernadeln. Ihre Nummern wurden aufgerufen, Namen waren nicht länger von Bedeutung. Als es hieß: „95101“, trat Marek an den Tisch. Ihm wurde befohlen, sich zu setzen und den Arm vorzustrecken. Der Tätowierer begann seine Arbeit. Es tat nicht sehr weh. Aber die Tätowierung würde er nie wieder loswerden, diese Nummer würde er sein Leben lang tragen. Sie schien ihm zu sagen: Du kommst hier nicht raus. Dachau ist deine Endstation.

Neben ihm wurde von einem zweiten Tätowierer Stani die 95102 auf den Arm gestochen. Sie waren in den Besitz der SS übergegangen und erhielten einen Brennstempel wie ein Stück Vieh, wie Pferde und Rinder. Die Nazis bestimmten fortan, was sie zu tun hatten und was mit ihnen geschah. Niemand fragte nach dem Namen, ihre Persönlichkeit zählte nicht mehr. Sie waren austauschbare Sklaven.

Als sie in ihre Baracke zurückkehrten, wurde in der Stube ein Kübel aufgestellt und Willi gab das Kommando, sich mit Essnapf und Holzlöffel entsprechend der Spindnummer anzustellen. Sein Schreibergehilfe rief jeden auf und machte einen Strich auf seiner Liste, sobald Willi den Inhalt einer Kelle in dessen Schale geklatscht hatte.

Es gab Wassersuppe mit Weißkohl. Die Männer schlangen gierig wie Wölfe, aber auch wenn sie die Schüssel leer gefressen hatten, bevor überhaupt die Schlange der Wartenden abgearbeitet war, und sich sofort von Neuem anstellten, blieb ihre Hoffnung auf einen Nachschlag unerfüllt. Der Kübel war bald leer, die Letzten murrten, sie hätten nur noch halbe Kellen erhalten.

Marek beobachtete es, während er langsam löffelte. Wer unter Hunger litt, war nicht mehr fähig zu Empathie, der knurrende Magen trieb den Männern jede Rücksicht aus. Wie lange würde es dauern, bis er selbst so wurde?

Willi kam zu ihm. Ein anderer Häftling stand respektvoll auf und bot Willi seinen Hocker an. Der Stubenälteste dankte und setzte sich. „Wir müssen schon Abschied nehmen", sagte er.

Marek schluckte ein Stück Weißkohl unzerkaut herunter. „Wie meinst du das?"

„Ich bringe dich in eine neue Baracke. Und morgen beginnt dein Arbeitskommando."

„Was wird aus meinem Bruder?"

„Er bleibt hier. Keine Sorge, ich kümmere mich um ihn." Wieder bedachte ihn Willi mit diesem ernsten, prüfenden Blick. „Hab gehört, was gestern passiert ist. Du bist mutig. So etwas ist selten hier in Dachau: dass einer für den anderen die Haut riskiert."

„Wäre schön, wenn du helfen könntest, dass es nicht umsonst war." Er warf einen Blick zu Stani. „Er ist vier Jahre jünger als ich. Und auch wenn's nicht so aussieht, in Łódz hat er manches Mal auf *mich* aufgepasst."

„Im Moment mach ich mir mehr Sorgen um dich als um ihn. Kannst du den Liedtext noch? Ich werde mit dem Kapo reden.

Er soll dich wenigstens durch die ersten Tage bringen. Aber du musst schnell weitere Lieder lernen, bis du die wichtigsten drauf hast. Musikalisch bist du ja."

„Wer ist das, der Kapo?"

„Euer Aufseher. Wenn er dich schlägt oder herumschreit, sei dankbar. Er tut es, damit sie's nicht tun."

So etwas hatte er schon einmal gehört, im Ghetto. „Ich glaube so was nicht."

„Du wirst es schon noch sehen. Jetzt spül deine Schüssel ab, und komm dann vor die Baracke. Ich liefere dich ab."

Die neue Baracke war wie alle anderen auf einen Ziegelsteinunterbau gesetzt, dünne weiße Wände aus hartgepresster Pappe, darauf ein flaches Asphaltdach. Über den Eingang war groß eine 10 gemalt. „Block zehn", sagte Willi stolz.

Als er ein fragendes Gesicht machte, ergänzte Willi: „Hat mich einiges gekostet, dass du nicht auf den Judenblock musst. Glaub mir, hier geht's dir besser. In Block zehn sind Polen und Tschechen."

Noch immer begriff er nicht.

Willi blieb stehen. „Ich vergesse manchmal, wie es für euch Neue ist. Also, es gibt eine Rangordnung im Lager. Als Jude stehst du ganz unten. Dein Leben ist hier nichts wert. Das lassen dich die Wachen spüren und die Häftlinge machen es nach. Eine Stufe über dir stehen die Russen, auch sie kommen um wie die Fliegen. Tschechen, Polen und Italiener sind der SS nicht viel wert, aber immerhin mehr als die Russen. Na ja, und oben stehen die Belgier, Holländer, Serben, Kroaten und Slowenen, das ist schon was Besseres, auch die Griechen, die Luxemburger, die Albaner."

„Und die Deutschen?"

„Es gibt nicht mehr viele Deutsche hier. Ein paar gefallene Engel, so nennen wir Nazis, die in Ungnade gefallen sind. Und ansonsten Kommunisten wie mich. Uns gibt man die Armbinden.“ Er reichte Marek die Hand. „Also, halt schön den Kopf hoch. Wir sehen uns. Ich rede gleich noch mit deinem Kapo.“

Auch diese Baracke hatte vier Stuben, jede für fünfzig Männer gebaut und mit über hundert belegt, wie man ihm sagte. Noch war es still in den Räumen, die Häftlinge waren bei der Arbeit. Als er sein Bett zugewiesen bekam, fragte er sich, was wohl mit dem Vorgänger geschehen war. Sein Bettgenosse war ein Tscheche, klein gewachsen und mit einem Kopf wie ein Totenschädel. Sie verständigten sich in gebrochenem Deutsch und mit Handzeichen, er erklärte, er sei gerade drei Wochen im „Bunker“ gewesen, Dunkelzelle, aber es habe ihm Kraft gegeben, ein paar Zellen weiter Martin Niemöller zu wissen – er wiederholte den Namen mehrfach und konnte nicht glauben, dass Marek ihn noch nie gehört hatte. Immer wieder formte er betende Hände, es schien ein berühmter Christ zu sein, den sie da eingesperrt hatten. Immerhin, der Tscheche und er verstanden sich. Tomas hieß er.

Als Marek fragte, welchem Arbeitskommando Tomas zugeteilt sei, sagte der betrübt: „Walze.“

„Ich auch.“

„Auch Strafe, hm?“

Er nickte, und sie mussten beide lächeln.

Nach dem Abendappell füllte sich die Baracke. Der Stubenälteste trug ein grünes Dreieck, dort, wo bei ihm der Judenstern angenäht war. Tomas erklärte: „Ganove.“ Es dauerte eine Weile, bis Marek begriff, was damit gemeint war. Die farbigen Flicken waren Zeichen. Er ließ sich alle aufzählen, und als die

Kommunikation mit Tomas scheiterte, sprangen zwei Polen ein, die ihnen zugehört hatten, und klärten ihn auf.

Alle Kriminellen trugen ein grünes Dreieck. Die politischen Häftlinge ein rotes. Homosexuelle mussten sich ein rosafarbenes Dreieck annähen. Zeugen Jehovas trugen Violett. Und Asoziale Schwarz.

„Asoziale?“, fragte er.

„Was die Nazis eben dazu zählen: Zigeuner, Bettler, Landstreicher, Dirnen, Trunksüchtige. Ich kenne einen, der wollte – nach zwanzig Jahren in der Firma! – seinen Arbeitsplatz nicht aufgeben, obwohl man ihm eine andere Stelle zugewiesen hatte. Zack, haben sie ihn hierher ins KZ geschleppt. Der trägt jetzt ein schwarzes Dreieck. Begründung: arbeitsscheu.“

Obwohl sie in der Nacht das Fenster öffneten, war es stickig im überfüllten Raum. Der Tscheche lag ruhig. Etliche andere Männer röchelten im Schlaf, keuchten, husteten. Es roch nach Schweiß und Urin, die schiere Menge an Menschen in dem kleinen Raum drohte ihn zu ersticken. Erst die tagelange Fahrt im überfüllten Viehwaggon, jetzt die überfüllte Baracke. Er sehnte sich danach, einmal allein zu sein, einen Spaziergang durch die nächtlichen Straßen von Łódz zu machen oder in einem Sessel zu versinken und ein Buch zu lesen, allein über frischen Schnee zu laufen. Er stellte sich das vor und nickte ein.

Plötzlich sprang das elektrische Licht an. Der Stubenälteste stürmte in den Raum und schrie: „Aufstehen!“ Er schlug mit einem kurzen Stock gegen die Holzrahmen der Betten, und weil sich die Männer nicht schnell genug rührten, schlug er nicht mehr das Holz, sondern die Menschen in den Betten. Die Getroffenen jaulten auf, sie sprangen heraus und flohen zum Waschraum. Marek folgte ihnen, obwohl ihm der Schlaf noch die Sinne benebelte.

Es konnte unmöglich bereits Tag sein. An den Wasserhähnen entstand ein großes Gedränge. Irgendwann bekam er ein Stück Seife zu fassen, RIF war in großen Buchstaben darin eingeprägt.

„Rein Jüdisches Fett", kommentierte einer der Häftlinge.

„Unsinn", sagte ein anderer. „Das heißt Reichsstelle für Industrielle Fettversorgung."

Ein Dritter mischte sich ein. „Ihr wisst wieder mal nichts. Das bedeutet Reichs-Industrie-Fette."

Marek seifte sich unter den Achseln und auf der Brust ein, dann wartete er, bis an den Wasserhähnen ein Platz frei wurde, und hielt die Hände wie eine Schale unter den Wasserstrom. Das kalte Wasser warf er sich gegen die Brust. Als er auch die Achseln abgespült hatte, fror er und zog sich, nass wie er war, das Hemd über.

Am Ausgang bildete sich eine Schlange. Er stellte sich an. Im Durchgang zum Vorraum blockierte der Schreiber den Weg. Jeder hielt ihm sein Handtuch hin, er befühlte es und machte einen Strich auf seiner Liste. Was sollte das? Wurden hier die simpelsten Handgriffe protokolliert? Man behandelte sie wie pubertierende Schüler. Es ärgerte ihn.

Als er an der Reihe war, sagte er: „Ich habe kein Handtuch erhalten."

Der Schreiber schimpfte: „Dann leih dir eins aus! Zurück in den Waschraum!"

„Ich habe mich gewaschen", protestierte er. „Mein Hemd ist nass, das sieht man doch."

Der Stubenälteste erschien. Schon fürchtete Marek, er würde mit dem Stock ausholen, da winkte er ihn durch. „Ist in Ordnung", sagte er.

Die Hektik ebbte im Schlafraum nicht ab: Jetzt hieß es, die Pferdedecken auf den Betten ordentlich zusammenzulegen.

Er staunte, dass die Männer dabei solche Eilfertigkeit an den Tag legten. Manche schienen ein regelrechtes Kunstwerk zu erschaffen. Die Decke durfte keine Falte aufweisen und sämtliche Kanten mussten sauber aufeinanderliegen. Aber während die oberen Etagen ihre Betten machten, traten sie den unteren auf die Decken, was zu wilden Flüchen und hinten am Fenster sogar zu einer Keilerei führte.

„Warum ist das so wichtig?", fragte er den Tschechen.

„Blockführer", sagte der und deutete Schläge an. „Fünfundzwanzig."

„Die Fünfundzwanzig", erklärte ein Pole, der sein Bett unten hatte und noch wartete, bis die Oberen fertig wurden, „die kriegst du, wenn dich einer aufschreibt. Die Strafmeldung kommt vor den Lagerführer, und wenn er sie genehmigt, was er eigentlich immer tut, wirst du auf dem Appellplatz auf den Bock gespannt und kriegst fünfundzwanzig Hiebe mit dem Ochsenziemer. Wenn du Pech hast und ein Schlag geht daneben, kann der die Nieren erwischen, und du pinkelst noch Wochen später Blut."

Jetzt gab auch er sich Mühe mit dem Bett.

Der Stubenälteste teilte mit der Kelle Kaffee aus. Vielleicht würde der den Hunger etwas betäuben. Manche hatten sich Brot vom Vortag aufgespart, das sie jetzt unter den neidischen Blicken der anderen zum Kaffee aßen. Marek freute sich auf seinen ersten Kaffee seit Jahren, im Ghetto hatten nur die wohlhabendsten Familien einmal Kaffee getrunken, und auch dann war er Luxus gewesen, geschmuggelte, teuer bezahlte Ware.

Er hob die Schüssel zum Mund und nahm einen genussvollen Schluck.

Es schüttelte ihn. Das war kein Kaffee! Nicht einmal im Entferntesten. Dieses Gesöff roch auch nicht danach. Was hatten die ins Wasser getan, dass es so eine dunkle Brühe wurde?

Niemand schien sich daran zu stören. Es war, als hätten die Männer insgeheim die Absprache getroffen, so zu tun, als sei die Brühe Kaffee, und weil jeder mitspielte, konnten sie anfangen, es zu glauben.

Er hatte die Schüssel erst zur Hälfte ausgetrunken, da kam das Kommando: „Hocker hoch! Zimmerdienst!“

Rasch kippte er den Rest hinunter. Gesöff oder nicht, es füllte den Magen für eine Weile. Die Hocker wurden auf die Spinde gestellt. Er ging in den Waschraum und säuberte seine Schüssel. Kaum hatte er sie im Spind untergebracht, mussten alle den Raum verlassen.

Wie es wohl Stani ging? Er hatte doch versprochen, ihn nicht alleinzulassen. Draußen war der Himmel noch pechschwarz, nur ein paar Sterne funkelten, und die elektrische Lagerbeleuchtung ließ die Pappeln zu beiden Seiten der Lagerstraße in bleichem kalten Licht erstrahlen.

Sie hatten sich stubenweise in Zehnerreihen aufzustellen. Als sie endlich zur Zufriedenheit des Stubenältesten aufgereiht waren, sah Marek wieder zu den Sternen hinauf. Ihr Anblick stimmte ihn wehmütig. Waren das noch dieselben Sterne, die er als Kind angestaunt hatte? Gottes silbern leuchtende Handschrift am Himmel? Gab es Gott überhaupt? Plötzlich hatte er Zweifel daran. Kaum vorstellbar, dass er zusah, wie sein geliebtes Volk vernichtet wurde. Genau das taten die Nazis: Sie löschten das jüdische Volk aus. Aus irgendeinem Grund hatten sie „den Juden“ als das kosmische Böse auserkoren und machten ihn für alles Zerstörerische der Weltgeschichte verantwortlich. Und nicht nur die lebenden Juden sollten ausgelöscht werden, selbst die Erinnerung an sie musste verschwinden, es sollte so sein, als hätte es dieses Volk nie gegeben. Ihre Synagogen wurden niedergebrannt, ihre Wohngebiete aufgelöst, sogar die jüdischen Grabsteine wurden zerschlagen und beim Straßenbau ins Schotterbett geschüttet. Das konnte Gott doch nicht hinnehmen, das musste doch auch für ihn ein Schlag ins Gesicht sein, was für ein Vater war man denn, wenn man hinnahm, dass die eigenen Kinder ermordet wurden?

Ein Signal summte. Jetzt marschierten die Blöcke los zum Appellplatz. Der Stubenälteste stimmte ein Lied an, das Marek nicht kannte: „Schätzchen, reich mir deine Hand“. Panisch bemühte er sich, die Lippen zu bewegen und zur richtigen Zeit tief einzuatmen, damit es so aussah, als singe er mit. Es gelang nicht besonders gut, das war ihm klar, er wusste ja den Text nicht. Gleichzeitig musste er sich darauf konzentrieren, ordentlich zu marschieren, ohne seinem Vordermann in die Fersen zu treten.

Auch die anderen Blöcke sangen Lieder, es gab ein schreckliches Durcheinander von Tönen, einen Tonmatsch. Diese ausgemergelten Gestalten in ihrer Häftlingskleidung, wie sie fröhliche Volkslieder schrien! Es erschien ihm wie ein absonderlicher Albtraum. Halb verhungerte, knochige Männer brüllten mit erschöpften Gesichtern: „Tralala-lalalaaaa!“ Wer schon im Sterben lag, wurde getragen, auch er musste mit zum Appellplatz, um gezählt zu werden.

Wenn ich das hier überleben sollte, dachte er, werde ich dann je wieder musizieren können? Werde ich eine Violine in die Hand nehmen können, ohne an die zerschmetterte Geige am KZ-Tor zu denken? Werde ich ein Volkslied spielen können, ohne daran zu denken, wie die gequälten Häftlinge es auf dem Weg zum Appellplatz geschrien haben? Die Nazis waren dabei, ihm auch noch die Musik zu vergiften.

Tausende und Abertausende zogen vor ihnen her, er musste seine Schätzung revidieren, das waren nicht zehntausend Häftlinge, sondern eher zwanzigtausend oder noch mehr. Als sie in Formation auf dem Appellplatz angetreten waren, hieß es: „Aaaach-tung!"

Alle Lieder verebbten. Plötzlich war es still im ganzen Lager. Die Blockführer, SS-Männer in schwarzer Uniform, zählten ihre Blocks durch. Er füllte seine Lunge mit der kühlen Morgenluft. Das Lager war von Scheinwerfern erhellt, aber der Himmel war noch schwarz, nur im Osten färbte er sich allmählich rot.

Ein Mann trat auf die hölzerne Tribüne, wohl der Lagerführer. Es wurde der Befehl erteilt: „Mützen ab!" Der Mann wartete, bis wieder absolute Stille eingekehrt war über den entblößten Häuptern, dann las er Häftlingsnummern vor und verkündete Strafen. Sie tönten blechern aus dem Lautsprecher. Wessen Nummer angesagt wurde, der musste vortreten. „Fünfundzwanzig Schläge und zehn Tage Arrest", sagte er, „wegen Arbeitsverweigerung." Oder es war die Rede von einer Stehzelle, was auch immer das bedeutete. Schließlich befahl er: „Arbeitskommando formieren."

Sein Untergebener, ein Häftling mit Armbinde, brüllte: „Mützen auf – rührt euch! Arbeitskommando formiert! Marsch!" Jetzt liefen zwanzigtausend Menschen kreuz und quer über den Platz zu ihrer Arbeitskolonne. Scheinbar hatten die Kommandos feste Sammelplätze. Nur wo war seiner? Niemand hatte ihn darüber informiert.

Er suchte im Chaos nach dem Tschechen, konnte ihn aber nirgendwo erblicken. Da bemerkte er, dass ihn jemand anstarrte, der Löwe, er stand am Rand des Platzes und grinste gehässig. Man würde ihm Arbeitsverweigerung vorwerfen. Er würde in den „Bunker" kommen! Panisch rannte er zum Tor, dann wieder zum Wirtschaftsgebäude.

Jemand rief: „Marek!"

Da sah er den Tschechen. Tomas winkte ihm und wurde kurz darauf von einem breitschultrigen Häftling mit Armbinde niedergeknüppelt. Bestürzte rannte Marek hin. „Er hat mich doch nur gerufen, ich wusste nicht, wo der Sammelplatz ist."

Jetzt bekam auch er Hiebe ab. Er hob die Arme, um sich zu schützen.

„Dummkopf", zischte der Schläger.

Vom Turm erscholl ein Signal. Der Schläger nahm den Stock hoch und schritt zur Spitze des Menschenhaufens. „In Fünferreihen!", befahl er.

Die Männer richteten sich aus. Marek half Tomas auf. „Tut mir leid."

Der Tscheche war blutüberströmt, aber er lächelte. „Gern geschehen."

„Vorwärts, marsch!", befahl jetzt der Schläger. „Links! Links! Links! Links!" Sie marschierten zum Tor, zur Musik der Lagerkapelle, die einen rasselnden Marsch spielte. „Mützen ab! Augen rechts!" So mussten sie die SS ehren, die dort stand und den Ausmarsch begutachtete.

Am Tor sagte der Kapo in das Wachfenster hinein: „Melde gehorsamst: Kommando Straßenwalze, zweiundachtzig Mann!"

Der Wächter im Torhaus gestattete das Passieren und drückte einen Knopf. Das schmiedeeiserne Gitter öffnete sich.

Vor dem Tor stand SS-Oberscharführer Köcher mit einem Dutzend Soldaten. Die SS-Mannschaft teilte sich auf und begleitete den Zug, sechs Mann auf der einen Seite, sechs Mann auf der anderen Seite. Ihm sank das Herz in die Hose.

Sie kamen durch ein anderes Tor. Vor ihnen breitete sich ein öder, weiter Exerzierplatz aus, dahinter erhob sich eine mehrstöckige SS-Kaserne, rechts davon lag als massiger, lang gestreckter Bau die SS-Besoldungsstelle. Er war durch Bombentreffer beschädigt, das Dach nur notdürftig geflickt, und doch lag er da wie ein Tanker, der mit solchen Nadelstichen nicht zu versenken war. Hier befanden sich Verwaltungsbüros und verschiedene Dienststellen der SS, von hier aus wurde die Besoldung der SS im gesamten Deutschen Reich geleitet, das hatte er im Lager gehört.

Während sie am Exerzierplatz entlangmarschierten, hörte man die Musik der Lagerkapelle nur noch gedämpft. Köcher gab das Kommando: „Ein Lied!“ Der Schläger vorn an der Spitze des Zuges stimmte die „Haselnuss“ an. War das der Kapo, den Willi ihm gewogen gemacht hatte?

Köcher sah scharf herüber. Dankbar sang Marek das Lied mit, das einzige deutsche Volkslied außer „Das Wandern ist des Müllers Lust“, das er beherrschte. Immerhin dieses Schnippchen hatten sie dem Löwen geschlagen.

Sie bogen nach rechts ein. In weiter Entfernung sah er einen Schlagbaum. War das ein Außentor des Lagers, begann dahinter das zivile Leben? Aber bereits hier, am Straßenrand, war es ja zivil: Ein hübsches Einfamilienhaus reihte sich an das andere. Wahrscheinlich wohnten darin die SS-Offiziere. Blauäugige blonde Kinder spielten in einem der Gärten, sie ließen sich durch die vorbeimarschierenden KZ-Häftlinge nicht stören. Müssten sie nicht erschüttert sein von ihrem Anblick? Aber sie waren wohl daran gewöhnt.

Eines der Kinder hielt sich die Augen zu, lehnte sich mit dem Gesicht an einen Baum und zählte laut, die anderen huschten in ihre Verstecke: hinter den Schuppen, ins Gebüsch, hinter die Regentonne. Die Kinder taten ihm leid. Sie hatten sich nicht ausgesucht, einen SS-Offizier zum Vater zu haben.

Dahlien und Chrysanthemen blühten, der Garten war gut gepflegt. Wer solche Blumen pflanzte, musste doch einen Blick für Schönheit haben! Oder waren das nur die Frauen der Offiziere, hatten sie sich ein empfindsames Gemüt bewahrt, während ihre Männer zu Bestien geworden waren?

Vielleicht war es Köchers Haus, vielleicht waren das seine Kinder…

Er sang: „Schwarzbraun ist die Haselnuss, schwarzbraun bin auch ich, ja ich, wenn ich eine heiraten tu, so muss sie sein wie ich. Holdrio, duwiduwidi, hodria. Holdria duwiduwidi." Die Worte würgten ihn.

Die Welt hatte sich in zwei Teile gespalten. Da waren sie, die Häftlinge, in gestreiften Lumpen, halb verhungert und erschöpft – und da waren die fein gekleideten Menschen, die in schönen Zimmern wohnten und an sauber gedeckten Tischen saßen. Sie aßen, worauf sie Appetit hatten, Süßes oder Deftiges, und sie plauderten dabei, während die Häftlinge nur wenige Meter entfernt hinter dem Zaun Wassersuppe löffelten. Die freien Menschen gingen auf dem Bürgersteig, langsam oder schnell, ganz, wie sie wollten, sie wurden nicht wie eine Herde mit Stöcken auf der Straße vorangetrieben. Die Damen trugen Seidenstrümpfe und Hüte und Pelzmäntel, sie hatten den Mund rot geschminkt, und ihre Hände waren schlank und gepflegt. Die Herren trugen Uniform oder als Zivilisten weiße Hemden und Krawatten. Vor der Witterung schützten sie feine Mäntel, Regenschirme und Schirmmützen. Hatte er wirklich einmal zu diesen freien Menschen gehört? An seinen Regenschirm konnte er sich kaum mehr erinnern.

Sie verließen auch den äußeren Lagerbereich, rechts und links begleitet von den SS-Wachposten mit Gewehren. Plötzlich war der Löwe neben ihm, holte aus und schlug ihm die Mütze vom Kopf. In hohem Bogen flog sie fort. „Geh!", befahl er laut, „hol deine Mütze!"

Sie lag jetzt jenseits der Wachposten, wahrscheinlich wollte sich Köcher daran ergötzen, dass die Posten ihn schlugen oder ihm ein Bein stellten, wenn er ihre Kette durchschritt. Aber was blieb ihm anderes übrig?

Er verließ die Reihe, um dem Befehl nachzukommen. Warum machten die anderen so bestürzte Gesichter, während sie pflichtgemäß weitersangen? Tomas gab ihm sogar heimlich Handzeichen! Er sah zum Löwen hin. Die Hand des SS-Offiziers lag auf der Pistolentasche.

Würde es als Fluchtversuch gelten, wenn er die Postenkette querte? Deshalb hatte Köcher ihm die Mütze vom Kopf geschlagen!

Wortlos kehrte er an seinen Platz in der Marschordnung zurück, ohne Mütze.

Köcher befahl: „Alles Haaaalt!“

Der Gesang verstummte und die Häftlinge samt Wachposten blieben stehen. Köchers Stimme war schneidend: „Ich habe dir einen Befehl gegeben, du Stück Dreck, verstanden? Du hebst jetzt deine Mütze auf!“

Er rührte sich nicht, um den Löwen nicht durch eine unbeabsichtigte Geste weiterzureizen. Trotzdem kam der Offizier heran und brüllte ihm ins Ohr: „Heb deine Mütze auf, sage ich!“ Von der Lautstärke pfiff es in seinem Ohr.

Er blieb stehen. Es schien eine Instanz zu geben, die sie trotz allem fürchteten. Wer hinderte den Löwen daran, ihn hier, in der Reihe, zu erschießen? Scheinbar gab es jemanden, der solche Fälle prüfte, und der gestattete Schüsse nur auf Flüchtende.

Jetzt kam auch der Kapo. Er fing an, auf Marek einzuschlagen. Der kurze Knüppel traf seinen Rücken, die Oberschenkel. Sein Körper schien in Flammen zu stehen. Er hielt sich auf den

Beinen, so lange er konnte. Irgendwann fand er sich am Boden wieder.

Da wurden die Hiebe leichter und das Gebrüll verlor an Kraft. Er hob die Hand, um sein Gesicht zu schützen, und öffnete die Augen. Der Kapo war noch über ihm, aber er schlug nur halbherzig zu. Vom Löwen keine Spur.

Von vorn kam das Kommando: „Vorwärts, marsch!"

Arme griffen nach ihm und richteten ihn auf. Das Marschieren tat weh, aber: Er lebte. Er lebte! Wenn der Löwe sich an Hilflosigkeit und Angst weidete, wenn er seine Opfer gern winseln hörte, dann war er nicht auf seine Kosten gekommen. Vielleicht würde er von ihm ablassen.

Der Kapo ging wieder nach vorn, an die Spitze des Zuges. Dorthin war auch der Löwe gegangen. Sie marschierten. Mareks Mütze blieb im Straßengraben liegen, dort, wo seine Leiche liegen sollte.

Nach einer weiteren halben Stunde Marsch erreichten sie eine Baustelle. Hier wurden neue Häuser errichtet, dazwischen eine Straße. Eine Walze stand dort, so hoch wie ein Baum. Sie besaß eine breite Deichsel mit einem Stand darauf. Dorthin kletterte der Kapo und kommandierte: „Ins Geschirr!" Die Häftlinge eilten zu den sich fächerförmig öffnenden Zugseilen, sie griffen nach eingeknüpften Schlaufen. Der Kapo brüllte: „Was stehst du so dumm herum? Da vorn ist dein Platz!"

Marek rannte an die gewiesene Stelle. Tatsächlich war dort ein Seil frei geblieben. Offenbar wusste jeder Häftling, wo er zu stehen hatte, es gab nicht das geringste Durcheinander. Er hob das Zugseil an, hielt sich den Griff vor die Brust und stemmte sich mit der Schulter gegen das Gewicht der Walze, wie er es bei den anderen sah. Die Schlaufe war weich geworden vom vielen Gebrauch. Was war mit dem Häftling geschehen, der gestern noch hier gestanden hatte? Womöglich hatten sie längst seine Asche eingeatmet, die vom Krematorium über das Lager hinweggeblasen wurde.

Die Walze kam ins Rollen. Man hörte Wasser schwappen, die eiserne Rolle war offenbar mit Wasser gefüllt, um sie noch schwerer zu machen. Zweiundachtzig Mann waren sie, und hatten doch solche Mühe, das Gerät ins Rollen zu bringen. Keuchend zogen sie die Walze voran.

Es erinnerte ihn an Bilder vom Bau der Pyramiden, die er im Lexikon gesehen hatte. Dort hatten Sklaven sich zu Dutzenden in die Seile geworfen, um große Steinblöcke über rollende Baumstämme zu ziehen. So einer bin ich jetzt, dachte er. Ein Sklave, nur nicht ein Sklave Ägyptens, sondern ein Sklave des Großdeutschen Reichs.

Der Rücken schmerzte ihn, wo ihn die Hiebe getroffen hatten, die Oberschenkel auch. Aber glücklicherweise war keine Niere getroffen worden, schien es. Der Schmerz wurde bei jeder Bewegung intensiver, und wenn er die Muskeln entspannte, ließ er nach. Der Kapo wusste offenbar, wo er hinschlagen musste.

Vielleicht war das Schlimmste ausgestanden. Wenn er jetzt den Kopf unten hielt und gut arbeitete, wenn er mitmarschierte und mitsang und nicht weiter auffiel, würde er überleben können. Der Krieg konnte nicht ewig weitergehen.

„Du da, aus dem Geschirr und herkommen!“ SS-Oberscharführer Köcher zeigte auf ihn.

Zögerlich löste er die Hand aus der Schlaufe und ließ das Seil los. Sein Nebenmann nahm es kommentarlos mit auf. Als er aus der Gruppe der Häftlinge trat, wurde ihm mulmig. Erwartete ihn ein erneuter Mordversuch, diesmal ohne die Möglichkeit, ihm zu entrinnen?

Köcher wies auf eine Schubkarre, und dann auf einen Haufen Kies. „Voll machen."

Im Kies steckte eine Schaufel. Marek begann, Kies in die Schubkarre zu schaufeln. Der Kies war nass, wenn die Schubkarre erst einmal voll war, würde sie nicht vom Fleck zu bewegen sein. Darauf legte es der Löwe sicher an, um einen weiteren Grund zu haben, ihn zu misshandeln.

Er lud die Schubkarre zu zwei Dritteln voll und hörte auf. „Wohin soll ich sie bringen, Herr SS-Oberscharführer?"

„Ich sagte, voll machen!" Schon war der Löwe wieder knallrot im Gesicht.

Gehorsam legte Marek drei weitere Schaufeln drauf.

Der Offizier akzeptierte es. „Und jetzt ums Haus", sagte er.

Er tat nicht mal so, als habe das Ganze einen Sinn! Statt sich der Schikane zu schämen, quälte er ihn in aller Öffentlichkeit. Marek versuchte, die Schubkarre hochzuhieven und vorwärtszuschieben. Sie bewegte sich nur einen Fingerbreit fort.

„Na los! Oder willst du die Arbeit verweigern?"

Daher wehte der Wind. Er würde ihm Arbeitsverweigerung vorwerfen und ihn bestrafen lassen. Noch einmal schob Marek mit aller Kraft die Kiesladung an und schaffte es, das Rad der Schubkarre ins Rollen zu versetzen. Jetzt hieß es, nicht nachzulassen. Er presste vorwärts und hielt die Ladung am Rollen. Das Gewicht wollte ihm schier die Arme ausreißen, und seine Knie knackten. Aber er schaffte eine Seite des Hauses, bog um die Ecke, keuchte die lange, noch unverputzte Wand entlang, dann bog er erneut ab und schaffte die Rückseite, um schließlich an der Vorderseite wieder anzukommen. Er war jetzt schweißgebadet.

„Noch eine Runde", befahl der Löwe.

Das kannst du mir nicht antun! Er schleppte sich über eine weitere Runde. Jetzt fühlten sich die Arme an wie Gummi, und sein Schritt wurde unsicher.

„Und noch eine", sagte der Löwe gelassen.

Er konnte nicht mehr. Ihm wurde schwarz vor Augen, und als er wieder sehen konnte, lag er vor der Schubkarre auf den Knien. Die Mangelernährung der letzten Wochen im Ghetto forderte ihren Tribut. Er versuchte, wieder aufzustehen. Seine Knie brannten, er hatte sie sich blutig geschlagen.

„Hoch mit dir, und weiter!", knurrte der Offizier.

Er zog sich an den Griffen der Schubkarre hoch. Mit bebenden Beinen stand er, aber als er versuchte, die Kiesladung anzuschieben, gelang es seinem kraftlosen Leib nicht einmal, das Rad der schweren Schubkarre ins Rollen zu bringen.

Er hörte die Schritte des Offiziers auf dem Sand knirschen. Dann spürte er heißen Atem in seinem Nacken.

„Du bist eine Laus, nichts weiter. Ihr Juden werdet wie Läuse aus dem Haar gekämmt, und dich werde ich mit besonderem Genuss zwischen den Fingernägeln zerknacken. Vielleicht morgen. Vielleicht übermorgen. Aber glaub ja nicht, dass du mir entkommst." Dann entfernten sich die Schritte wieder. Er hörte die Stimme des Kapos: „Zurück ins Geschirr!"

Mit Mühe schleppte er sich zur Walze und nahm die Schlaufe auf. Er war nicht in der Lage zu ziehen, aber er stolperte mit, während die anderen die Walze voranzerrten. Der Kapo ließ sie jetzt öfter ausruhen. Überhaupt schimpfte er wenig und schlug auch nicht. Scheinbar hing alles mit der Gegenwart von Köcher zusammen. War er fort, war der Kapo nicht mehr gezwungen, ein hartes Regime zu führen. Die Wachposten, die rings um die Baustelle standen, schienen ebenfalls froh zu sein, wenn sie ihre Ruhe hatten. Strafaktionen oder gar ein Fluchtversuch machten Mühe, wahrscheinlich mussten sie dann eine Meldung schreiben, das wollten sie sich ersparen.

Zur Mittagszeit marschierte das gesamte Arbeitskommando zurück ins Lager. Dort waren schon die meisten anderen Kommandos versammelt. Sie traten zum Abmarsch in die große Speisehalle an.

Eigenartigerweise nahmen alle die Mützen ab. Sie mussten nichts singen, die Lagerkapelle spielte: ein Haufen Blechbläser, sechs Geigen, ein Akkordeon, zwei Klarinetten, ein Saxophon, Schlagzeug, zwei Querflöten und ein Kontrabass. Blechmusik wie auf dem Rummelplatz, ein wilder Radau, der im beschämenden Widerspruch stand zu dem jämmerlichen Zustand der Musiker und der KZ-Häftlinge.

Wie konnten sie sich derart missbrauchen lassen und fröhlich zum Sterben der Naziopfer spielen? Wieso gaben sie die Musik, die doch etwas Wunderbares war, in die Hände der Folterknechte? Er warf ihnen einen wütenden Blick zu, als er vorübermarschierte.

Als sie die Halle erreicht hatten und mit Gemüsewassersuppe abgespeist worden waren, fragte er den Tschechen, was es mit der Mütze auf sich habe.

„Horst Wessel", sagte der, und erklärte, man nehme die Mütze schon zu Beginn ab, um sie nicht vor dem Horst-Wessel-Denkmal lüpfen zu müssen, an dem sie vorbeigekommen waren. Die SS verlange das, und wer keine Mütze trage, könne ja nicht zum Mützenabnehmen gezwungen werden.

Nach dem Mittagessen hatten sie einige Minuten Gelegenheit, auf der Lagerstraße spazieren zu gehen, im Schussfeld der Wachtürme. Obwohl es eigentlich nicht gestattet war, in eine andere Baracke als die eigene zu gehen, betrat er den Zugangsblock. Aber Stani war nicht dort.

Er fand ihn am Maschendrahtzaun der Lagergärtnerei. „Wie geht's dir?", fragte Stani, ohne sich von den kleinen Radieschenpflanzen und dem Feldsalat abzuwenden.

„Gut", log er. „Die Arbeit ist halb so schlimm."

Der Garten täuschte eine heile Welt vor, die es nicht mehr gab. Säen und ernten, dieser Zusammenhang war längst nicht mehr selbstverständlich, während der Krieg über die Welt hinwegfegte. Es erstaunte ihn sowieso: Wie konnte man liebevoll Pflanzen hegen, während man im gleichen Lager Menschen quälte?

„Du bist ein schlechter Lügn-" Stani brach ab. Er hatte sich umgedreht und riss die Augen auf. „Was haben sie mit dir gemacht?"

Es ärgerte ihn. Stanis Entsetzen machte es ihm schwerer, sich selbst vorzugaukeln, dass alles in Ordnung war. „Da kommt noch mehr, also hängen wir das Ganze nicht zu hoch. Ich muss durchhalten."

Stani sah ihn an, als läge er im Sterben. Er fasste nach seiner Hand. „Bruder …"

Marek entzog sie ihm. „Heb dir dein Mitleid auf, vielleicht brauche ich es später noch. Der Kampf hat gerade erst begonnen."

„Ich hab mir die anderen Häftlinge angesehen", sagte Stani leise. „Sie sind noch abgemagerter als wir. Die lassen uns langsam verhungern."

„Aber das ergibt doch keinen Sinn. Die Deutschen brauchen uns als Arbeitskräfte."

Stani schüttelte den Kopf. „Es kommen genug Neue nach."

Er überlegte, dass sie dann doch das Lager erweitern könnten. Sie brauchten in den Fabriken jede Menge Männer, auch Bautrupps wurden gebraucht, um die Bombenschäden in München und Berlin und im Ruhrgebiet und in Köln und Hamburg zu reparieren.

Das Signal zum Mittagsappell beendete ihr Gespräch, bevor er antworten konnte. Auf dem Weg zum Appellplatz fragte er: „Warum bist du eigentlich nicht mehr in der Quarantäne?"

„Willi hat mir ein Kommando in der Wäscherei verschafft. So was kriegt man nicht alle Tage, hat er gesagt, und ein Gesicht gemacht, als müsste ich ihm die Füße küssen."

Der Appell wurde kurz gehalten, dann ging es sofort wieder an die Arbeit. Je länger der Tag dauerte, desto mehr verließen Marek die Kräfte. Schon früher war ihm der Moment nicht fremd gewesen, wenn die Muskeln anfingen zu schmerzen und es Überwindung kostete, weiter die schwere Erde in Großmutters Garten umzugraben oder nach den ersten freudigen Axtschlägen weiter Holz zu hacken, auch wenn der Rücken wehtat und einem die Axt schwerer wurde. Aber das hier war etwas anderes. Stani hatte recht, sie waren unterernährt. Der Körper konnte die Energie nicht aufwenden, die für die schwere Arbeit nötig war, sie war einfach nicht vorhanden.

Wie lange konnte ein Mensch das durchhalten? Wann würde der Körper aufgeben?

Er klammerte sich in Gedanken an Willi, seine niedrige Häftlingsnummer bewies doch, dass sich über Jahre mit der geringen Nahrungsmenge auskommen ließ. Oder bekam er mehr, weil er Stubenältester war?

Am nächsten Morgen, als er mit bleiernen Gliedern in den Waschraum stolperte, angetrieben von den Kommandos und Flüchen des Stubendienstes, prallte er zurück: Eine Leiche lag auf dem Boden. Mit starren Augen blickte sie an die Decke.

Wie von ferne drangen die Kommentare der anderen an seine Ohren.

„Vorsicht, da liegt ’n Toter.“

„Mann, warum schmeißen sie den denn gerade hierhin?“

„Wer is ’n das?“

„Einer von den Tschechen. Hab mir gleich gedacht, dass der’s nicht lange macht.“

„Stimmt. Der hatte schon so was an sich, das siehste, wenn einer aufgegeben hat. Die starren dann bloß noch vor sich hin und sagen nichts.“

Und dann wuschen sie sich. Seifenschaum spritzte auf das Gesicht des Toten. Wollte ihn denn niemand abdecken? Wie konnten sie sich waschen, während neben ihnen eine Leiche lag, Zeichen eines zu Ende gegangenen Lebens, gestorbener Hoffnungen? Ein Mensch war zerbrochen! Und sie machten weiter, als wäre es nichts?

Er wollte zurück, aber der Schreiber ließ ihn nicht durch, er sagte: „Erst wäschst du dich.“

„Ich muss mit dem Stubenältesten sprechen. Da liegt ein Toter.“

„Was meinst du, warum der da liegt? Sollen wir ihn im Bett liegen lassen? Den hat er doch extra in den Waschraum tragen lassen! Kannst nachher gleich mit anpacken. Zum Appell muss er mit raus, die müssen ihn zählen.“

Diese Stumpfheit im Blick, dieser grobe Selbsterhaltungstrieb, essen, überleben, andere vorschicken, singen, marschieren, arbeiten. So durfte er nicht werden, sie durften ihm nicht die Menschlichkeit nehmen.

Nach dem Frühstück nahm er die kalten Füße des Toten und trug ihn zusammen mit Tomas zum Appellplatz. Aus manch anderer Baracke wurde ebenfalls ein Toter herausgetragen.

Der Befehl zum Singen kam. Sie schmetterten: „Das Wandern ist des Müllers Lust“, und er trug einen Toten und spürte dabei, wie ihn allmählich die Verzweiflung überkam, die Angst vor dem inneren Zusammenbruch.

Auf dem Appellplatz durften sie den Toten ablegen. Es wurde gezählt und noch mal gezählt. Dann hieß es: „Mützen auf – rührt euch! Arbeitskommando formiert! Marsch!“ Im Durcheinander berührte ihn plötzlich ein Fremder am Arm, die Berührung erschreckte ihn, weil es kein Stoßen gewesen war, kein Schlagen und kein Anrempeln, sondern eine bewusste, sanfte Berührung. Er hatte vergessen, dass es auch so etwas gab.

Der Fremde sah ihn aus blauen Augen an und sagte: „Willi schickt mich. Du sollst durchhalten. Er versucht was, vielleicht kann er dich aus dem Kommando rausholen.“ Dann verschwand er wieder im Gewimmel der Häftlinge.

Vom Turm erscholl das Hornsignal. Gerade noch rechtzeitig erreichte Marek sein Kommando. Der Kapo befahl: „In Fünferreihen!“ Sie stellten sich auf, zweiundachtzig Sklaven, die für die nächsten Stunden vor eine wassergefüllte Walze gespannt werden würden.

„Vorwärts, marsch! Links! Links! Links! Links!“ Sie marschierten zum Takt der Pauke und des Trompetengebleches der Lagerkapelle durch das Tor. Köcher schloss sich ihnen mit seiner Wachmannschaft an. Es begann zu regnen. Köcher verlangte ein Lied, kaum, dass sie die Lagerkapelle nicht mehr hörten, und sie schrien: „Schwarzbraun ist die Haselnuss, schwarzbraun bin auch ich, ja ich, wenn ich eine heiraten tu, so muss sie sein wie ich. Holdrio, duwiduwidi, hodria. Holdria duwiduwidi.“

Wieder die Wohnhäuser der SS. Eine schöne junge Frau nahm eilig Unterhemden und Kinderkleidung von der Wäscheleine, um sie vor dem Regen in Sicherheit zu bringen. Er sah es wie in einem Film, wie in einer erfundenen Filmrealität. Real war das Lager, real waren der Schlamm und die Schläge, real war der Hunger, der ihn den Magen wie einen Stein im Leib fühlen ließ. Diese Frau in ihrem blauen Kleid und mit dem geflochtenen Weidenkorb war nicht real.

Es war Shabbat. Er dachte daran, wie sie früher, als Großmutter noch lebte, am Freitagabend die Shabbatkerzen entzündet und den Segen gesprochen hatten. Auch wenn er sich seitdem weit vom orthodoxen Glauben entfernt hatte, ärgerte es ihn, dass sie hier gezwungen wurden, sämtliche religiösen Regeln zu brechen. Sie arbeiteten am Shabbat, konnten die Speisegesetze nicht einhalten, nicht beten. Selbst nach dem Tod hinderte man sie daran, ihrer Kultur gemäß in der Erde begraben zu werden, man verbrannte sie, kein Jude wollte verbrannt werden, und selbst wenn er es wollte, durfte man seinem Wunsch nicht entsprechen, die Asche eines verbrannten Juden durfte nicht auf einem jüdischen Friedhof bestattet werden, und es war nicht erlaubt, für ihn den Kaddish, das Totengebet, zu sagen oder die Trauerzeit einzuhalten. Die Deutschen zertraten diesen Wunsch unter ihren genagelten Stiefeln, sie gingen einfach darüber hinweg. In ihren Augen war ein Jude so unwürdig, dass er nicht einmal ein Grab haben durfte.

Er nahm sich vor, an Großmutters Sterbetag den Kaddish zu sprechen. Überhaupt wäre es gut, wieder mit dem Beten anzufangen.

Sie kamen auf der Baustelle an. Köcher ließ ihn heraustreten und befahl ihm, mit dem Spaten einen dicken Batzen Gras und Erde auszustechen. Dann musste er ihn sich auf den Nacken laden und damit auf den Kiesberg laufen. „Und wieder runter! … Und wieder rauf, zack, zack!“ Die Erde floss ihm mit dem Regen unter das Hemd. Als er zusammenbrach, trat Köcher ihn, bis er mit dem Spaten einen neuen, noch größeren Batzen ausgestochen hatte und wieder zu laufen begann.

Er klammerte sich an die Hoffnung, dass Willi ihn tatsächlich hier rausholen würde. Das wurde seine Waffe gegen die zermürbenden Attacken Köchers. Verbissen rannte er den Kiesberg hinauf und hinab. In Bächen lief das Wasser ihm den Rücken hinunter. Er durfte keine Lungenentzündung bekommen. Früher hatte er auch manchmal gefroren, aber da war er frei gewesen. Heute fror er hoffnungslos. Die Kälte erfasste auch die Knochen. Bald war er nur noch eine Masse frierender verklumpter Lumpen. Die Zeit rührte sich bei seiner sinnlosen Arbeit nicht vom Fleck, sie war wie der Regen, der nie aufhören würde. Und wenn der schreckliche Tag doch einmal zu Ende ging, dann mussten sie nach der Arbeit, nass wie sie waren, eine Stunde regungslos zum Appell stehen. Und am nächsten Morgen zogen sie die nasse Kleidung wieder an.

Willi würde ihn hier rausholen. Willi würde ihn hier rausholen. Willi. Willi.

Am Ende konnte er nicht einmal mehr den Namen denken, er hatte nur noch Willis Gesicht vor sich, diesen ernsten Blick, der sich auch nicht von ihm abwandte, als er durchnässt und zitternd vor Überanstrengung im Schlamm der Baustelle lag. Seine Kameraden mussten ihn zurück ins Lager tragen.

Die Kameraden brachten ihm sein Stück Brot und sahen zu, wie er es langsam und mühevoll kaute. Vielleicht hofften sie, dass er sterben würde, damit sie es seinen Fingern entwinden und verschlingen könnten, aber er aß unerbittlich das Brot auf und kroch dann hinauf ins Bett, legte die guten Lederschuhe unters Kopfkissen, auch wenn sie voller Matsch waren. Er sah ja, wie die Holzpantoffeln die Füße der anderen wundrieben, ohne seine Schuhe hätte er diesen Tag nie und nimmer geschafft.

Als am nächsten Morgen das elektrische Licht ansprang und der Stubenälteste mit dem Knüppel gegen die Betten schlug, blieb er liegen. Tomas rüttelte an ihm, aber er reagierte nicht darauf. Da kletterte der kleine Tscheche herunter. Alle Glieder taten Marek weh. Der Stubenälteste blieb vor seinem Bett stehen. „Was ist los? Aufstehen, hab ich gesagt."

„Ich kann nicht. Bitte melden Sie mich krank."

„Mensch, ich bin ein Häftling wie du", schrie der Stubenälteste, „zu mir sagt man nicht Sie. Ich bin das gleiche Arschloch wie du, nur nicht so dämlich. Kapiert?"

„Bitte melde mich krank. Ich kann mich nicht bewegen."

Der Mann trat an das Bett heran und sagte drohend: „Ich kann dich aufs Krankenrevier bringen lassen. Aber so dumm kannst du doch nicht sein!"

Marek versuchte, den Kopf vom Kissen zu heben. „Wie meinst du das?"

„Willst du auf Transport kommen?" Er hatte es leise gesagt, als dürfe man das Wort *Transport* nicht aussprechen. Dabei blickte er bedeutungsvoll.

Ein letzter Transport, und dann … ins Gas? Köcher durfte nicht gewinnen. Und Stani brauchte ihn. Er stand auf. Irgendwie ging es.

„Na also", sagte der Stubenälteste.

Es war Sonntag, der 3. September 1944. Aber nicht einmal am christlichen Feiertag ließ man die Häftlinge ruhen. Und Köcher war bereit, sein Opfer endgültig zur Strecke zu bringen. Er lief neben ihm her, er starrte mit prüfendem Blick auf Mareks Lippen beim Singen, er verlangte: „Zackig singen!"

Dann kam er dem Kapo auf die Schliche, weil es den dritten Tag in Folge dasselbe Lied war. Er würgte die angestimmte „Haselnuss" ab und verlangte: „Ihr singt ‚Steig ich den Berg hinauf'!"

Die anderen stimmten das Lied an. „Steig ich den Berg hinauf, das macht mir Freude." Aber er kannte den Text nicht.

Verzweifelt erriet er die Silben, schrie mit ein wenig Verzögerung die Worte mit. „Zu meinem Mägdelein, das ist mir gut: Sie hat zwei wunder-, wunderschöne blaue Augen und einen roten Mund, den küss ich gern."

Köcher explodierte. „Das heißt ‚Rosenmund'! Nicht ‚roten Mund'!" Er befahl: „Aus der Reihe!"

Marek gehorchte.

„Die anderen: weitersingen! Und dich werd ich singen lehren, bis dir die Lunge aus dem dreckigen Hals hängt!" Er ließ ihn neben der Straße robben, durch die Pfützen, durch die Disteln. „Und weitersingen, aber zackig."

Als sie an der Baustelle ankamen, war er zerschunden. Aber Köcher war noch nicht mit ihm fertig. „Aufstehen! Kniebeuge! Auf! Kniebeuge! Auf! Kniebeuge!" Dann ließ er ihn in der Beuge verharren. Es dauerte nicht lange und Marek kippte um.

Wie er die Quälerei bis zur Mittagspause durchstand, wusste er selbst nicht. Irgendwann verschwand Köcher, und der Kapo brachte sie ins Lager zurück. Die anderen Häftlinge stützten ihn auf dem Weg.

Nach dem Mittagessen setzten sie ihn auf den Boden vor der Baracke. Die Sonne schien ihm ins Gesicht und wärmte seine Haut. Seine müden Glieder wollten ihn zu Boden ziehen, die Knochen waren schwer.

Stani kam und setzte sich zu ihm. Er weinte. Er legte ihm die Hand auf den Rücken, sanft, als hätte er Sorge, ihm weitere Schmerzen zuzufügen.

Die Berührung tat gut. „Der Kerl hätte dich erschossen", sagte er.

„Ja, das hätte er." Stani wischte sich die Tränen aus dem Gesicht. „Und jetzt schindet er stattdessen dich zu Tode."

„Willi hat mir eine Nachricht zukommen lassen, dass er mich da rausholt."

Kurz fürchtete er, es würde wieder ein Streit aufkommen, weil er die Dinge zu positiv sah, weil es doch längst nicht sicher war, ob es Willi gelingen würde, ihn aus dem Arbeitskommando rauszuboxen, aber Stani regte sich nicht auf, er saß einfach da.

„Heute Nachmittag müssen wir nicht arbeiten", sagte Stani.

„Wirklich nicht?" Er hätte heulen mögen vor Erleichterung. Im Lager war es leichter, Köcher aus dem Weg zu gehen.

„Es gibt ein Konzert. Vorn im Wirtschaftsgebäude, im Bad. Gehen wir zusammen hin?"

„Mir ist nicht nach Musik. Ist doch klar, warum die das machen. Wir sollen eingelullt werden, damit wir nicht aufbegehren."

„Du bist traurig wegen deiner Geige."

„Das ist es nicht. Sie missbrauchen die Musik für ihre Zwecke. Ich meine, Musik im KZ, das ist krank!"

„Komm mit", insistierte Stani. „Du nimmst doch auch das Brot aus ihren Händen, und es bleibt Brot, selbst wenn es dir von blutiger Hand gereicht wird. Schließ beim Zuhören die Augen, und stell dir vor, wir wären zu Hause und die Eltern würden noch leben und Mama hätte Papa Konzertkarten geschenkt, Karten für die ganze Familie, und wir sitzen zusammen und hören Mendelssohn, und Mama drückt immer wieder Papas Hand, und hinterher sagen sie dir: Wenn du schön übst, gehörst du eines Tages selbst zum Orchester."

Eigenartig. Stani übernahm die Rolle, die sonst immer die seine gewesen war: Kraft zu spenden durch eine gute Geschichte.

„Du hast Musik immer geliebt", sagte Stani leise. „Vielleicht können wir für ein paar Momente das Elend vergessen."

Er seufzte. „In Ordnung. Gehen wir hin."

Stani bestand darauf, gleich aufzubrechen, damit sie noch gute Plätze bekamen. Man habe ihm gesagt, dass die Plätze im Bad bei solchen Ereignissen nie ausreichten und dass noch Tausende vor dem Gebäude stehen würden, um zuzuhören. „Dann warten wir eben drin eine Weile, aber ich möchte die Instrumente schon noch sehen."

Stani musste ihn stützen und er tat es fürsorglich. Dann saßen sie in der kühlen Halle, die Duschköpfe über sich. Vorn waren Stühle aufgestellt für die Musiker, sogar richtige Notenständer gab es. Der Zuschauerraum füllte sich mit Häftlingen, bis auf die erste Reihe, die gesperrt war.

Die Musiker kamen. Marek fuhr zusammen. Gleich den ersten Geiger kannte er: Das war Mieczyslaw Kulawik, eine Koryphäe, die er immer bewundert hatte. Dass dieser Mann die gestreifte Häftlingskleidung trug, musste ein furchtbarer Irrtum sein, das konnten die doch nicht machen, sie konnten doch ein solches Talent nicht im KZ verrecken lassen!

Bald füllten rund fünfzig Musiker die Bühne. Ein heiliger Ernst schien sie zu bestimmen. Sie setzten sich auf ihre Plätze. Eine Oboe gab den Kammerton a an Kulawik weiter, natürlich, der war hier der Konzertmeister. Er stimmte seine a-Saite. Anschließend gab er den Ton an die verschiedenen Instrumentengruppen im Orchester weiter, und bald formte sich aus den Tönen der Holzbläser, Blechbläser, Streicher ein regelrechter Klangwall, der anschwoll und nach einer halben Minute wieder abschwoll.

Da trat mit Stiefelgepolter die SS ein. Breitspurig fläzten sich die Offiziere in die erste Reihe. Die Lagerführung hatte Freude daran, ein ganzes Orchester nach ihrer Pfeife tanzen zu lassen. Gleichzeitig mussten die Offiziere zeigen, wie weit sie über der

Sache standen und dass sie die Musiker nicht etwa bewunderten. Sie waren die großzügigen Kunstmäzene, sie waren hier die Herren. Der eine oder andere erstickte wohl en passant die Selbstzweifel an seinen unmenschlichen Taten: Immerhin, sie förderten doch die Kultur im Konzentrationslager!

Marek wandte den Blick von ihnen ab und sah wieder zu den Musikern. Er wollte Stanis Vorschlag folgen und sich von der Musik hinaustragen lassen, und sei es nur für Momente. Ein Stuhl war noch leer, bei den Bläsern. Eine silberne Trompete stand dort.

Ein Wachposten mit Gewehr brachte einen jungen, blonden Häftling in den Duschsaal und begleitete ihn nach vorn zur Bühne. Dort blieb der SS-Posten stehen, während der Häftling sich zwischen den Reihen der Musiker hindurch zum letzten freien Platz begab. Was die anderen an heiligem Ernst ausstrahlten, war bei diesem Jungen verspielte Freude. Er zwinkerte den Kollegen zu, lächelte unverschämt mit Grübchen in den Wangen, und sie lächelten zurück. Erwartungsvolles Getuschel brandete im Publikum auf.

„Wer ist das?“, fragte Marek zuerst Stani, der die Schultern zuckte, und dann seinen Sitznachbarn.

Der Sitznachbar antwortete: „Bist neu hier, was?“

Marek bestätigte.

„Das ist Kirilenko. Erster Trompeter an der Moskauer Oper. Früher hat er oft hier im Lager gespielt, alles, was das Herz begehrt, lustige kaukasische Tänze, Volkslieder, melancholische russische Melodien. Aber sie haben ihn eingesperrt. Dass er heute spielen darf, verdanken wir einer spontanen Gnade des Lagerführers.“

„Er sieht sehr jung aus.“ Oder war das einfach sein Gemüt?

„So jung kann er nicht sein, er ist verheiratet, soweit ich weiß."

Dieser Knabe? Aber beim Alter täuschte man sich mitunter.

„Er spricht nie von seiner Frau. Ich meine, bevor er in den Bunker kam, hat er nie von ihr gesprochen. Immer nur von seinem Kind. Vielleicht liebt er sie zu sehr. Unweit von Moskau steht sein Haus, sagte er."

„Wie lange ist er schon im Bunker?"

„Ein halbes Jahr."

Du meine Güte. Ein halbes Jahr in der Dunkelzelle, bei Hungerration, und dann ließen sie ihn für ein Konzert heraus, und er lachte.

Der Dirigent trat auf. Die Stille vor den ersten Tönen, wie er sie liebte, diese verheißungsvolle, sprungbereite Stille, die ein Bett sein konnte für sanfte Töne und genauso gut eine Arena für ein wildes Beginnen, ein sanfter Wind oder ein Orkan.

Zwei Klarinetten setzten ein, dazu zwei Fagotte und zwei Hörner. Es brauchte nur wenige Töne und er erkannte die Ouvertüre aus Wagners „Tannhäuser". Die sechs Bläser spielten einen vierstimmigen Satz, das erste Horn und die erste Klarinette die Melodie. Diese Melodie wieder zu hören, die zu einem heilen und friedlichen Abschnitt seines Lebens gehört hatte, rührte an eine ungekannte Kraftreserve in ihm. Die Musik erinnerte ihn an etwas. Sie erinnerte ihn an ihn selbst, zu einer Zeit, als er stark gewesen war.

Die Celli setzten ein, die Streicher. Trauer lag in ihrem sanften Spiel, im wehmütigen Singen der Saiten, es war, als würde der geschwächte Marek den starken Marek betrauern, den es nicht mehr gab. Schließlich wurde es dramatischer, die Posaunen übernahmen das Pilgerchor-Motiv, sie spielten mit Wucht, wie die Herolde eines mittelalterlichen Königs, das Gute kann dem Bösen widerstehen, sagten ihre Töne.

Später brachten die vierfach und achtfach geteilten Geigen tremolierend ein wunderbares Schwirren und Flimmern hervor. Aus weiter Entfernung schien Jubelmusik herüberzuwehen, das Venusberg-Motiv.

Ihm war gar nicht bewusst gewesen, wie sehr er die Musik vermisst hatte. Wie dringend sein Inneres Musik brauchte, welchen Hunger er danach verspürte, auf diese anspruchsvolle, tief anrührende Weise genährt zu werden. Es machte aus ihm, der stundenweise nur noch an Brot hatte denken können, wieder einen Menschen.

Nach der „Tannhäuser"-Ouvertüre applaudierte das Publikum, auch die SS-Offiziere klatschten. Als der Applaus ein Ende fand, rührte sich etwas bei den Bläsern: Mit einem Glänzen im Gesicht hob Kirilenko seine Trompete und spielte die herzerhebende Melodie des „Behüt dich Gott" aus dem „Trompeter von Säckingen". Er spielte virtuos und zugleich mit heiterer Lebensfreude, ließ die Trompete jauchzen und schluchzen, blies Läufe und schillernde Kaskaden. Die Zuhörer schrien vor Vergnügen auf. Selbst die ernsten Gesichter der Streicher fingen jetzt an zu glühen.

Anschließend spielte Kirilenko mit dem Orchester das „Ständchen" von Schubert, dann das „Chanson triste" von Tschaikowsky. Alte Herzenswunden brachen in Marek auf und begannen zu bluten. Plötzlich war das schöne Leben wieder da, das Leben aus der Zeit vor dem Ghetto, die heimliche, unausgesprochene Liebe zu Liliana, die abendliche Lektüre im Lesesessel, die feurigen Streitgespräche mit Vater, an denen sie beide ihre Freude gehabt hatten. Ihm fielen seine Lebensträume wieder ein.

Die Jahre im Ghetto und die wenigen Tage hier in Dachau hatten seinem Herzen eine dicke Hornhaut verpasst, aber Kirilenko und die anderen Musiker rissen sie ihm auf, und auch wenn das bedeutete, dass ihn das Grauen wieder deutlicher schmerzte, war er dankbar dafür, weil er sich lebendig fühlte, endlich wieder lebendig. Er musste an den Musikunterricht denken, an die Violinkonzerte von Vivaldi, die er wochenlang geübt und dann immer freier und mit immer mehr Vergnügen gespielt hatte. Er dachte an Apfelkuchen. An den Badesee im Łagiewnicki-Wald nordöstlich von Łódz.

Längst hatte sein Geist das Lager verlassen, den Stacheldraht, den Schmutz und den Hunger, er hatte den eingemauerten Platz verlassen, es war, als würde der wichtigste Teil seiner Persönlichkeit in die Freiheit entschwinden.

Der lange Schlussapplaus machte ihn traurig. Er zwang ihn, zurückzukehren. Der Posten mit dem Gewehr erschien am Rand der Bühne, um Kirilenko abzuholen und ihn in den Bunker zu bringen. Da wandte sich Kirilenko an die Lagerführung in der ersten Reihe und bat sie, noch das Lied aus „Sadko" spielen zu dürfen.

Das Publikum sah bang zum Lagerkommandanten hin, alle Blicke hingen an ihm. Der SS-Offizier dachte ein paar Lidschläge lang nach, dann nickte er.

Marek ließ sich beglückt wieder in den Stuhl sinken. Er kannte die Arie aus der Oper „Sadko" von Rimsky-Korssakow, und Kirilenko enttäuschte ihn nicht, er ließ ihn mit seiner Trompete die russische Weite spüren und den Schmerz der Sehnsucht.

Wieder rauschte der Applaus. Kirilenko verbeugte sich mit einem nahezu spöttischen Lächeln. Dann stellte er seine Trompete ab – fiel ihm dieser Abschied nicht schwer, sein Instrument hierzulassen? – und folgte dem Posten nach draußen.

Die Offiziere marschierten als Nächste raus. Schließlich leerte sich der Raum von den restlichen Zuschauern. Die Musiker holten abgestoßene Köfferchen unter den Schemeln hervor und packten ihre Instrumente ein. Stani saß geduldig neben ihm, er wusste, es gab jetzt nichts zu sagen.

Nach einer Weile erhob sich Marek. Er ging nach vorn zu den Musikern. Hätte er es draußen gewagt, Mieczyslaw Kulawik anzusprechen? Hier traute er sich. Jeder Tag konnte der letzte sein. „Sie haben großartig gespielt." Das Häftlings-Du kam ihm nicht über die Lippen.

„Der mit der Trompete war blond, nicht dunkelhaarig wie ich", scherzte Kulawik. Dann fragte er: „Welches Instrument?"

„Ich verstehe nicht."

„Welches Instrument spielst du?"

„Geige. Aber nicht annähernd so gut wie Sie."

„Ich hab dich hier noch nie gesehen. Bist du neu im Lager?"

„Seit ein paar Tagen."

„Ah, dann bist du der mutige Kerl, dem Köcher die Geige zertreten hat. Setzt er dir weiter zu?"

Er schwieg. Was nützte es zu jammern?

„Pass auf, ich würde dich gern bei uns unterbringen. Das holt dich aus der Schusslinie. Aber es ist nicht leicht, es gibt viele, die ein Instrument spielen. Und die Lagerleitung erlaubt leider kein Orchester von ein paar Hundert Leuten. Wir dürfen nur die Besten nehmen." Er klappte seinen Geigenkasten wieder auf und holte die Geige heraus. „Spiel mal was." Er reichte sie herüber.

Mareks Herz blieb stehen. Er sollte auf Kulawiks Geige …? Er sollte einem der besten Violinisten Polens …? Einige der anderen Musiker, der Cellist, ein paar Geiger, der Klarinettist blieben stehen, um zuzuhören. Kulawik rief noch den Dirigenten herbei.

Sie würden seine technischen Schwächen beim Spielen sofort durchschauen. Er konnte denen unmöglich etwas vormachen.

Wie sollte er sie überzeugen, dass er einen Platz im Orchester verdient hatte? Die Wahrheit war, er hatte ihn nicht verdient.

Wenn er Fritz Kreisler spielte, und jemand von der SS kannte das Stück, würden die ihn sofort erschießen. Also begann er, Vivaldi zu spielen. Schon nach wenigen Tönen merkte er, dass er seine Zuhörer verlor. Der Klarinettist blieb aus Höflichkeit stehen, schraubte aber sein Instrument auseinander und reinigte es mit einem Tuch vom Speichel, um die Zeit zu nutzen. Die Geiger begannen ein halblautes Gespräch und der Blick des Dirigenten schweifte ab.

Ihm war ja selbst klar, dass er steif und inspirationslos spielte. Aber wie sollte er Seele in sein Spiel legen, wenn er so verkrampfte vor Angst? Er merkte deutlich, dass die Lagenwechsel aus dem Handgelenk nicht mehr recht funktionierten, weil er nicht locker ließ. Außerdem zog er die linke Schulter hoch wie ein Anfänger, als wollte er sich die Geige zurechtrücken, dabei hing beim Geigespielen so viel davon ab, in beiden Armen locker zu sein. Sobald man anfing, irgendwo zu verklemmen und zuzumachen, wirkte sich das schlecht aufs klangliche Ergebnis aus.

Er dachte an Köcher, an die Qualen, die ihn morgen erwarteten. Er dachte an seinen Tod. Der SS-Oberscharführer würde den Kampf gewinnen, er kämpfte von ungleich besserer Position aus. Irgendwann hatte er Mareks Körper so weit zerrüttet, dass er nicht mehr würde aufstehen können, zerschunden würde er liegen bleiben und entweder hier in Dachau verenden, oder nach einem Abtransport wegen Arbeitsunfähigkeit im Gas landen.

Auschwitz.

Das Gas.

Mama und Papa. Er wusste, wie es gelaufen war, jeder wusste es, auch wenn die meisten es nicht wahrhaben wollten: Man hatte ihnen ein Handtuch und Seife gegeben und sie in die Duschen geschickt, nackt hatten sie mit Hunderten anderen unter den Duschköpfen gestanden. Aber statt des Wassers war das Gas gekommen und mit ihm das grauenhafte Ersticken. Anschließend hatte man Papa den goldenen Zahn aus dem Mund gebrochen und ihn und Mama auf einen Haufen Toter geworfen, bis der Karren voll war, und hatte die Toten ins Krematorium gefahren und verbrannt.

Er hatte nicht daran denken wollen, jeden Tag verbrauchte er einen Teil seiner Kraft in dem verzweifelten Versuch, nicht daran zu denken. Aber was zählte es noch, ob seine Brust diesen Schmerz ertrug oder nicht? Behutsam öffnete er die Schleusen in seinem Inneren.

Was ihn von dort überspülte, übertrug sich auf den Arm und vom Arm auf das Handgelenk. Es übertrug sich auf die Finger, die Kulawiks Saiten hielten. Es schwebte mit den Tönen in den Duschraum, ein Duschraum wie in Auschwitz.

Das Gespräch der Geiger verstummte. Der Klarinettist ließ den Lappen sinken. Kulawik sah den Dirigenten an, und nach einem kurzen Blickwechsel sahen sie beide, Kulawik und der Dirigent, ihn, Marek, an, aber er hörte nicht auf zu spielen, konnte nicht aufhören, wohin sollte er denn mit der erstickenden Flut, die aus seiner Brust strömte, wohin mit der Sehnsucht nach den Ermordeten, wenn er sie nicht in Töne kleiden durfte?

Also schloss er die Augen und spielte. Er spielte die Loure aus Bachs Partita Nummer 3. An jeden Ton hängte er eine kleine Last, ein kleines Leiden, es war ihm egal, ob das die Töne zu schwer machte, ob es den Stücken die Leichtigkeit nahm, er musste sie so spielen, und er war dankbar, so sehr es ihm auch das Herz zerriss. Wenn sie ihn nicht ins Orchester aufnahmen und Köcher richtete ihn zugrunde, dann hatte er zumindest vorher noch einmal die Kraft gefunden, an die Eltern zu denken und um sie zu trauern. Beim Geigespielen war er dann ein letztes Mal er selbst gewesen, nicht unterdrückt und durch die SS verformt, sondern er selbst, Marek Król.

Er setzte die Geige ab und öffnete die Augen.

Kulawik und der Dirigent sahen ihn schweigend an, sie verstanden seinen Schmerz, und sie schwiegen, weil sie denselben Schmerz in sich trugen oder zumindest einen ähnlichen. Auch sie hatten Eltern, Geschwister, Onkel und Tanten verloren, hatten das Leben verloren, das man lebenswert nannte.

Einer der Geiger trat vor und gab ihm die Hand: „Gotipavero." Es klang italienisch. Der Cellist folgte ihm, auch er reichte Marek die Hand. „Nolthenius, aus Holland." Der Dirigent stellte sich als Piet van den Hurk vor, „Dirigent des Rundfunkorchesters von Nederlandse Christelijke Radio Omroep". Das waren Menschen, keine Nummern, und sie hatten ihre Geschichte nicht aufgegeben, ihr Orchester zu Hause, ihre Instrumente.

Kulawik sagte: „Wir spielen nächsten Sonntag den ‚Einzug der Gladiatoren' und dann ein Potpourri von Melodien aus Wiener Operetten. Sebode wird uns dirigieren anstelle unseres lieben van den Hurk, Kapellmeister Sebode war in Göttingen ja speziell für die Operetten zuständig. Ich besorge dir die Noten."

„Aber gibt es denn ein zusätzliches Instrument? Meine Geige ist hinüber."

„Erst mal müssen wir dich aus dem Arbeitskommando holen. Da muss uns Willi Bader helfen. Der redet sowieso sehr gut von dir. Um die Geige kümmern wir uns danach."

Am Abend informierte sie der Stubenälteste, dass sie fünfzig Neuzugänge in der Stube aufzunehmen hätten. Von jetzt an würden sie zu dritt im Bett schlafen. Kaum drehte er ihnen den Rücken zu, begannen die geflüsterten Deutungsversuche. „Zweitausend sind heute wieder angekommen“, flüsterte einer, „die verteilen sie auf die Baracken. Jede Woche so viele Neue! Das kann nur bedeuten, dass sie im Osten und Westen die Lager schließen.“ Er machte große Augen.

Jeder wusste, was das bedeuten sollte: Die Deutschen wurden zurückgetrieben. Aber hätten sie dann nicht andere Sorgen gehabt, war das Abtransportieren von Juden und anderen Ungewollten in ihren Augen nicht eine Verschwendung von Ressourcen? Dann musste die Sache andere Gründe haben.

Es sei denn, sie kamen in den KZs mit dem Töten nicht nach. Wenn ein Krematorium achtzig Leichen am Tag schaffte, brauchte man für zweitausend fast einen ganzen Monat lang. Womöglich brachten sie die KZ-Häftlinge ins Landesinnere, weil ihnen an den Außengrenzen, wo sie gerade überrannt wurden, nicht genug Zeit blieb, sie zu töten und anschließend zu verbrennen. Die Leichen unverbrannt zurücklassen wollten die Nazis nicht, um keinen internationalen Aufruhr zu erregen, irgendwie lag ihnen doch an ihrem Ruf, oder sie fürchteten, dass man ihnen den Prozess machte, sollten sie den Krieg verlieren. Wenn der Bruder und er doch nur den Rest des Krieges noch durchstanden!

Kurz darauf waren die angekündigten Neuzugänge da und wurden auf die Betten aufgeteilt. Das Prinzip der Zugangsbaracke schien man gänzlich aufgegeben zu haben angesichts der Menge von Menschen. Die Neuzugänge befanden sich in einem schrecklichen Zustand, sie wirkten wie halbtot. Marek schenkte einem von ihnen etwas von seinem Brot und brachte ihn zum Reden. Der Fremde erklärte, sie kämen aus dem Lager Natzweiler bei Straßburg, die Eisenbahnwaggons seien mit roten

Kreuzen bemalt gewesen, damit sie nicht beschossen würden. Sie hätten kaum zu trinken bekommen, die Fahrt sei furchtbar gewesen. Aachen sei von den Amerikanern eingenommen, und in Holland seien die Alliierten ebenfalls gelandet. Jetzt marschierten sie auf Antwerpen und Brüssel zu.

„Wie viele Häftlinge hat Natzweiler?", fragte Marek.

„Wir waren zehntausend. Aber jetzt ist das Lager aufgelöst."

Wenn von zehntausend Häftlingen nur zweitausend hier angekommen waren, was war mit den anderen geschehen? Hatte man sie in ein anderes Lager gebracht, oder …? Ihn fröstelte.

Fürs Bett wurde ihm und Tomas ein etwa fünfzigjähriger Mann zugeteilt, ein Jude. Er stellte sich als Alain vor. Er hatte nicht mehr die Kraft, hinauf ins Bett zu klettern, Marek musste ihn hinaufheben. Oben versuchte er höflich, sich schmal zu machen. „Mich seid ihr bald los", sagte er schwach, mit französischem Akzent. Seine Beine waren kaum mehr als Stöckchen, Schenkel und Waden, alles nur runde Stäbchen ohne Fleisch, ohne Muskeln. Die Wangen waren eingefallen.

„Wir päppeln dich schon wieder auf", sagte Marek. „Jetzt schlaf erst mal."

Am nächsten Morgen schleppte er ihn zum Appell. „Sie müssen dich als arbeitsfähig einstufen", erklärte er Alain. „Wenn der Blockführer zum Zählen kommt, musst du aus eigener Kraft stehen, wenigstens solange er in der Nähe ist. Verstanden? Sonst schicken sie dich auf Invalidentransport. Ich kann dir nur sagen, dass die Kleider der ‚Invaliden' immer kurz darauf wieder hier sind, wenn du weißt, was ich meine."

Der Mann nickte. Er setzte tapfer einen Schritt vor den anderen und stellte sich, gestützt von Marek, in die Reihe. Als der Blockführer zum Zählen vorüberschritt, stand Alain für einige Momente aus eigener Kraft.

Aber was würde tagsüber mit ihm geschehen? Er gehörte zu keinem Arbeitskommando. Erwartete ihn da nicht stundenlanges Strammstehen auf dem Appellplatz? So siebten sie neuerdings die Schwachen aus, die kippten dann irgendwann um.

„Arbeitskommando formiert!", bellte es aus dem Lautsprecher. Marek rannte nicht zu seinem Sammelplatz, sondern zum Stubenältesten, und bat ihn um Alains Leben.

„Ist dir klar, was du da verlangst? Damit riskiere ich meinen Kopf!" Der Stubenälteste sah ihn böse an. Schließlich senkte er den Blick. Er stieß einen Fluch aus. „Versteck ihn im Bett", raunte er. „Wenn sie ihn entdecken, hab ich nichts damit zu tun."

Marek beeilte sich. Noch gab es Chaos und Gewimmel auf dem Platz, zwanzigtausend Menschen liefen durcheinander. Aber er durfte nicht zu spät am Sammelplatz des Kommandos sein, sonst gab er Köcher Gelegenheit, ihn abzuservieren, und ruinierte kurz vor seiner Rettung durch das Orchester alles.

Er steckte Alain ins Bett, deckte ihn zu. „Wenn jemand reinkommt, atme flach und halte dich still. Man wird dich nicht entdecken."

Dann rannte er hinaus. Als er sah, wie leer der Platz war, brach ihm der Schweiß aus. Am Sammelplatz seines Kommandos warteten alle und Köcher sah ihm bereits entgegen. Marek bereitete sich innerlich auf Schläge vor.

Köcher sagte mit diabolischem Feuer im Blick: „Bedankt euch bei *ihm*. Diesmal seid ihr alle dran."

Er hörte unterdrücktes Aufstöhnen. Aber gleich darauf ging es in Köchers Befehlen unter. „Hinlegen!" Sie warfen sich zu Boden. „Aufstehen! Laufen, marsch, marsch! Hinfallen!" Wieder fielen sie nieder. „Kriechen! Wälzen, nein, nicht hier, du Saujude – durch diese Wasserlache, hier, so ist's recht. Sauf, du Hund, sauf das Lachenwasser hier!"

Marek trank.

„Jetzt rollen, alle! Und singen!"

Sie sangen während ihrer Qual. Durch den Dreck, durch Dornengestrüpp, über Holzbalken, durch Erdlöcher. Die Älteren, Kranken oder Schwachen brachen zusammen. Mit Fußtritten wurden sie dazu gebracht aufzustehen. „Weitermachen!"

Auch die Halbtoten, die am Boden lagen, mussten singen.

Die Kommandos des Löwen übertönten den keuchenden Gesang. „Hinlegen! – Auf! – Marsch, marsch!" Und alle Augenblicke: „Wälzen!"

Als sie die Baustelle erreichten, überließ Köcher dem Kapo die Regie, er selbst spazierte zurück zum Lager, offenbar war er mit seinem Tagewerk zufrieden. Und das konnte er auch. Sie waren allesamt zerschunden und heiser geschrien vom Gesang.

Schon nach einer Stunde schickte der Kapo sie zurück ins Lager, es fehlte an Material. Vermutlich nahm er das nur zum Vorwand, um sie zu schonen, selbst auf die Gefahr hin, Köcher zu reizen. Der Kapo war nur dann hart, wenn einer von der SS in der Nähe war, er war hart, weil es von ihm erwartet wurde. Ohne SS im Nacken war er ein Häftling wie sie auch.

Sie marschierten ins Lager. Marek schämte sich, er ertrug kaum den Anblick der anderen, obwohl ihm niemand Vorwürfe machte. Erklären konnte er ihnen sein Zuspätkommen auch nicht, die Gefahr war zu groß, dass jemand Alain für ein Stück Brot an die SS verriet.

Gleich hinter dem Lagertor kamen sie an neunzig sowjetischen Offizieren vorbei, die vor dem Torhaus angetreten waren. Der Lagerkommandant war da, der Rapportführer und andere Angehörige der Lagerführung, und ein Gestapomann rief einzeln die Namen auf. Die Offiziere antworten mit Nennung ihrer Geburtsdaten.

Zuerst war er erleichtert, Köcher nicht zu sehen. Aber als er den Namen Kirilenko hörte, fuhr er zusammen. Der Trompeter! Er sah ihn ganz am Ende der Reihe stehen. Die ersten dreißig von ihnen wurden durch das Tor in Richtung Krematorium geführt. Kurz darauf hörte man Schüsse.

Die nächsten dreißig mussten losmarschieren. Kirilenko stand in der letzten Gruppe, bei denen, die noch zurückgeblieben waren, Marek sah, wie er nervös seine Lippen bewegte, oder war es gar nicht Nervosität, spielte er in Gedanken ein Trompetenstück?

Man führte auch ihn und die restlichen Offiziere durch das Tor hinaus. Wieder krachten Schüsse.

Diese Bestien hatten den wunderbaren Trompeter erschossen. Sein Konzert vom Vortag sollte das letzte gewesen sein, das er spielte. Hatte er das am Abend schon gewusst? Hatte er lächelnd musiziert und den KZ-Häftlingen Freude geschenkt, obwohl ihm klar war, dass er am Morgen danach erschossen werden würde? Es war unbegreiflich.

Obwohl er Kirilenko nicht wirklich gekannt hatte, vermisste er ihn. An Kirilenkos Kind in Russland zu denken, machte es noch schlimmer.

Zur Mittagspause schlich er sich in die Baracke und brachte Alain ein Stück Brot. Alains Augen glänzten wie die eines Rehs, er lag genauso im Bett, wie ihn Marek zurückgelassen hatte. Alain nahm das Brot und hielt es andächtig in den Händen. Sie ruhten mit dem Brot auf seiner Brust.

„Das wird wieder", sagte Marek. „Du wirst gesund werden."

Am Abend, als er in den Block zurückkehrte, sah er zwei Häftlinge, die versuchten, Alain die Schuhe von den Füßen zu ziehen. Alain röchelte, er lag offensichtlich im Sterben. Marek ging dazwischen, er schlug nach den Räubern, aber da hatten sie die Schuhe schon heruntergerissen. Sie flohen damit.

Er nahm Alains Hand. Das Röcheln war verstummt, der Blick leer geworden. Marek sprach den Kaddish. Lange saß er an seiner Seite. Dann schleppte er ihn vor den Block und legte ihn auf den Boden. Er war heute nicht der einzige Tote ihres Blocks. Den nächsten Appell gab es erst morgen früh, Alain würde über Nacht hier draußen bei den anderen Leichen liegen müssen, damit er dann mitgezählt werden konnte und ihn endlich ein Leichenkommando abholen durfte.

Nebel aus dem Dachauer Moor senkte sich schwer über das Lager, die Schwaden drückten den Rauch des qualmenden Krematoriums herunter. Es stank nach verkohltem Fleisch. Vielleicht war das schon Kirilenko. All die Kaputtgearbeiteten, in den Tod Getriebenen, Verhungerten… Gestern die, morgen ich, dachte er.

Diese Nacht waren sie nur zu zweit im Bett, es war mehr Platz, aber Alain fehlte. Hier war er vorhin noch gestorben, sein Kopf hatte da gelegen, wo jetzt Marek seinen Kopf bettete. Er schlief unruhig deswegen.

Am Morgen, nach dem Waschen, verkündete ihm der Stubenälteste, dass er einem neuen Arbeitskommando zugewiesen worden sei: dem Kommando Lagermusik. Er solle sich nach dem Appell im Effektenlager melden, wegen des Instruments, und anschließend zur Probe in die Strohsackstopferei in Block 27 gehen.

Es kam ihm wie eine Befreiung vor, als könnte er das Lager verlassen. Er würde Teil des Orchesters werden, die Lagerzeit war nicht mehr hoffnungslos düster, er konnte musizieren! Köcher war ausgebootet, die Schikanen und das Zutodehetzen hörten auf.

Als das Kommando zum Formieren der Arbeitsgruppen gegeben wurde, stand plötzlich Stani an seiner Seite. „Ich hab auch ein neues Arbeitskommando", sagte er. „Es heißt: Kommando Aufräumung SS-Unterkünfte."

„Ist nicht dein Ernst."

„Doch. Wir dürfen der SS hinterherputzen."

„Vielleicht schaffst du's, von da in die SS-Küche überzuwechseln. Ich mag mir gar nicht ausmalen, was die jeden Tag zu futtern kriegen. Bestimmt fällt da immer mal was zu essen ab."

„Mosche aus der Berka Joselewicza in Łódz arbeitet im Spülraum der Truppenküche. Der hat sich erst gefreut. Natürlich bleiben immer wieder Fleischbrocken übrig, auf den Tellern oder in den Töpfen, die Truppe hat ja genug, die lecken nicht die Teller ab. Aber er sagt, die Aufwärterin passt scharf auf, sie sammelt die Fleischbrocken, wenn Teller oder Töpfe reinkommen, und tut sie beiseite, damit kein Häftling einen ergattert. Weißt du, was sie mit dem Fleisch macht? Sie verfüttert es an die Wachhunde."

„Mann."

„Die Hunde sind denen mehr wert als wir. Manchmal ist er schneller und kann sich noch was in den Mund stecken, aber das passiert nicht allzu häufig."

„Bruder ...", sagte er.

Stani gab ihm die Hand. Sie spendeten sich für einen Moment Wärme und Nähe. Auch als Stani gegangen war, um mit seinem Arbeitskommando vom Platz zu marschieren, spürte Marek noch die Hand des Bruders in seiner.

In der Effektenkammer wussten sie schon, dass er kommen würde. Die Arbeit wurde auch hier von Häftlingen gemacht. Sie standen unter scharfer Bewachung durch zwei SS-Offiziere.

„Such dir eine Geige aus", sagten die Häftlinge. „Instrumente sind dort hinten links."

Hier war er am ersten Tag gewesen, das Foto der Eltern hing irgendwo dort oben unter der Decke in einem Papierbeutel.

Der Besitz der Häftlinge, was war er wert ohne die Menschen, die ihn schätzten? Nichts. Was bedeutete ein Foto für jemanden, der die Leute darauf nicht kannte? Er konnte nichts damit anfangen. Für ihn aber wären die Fotos kostbar gewesen, wenn er seine Papiertüte wiederbekommen könnte.

Er erreichte einen ausladenden Tisch voller Musikinstrumente. Geigen lagen da, Bratschen, ein Akkordeon, und eine silberne schlanke Trompete. War das nicht die von Kirilenko? Am Abend vor der Hinrichtung hatte die SS in der ersten Reihe des Konzertpublikums noch begeistert applaudiert.

Der Tisch bewies, wie wertvoll den Menschen die Musik war. Viele hatten ihr Instrument mitgenommen, auch wenn oder gerade weil sie nicht wussten, wohin die Reise ging. Hätte er Stani nicht zu schützen versucht, läge jetzt seine eigene Geige hier, die geliebte, viel gespielte. Aber so musste er eben eine fremde auswählen, eine, die jemand anderem im Lager viel bedeutete, oder deren Besitzer bereits durch den Schornstein gegangen war.

Nach dem Äußeren des Geigenkastens konnte er nicht gehen, womöglich hatte jemand eine gute Geige in einen billigen Kasten gelegt, um die Nazis zu täuschen. Er öffnete den ersten Geigenkoffer. Gerade als er das Instrument in die Hand nehmen wollte, entdeckte er einen Sprung in der Decke. Diese Geige konnte nicht mehr gut klingen.

Bei der nächsten war eine Saite gerissen, sie besaß nur noch drei. Die dritte hob er heraus und spielte einige Töne. Eine kratzige Schülergeige.

Die Saiten der vierten Geige, die er sich besah, waren nicht mehr gut gespannt. Er öffnete einen weiteren Geigenkoffer. Den Koffern sah man an, dass sie weite Reisen hinter sich hatten, die ohne Komfort durchgeführt worden waren. Er nahm die neue Geige heraus und spielte eine Tonleiter darauf. Nun ja. Vielleicht würde sie sich einmal gut anhören, wenn sie viel gespielt wurde.

„Du sollst hier kein Konzert geben", schnarrte einer der SS-Offiziere. „Nimm eine und raus mit dir!"

Er drückte die zuletzt gespielte Geige an sich und eilte hinaus. Der Appellplatz war jetzt leer. Nun zogen die Häftlinge auf, die keinem Arbeitskommando angehörten. Ob sie heute exerzieren oder nur stundenlang strammstehen mussten? Für Alain spielte es keine Rolle mehr.

Vom Torhaus her näherten sich die Musiker. Sie trugen ihre Instrumente, Notenständer und Schemel und steuerten auf Block 27 zu. Er kürzte den Weg ab und kam nahezu gleichzeitig mit ihnen an.

Im Probenraum lagen Strohballen aufgeschichtet, überall Stroh, auch auf dem Boden Halme und Fitzelchen. Aber die Musiker kümmerten sich nicht darum, sie stellten ihre Schemel zwischen den Strohballen auf und ihre Notenständer und stimmten die Instrumente nach, als wäre dies ein gewöhnliches Konzerthaus.

Sogar einen großen, braun gestrichenen Flügel gab es, schon etwas heruntergekommen und angestoßen, aber immerhin. Einer nach dem anderen stellten sich ihm die neuen Kollegen vor. Den Flügel spielte ein Priester des Erzbistums Salzburg namens Sparber, er war bereits seit vier Jahren in Dachau. Am Schlagwerk saß ein verkrüppelter Häftling, er gehörte zu einer Artistenfamilie und war als Kind bei einer akrobatischen Übung verunglückt, seitdem hatte er sich der Musik gewidmet.

Einer der Bratschisten war Mitglied der Berliner Philharmoniker gewesen und ein persönlicher Freund von Staatsrat Dr. Furtwängler, jetzt war er „rassisch belastet".

Josef Ulc, ein Klarinettist, Saxophonist und Geiger, hatte mehrere Stücke arrangiert und war stellvertretender Dirigent hier in Dachau. „Glauben Sie nicht, unter Musikern gäbe es nur Freundlichkeiten", sagte er mit diabolischem Augenzwinkern. „Ich bin von einem meiner Geigerkollegen denunziert worden, sonst wäre ich gar nicht hier."

Schließlich setzten sie sich. Auch Marek stimmte seine Geige. Er war nervös. Sein Sitznachbar reichte ihm Noten. Sie waren von Hand geschrieben und nicht besonders leserlich. Das würde ihm Probleme machen. Nur wenige Plätze weiter saß Kulawik. Jeden falschen Ton würde er hören. Sie schlugen den „Einzug der Gladiatoren" auf, Sebode gab das Tempo vor, die Trompeten spielten die ersten Töne, dann setzten sie mit den Geigen ein. Es war nicht zu fassen, er saß im KZ, nur wenige Dutzend Meter entfernt qualmte das Krematorium, Menschen wurden zur Arbeit geprügelt, Mangelernährte zu Tode gehetzt, und er saß hier und spielte Geige, und es gefiel ihm sogar. Er fühlte sich schuldig deswegen. Der Bruder putzte gerade das Quartier eines SS-Offiziers, womöglich wurde er getreten und gedemütigt und musste das Waschbecken mit der Zunge reinigen, und er – spielte Zirkusmusik.

Sebode dirigierte forsch. Die Blechbläser gaben Fučíks Stück zackigen Schmiss, das würde den Nazis sicher gefallen. Und doch war es Musik, und er konnte nicht anders, als neue Kräfte zu sammeln.

Dann übten sie die Melodien aus Wiener Operetten. Sebodes Gesicht bekam etwas Genießerisches. Er sah nur noch sporadisch auf die Noten vor sich, er dirigierte auswendig, teils mit geschlossenen Augen. Sicher war auch er jetzt woanders, er hatte das KZ verlassen, zumindest mit dem Herzen.

Marek fühlte sich, als planten sie gemeinsam die Flucht. Die anderen Musiker waren seine Komplizen. Mit den Tönen kletterten sie über den elektrisch geladenen Stacheldraht, flogen über die Mauer hinweg, entkamen in die Wälder. Von den Türmen aus wurden keine Schüsse abgegeben. Die Musik verbarg sie vor den Wachen, sie trug sie unsichtbar ins Freie.

Sie probten den ganzen Vormittag. In der Mittagspause gab es jämmerliche Wassersuppe, die den Hunger anstachelte, anstatt ihn zu besänftigen. Dann stellten sie ihre Schemel neben dem Tor auf. Für den Appell mussten sie strammstehen wie die anderen, durften ihn aber früher verlassen, um sich mit den Instrumenten bereitzumachen. Als das Kommando zum Ausrücken kam, hob Sebode schon den Taktstock, zählte ein, und sie spielten den „Apollo-Marsch".

Über den Notenständer hinweg sah er Tausende Häftlinge vorüberziehen, mager, mit hungerglänzendem Blick, angetrieben von Kapos, guten und schlechten, gewalttätigen und ruhigen. Jeder der Häftlinge hatte eine Geschichte, er kam aus einer Familie, hatte Lebensträume gehabt, einen Beruf, Geschwister, vielleicht sogar eine Frau und Kinder. Etliche würden heute bei der Arbeit tot zusammenbrechen.

Und sie spielten den „Apollo-Marsch".

Als die Häftlinge fort waren, mussten sie, die Musiker, strammstehen, in der einen Hand den Bogen, in der anderen die Geige, während der Lagerkommandant vorüberging. Dann hieß es: „Rührt euch."

Sie brachten die Instrumente fort. Jeder von ihnen war einem leichteren Arbeitskommando zugeteilt, das die Nachmittagsstunden füllte, manche im Krankenrevier, manche als

Brotauflader. Er sollte sich in der Dampfwäscherei melden. Dort war es brütend heiß. Aber schon nach der ersten halben Stunde, in der er Wäsche sortiert hatte, begriff er, wie gut er es fortan haben würde. Die Arbeit war leicht. Und der Kapo nahezu kollegial.

Sie hatten früher Schluss, damit sie am Tor spielen konnten, während die zurückkehrenden Arbeitskommandos einmarschierten. Manche Kolonne war derart verdreckt, als käme sie aus dem Erdinneren gekrochen. Es war gespenstisch. Er sah taumelnde, entkräftete Menschen und spielte mit dem Orchester dazu den Takt der Angst: Und links und links und links, zwei, drei, vier. Die Kolonnen brachten ihre Toten auf Karren und Tragen mit, manche lagen sogar auf Schubkarren, drei, vier Menschen übereinander. War ihnen die Kleidung heruntergerutscht, sah man die flügelartig herausstehenden Schulterblätter. Bald würde auch er so aussehen, wenn die Rationen weiterhin so karg blieben.

Die meisten waren mit sich selbst und mit dem Durchhalten beschäftigt, aber er sah auch missgünstige Blicke, manche nahmen ihnen übel, dass sie überhaupt spielten.

Die leichtere Arbeit und das Musizieren hatten ihren Preis. Er verstrickte sich in den Terrorapparat der SS. Vielleicht überlebte er deshalb bis zum Kriegsende, weil er sich nicht draußen bei den schweren Arbeitskommandos schinden musste. Die bösen Blicke hatten recht. Er war ein Höfling der SS geworden.

Er machte in der Hölle Musik.

Teil 3

Triumph über Nazi-Barbarei

Ich hörte nur die Geige, und es war, als diene Julieks Seele als Bogen. Er spielte sein Leben. Sein ganzes Leben glitt über die Saiten.

Elie Wiesel: Die Nacht

Die Februarsonne scheint, der Wind weht lau in Tel Aviv, Israels offizieller Hauptstadt. Schwungvoll bringt Assi ihr Damenrad auf der Ben-Gurion vor einer gartenhausgroßen Kaffeebude auf dem begrünten, verkehrsfreien Mittelstreifen zum Stehen. Dann bestellt sie „wie immer" einen kleinen Milchkaffee und einen Espresso. Amnon hat sich nur wenige Minuten zuvor aus der Werkstatt geschält. Gemeinsam gehen wir seiner besseren Hälfte entgegen. Es ist ihr quasi tägliches Ritual, sich zum Mittagessen oder Kaffee zu sehen und die Neuigkeiten des Tages zu besprechen. Und derer gibt es in den vergangenen Monaten bei Weinsteins genug. Die Geburt von Avshis zweitem Kind steht bevor und wird beide erneut zu Großeltern machen. Assi wird die ersten Tage nach der Niederkunft in Istanbul verbringen, um ihrer Schwiegertochter mit dem Neugeborenen unter die Arme zu greifen. Sie freut sich, kann die Reise kaum erwarten. Amnon will lieber von der geplanten Preisverleihung erzählen. Für Anfang Juni sind Assi und er in die USA nach Houston, Texas, eingeladen, um dort stellvertretend für die Familie Bielski eine Ehrung entgegenzunehmen. „Man muss nicht viel Aufhebens darum machen. Das Beste daran ist das Treffen mit meinen Cousins, die in den Staaten leben", beendet Assi das Thema eilig, während ihre linke Hand intuitiv an den rechten Arm fasst, als ob sie nach Halt sucht. „Oh nein! Mein silberner Armreif!", ruft sie entsetzt aus. „Ich muss ihn auf dem Weg hierher verloren haben." Amnon zieht eine Augenbraue hoch. „Bist du sicher?", seufzt er. Als sich Assi eine Minute später wieder gefangen hat, antwortet sie wenig beeindruckt: „Was soll's? Dinge sind dazu da, getragen zu werden und verloren zu gehen. Nicht, um sich darum zu bekümmern, nicht wahr?"

Dass Assis Stimmung oft nicht von Dauer ist, fällt an diesem Nachmittag besonders auf. Von niedergeschlagen schwenkt sie schlagartig in hoffnungsvoll um, nur um dann wieder ungewöhnlich nachdenklich zu wirken, als die Sprache auf die Violinkonzerte kommt. „Ein Orchester zu hören, das einen Violinisten begleitet, während dieser auf einem so besonderen Instrument das schmerzlich-schöne jüdische Gebet Awinu Malkenu spielt …" Sie hält kurz inne, als müsste sie für den nächsten Teil ihres Satzes zusätzlich Kraft sammeln, und fügt dann sichtlich mitgenommen hinzu: „Wenn es einen Gott gibt, muss ihn das berührt haben." Ausgerechnet Assi! Assi, die allzu gern spielenden Kindern ihre Aufmerksamkeit schenkt und sich mit den schönen, den lebenswerten Seiten des Daseins beschäftigt, verschlägt es fast die Stimme. Tränen schießen ihr in die Augen. Genau wie damals, bei dem von ihr eben erwähnten Konzert, als sie Zeuge dieser Darbietung wurde, kann sie jetzt noch weniger an sich halten und steht plötzlich auf, bereit zum Aufbruch. „Ich gehe jetzt, das wird mir zu viel", sagt sie, die Kaffeetasse noch halb voll, „ich möchte nicht mehr. Ihr könnt ja weiterreden." Nur eine Minute später sind sie und ihr Rad außer Sichtweite. „Ich habe Assi selten so emotional gesehen", gestehe ich und bereue fast, ihr überhaupt Fragen zu dem Thema gestellt zu haben. „Ich weiß auch nicht, was auf einmal los ist", versucht Amnon, mich zu trösten.

„Awinu Malkenu" ertönt es aus einem gleißend hellen Lichtkegel. Der israelische Geigenvirtuose Shlomo Mintz, einer von Amnons ältesten Freunden, wiegt sich zu den Tönen hin und her, noch bevor die Zuschauer seine Silhouette ausmachen können. Kurz danach setzen Israels Raanana-Symphoniker und Istanbuls Philharmoniker ein. Es ist ihr erstes gemeinsames Konzert. Mehr als 2000 Menschen haben sich dafür an diesem kalten 24. September 2008 in Jerusalem versammelt. Hier, vor der prachtvoll in Szene gesetzten Altstadtmauer, auf die immer wieder Bilder von der Bühne im Großformat übertragen werden, findet zwei Jahre nach dem Konzert in der Türkei die tatsächliche Geburtsstunde der „Violins of Hope" statt, wie die Konzerte von nun an international heißen. Insgesamt 16 von Amnons restaurierten Geigen erklingen an diesem Abend vor der imposanten Kulisse. Sogar Moteles Violine kommt zum Einsatz. Die Ehre, ebendieses Instrument zu spielen, hat ein junges Geigentalent, das an den tapferen, selbstlosen Partisanenjungen erinnern soll.

Am nächsten Tag sind nicht nur die Schlagzeilen in den israelischen Medien voll des Lobes für das außergewöhnliche Gedenkkonzert. Auch außerhalb des Landes verbreitet sich die Geschichte der nicht gekannten, kaum beachteten oder verloren geglaubten und dann wiedergefundenen Instrumente rasant. „Jede Violine erinnert an einen anderen Menschen und wir dürfen ihr Vermächtnis nicht gering schätzen – egal, in welchem Zustand sie ist oder von welcher Verarbeitung." Amnons Worte finden sich in namhaften internationalen Zeitungen wie dem britischen *Telegraph*. Nicht schockierende, schonungslose Bilder, sondern sanfte Töne sollen eine weitere Möglichkeit sein, an die Leiden der Verstorbenen zu erinnern.

Fest zwischen Mintz' Kinn und Schulter geklemmt, befindet sich an jenem Septemberabend eine der wohl ältesten Geigen, derer sich Amnon je angenommen hat. Eine Geige, die einst einen Platz im Philharmonischen Orchester Oslo innehatte. Dass sie in Amnons Sammlung zu finden ist, ist dem norwegischen Komponisten Ole Bull zu verdanken, der ihre Geschichte vor den vergesslichen Tiefen des menschlichen Gedächtnisses bewahren wollte. Ihr einstiger Besitzer, Ernst Glaser, gehörte dem Orchester an, als die zweitgrößte norwegische Stadt Bergen bereits von den Nazis besetzt worden war. 1941 verschaffte sich eine wild gewordene Meute junger deutscher und norwegischer

Nationalsozialisten während eines Konzerts Zugang zum Saal. „Wir werden dich lynchen, Jude!“, rief einer von ihnen aus. Wem diese Drohung galt, war nicht nur Glaser sofort bewusst. Der Dirigent konnte eine Eskalation der Situation nur durch spontanes Spielen der norwegischen Nationalhymne verhindern – und Glaser so vermutlich das Leben retten. Dieser stahl sich im selben Moment aus dem Raum und floh. In den Folgejahren verdiente er in den Straßen eines ukrainischen Ghettos, so gut es ging, den Unterhalt für seine Familie. Eine andere Möglichkeit war ihm nicht gegeben. „Diese Violine“, sagte Glasers Tochter Amnon mit wässrigen Augen, „hat uns vor dem Verderben bewahrt.“

Begegnungen wie diese lassen Amnon weiter gehen, als er je für möglich gehalten hätte. An der Vergangenheit zu rütteln, ungeschriebenen Geschichten nachzuforschen, all das wäre ihm früher nie in den Sinn gekommen. Doch durch die unermüdliche Neugier eines Daniel Schmidt oder auch die Initiative eines in Jerusalem lebenden französischen Journalisten namens Jean-Marie Hosatte nimmt Amnons eigenes Engagement immer neue Dimensionen an. So überredet Hosatte Anfang 2008 den schon knapp 70-jährigen Amnon, sich von einem Filmteam begleitet von Tel Aviv aus nach Europa aufzumachen. Zuerst begeben sie sich auf Spurensuche in Vilnius, in die Stadt seiner Vorväter. Anschließend nach Polen, Frankreich, Italien – dort, wo er seine Lehrjahre verbracht hat und die jüdische Kultur in Form des Geigenbaus verwirklicht und vorangebracht wurde. Mit dabei auf „Amnons Reise“, wie Hosattes Doku offiziell heißt, ist unter anderen auch Shlomo Mintz, was für Amnon in seinen eigenen Worten ein weiteres Erweckungserlebnis in seinem Leben bedeutet. „Ihn in Auschwitz spielen zu hören hat mein Leben verändert“, hört man Amnon aus dem Off sagen, während in der dazugehörigen

Einstellung ein in Schwarz gekleideter Mintz mit geschlossenen Augen zwischen Wachturm und Stacheldrahtzaun steht und bei strahlendem Sonnenschein, aber gegen einen unbarmherzigen Wind seiner Geige fast unwirkliche Töne abtrotzt.

Die Symbolik dieser Szenerie ist für Amnon frappierend: „Es ist unmöglich, die jüdische Kultur zu vernichten", lautet sein Credo. Er sagt das im Brustton der Überzeugung, in durchaus verklärender Absicht, wohl wissend, dass sein Volk einer solchen Betrachtungsweise nicht zu jedem Zeitpunkt seiner Geschichte standgehalten hätte. Aber heute – Generationen nach den unfasslichen Verbrechen des Holocaust – soll alle Welt wissen, dass das jüdische Selbstverständnis um jeden Preis eine Kämpfernatur darstellt. Ihn so reden zu hören wirft nicht wenige Fragen auf. Hat sich die jüdische Gesellschaft wirklich von den ihr angetanen Traumata erholt? Wird sie sich von ihnen jemals lossagen können? Wahrscheinlich noch lange nicht, müsste die Antwort lauten, wenn man dem winterlich gekleideten Amnon in einer anderen Einstellung dabei zusieht, wie er in den Krematorien vor den mit Lilien dekorierten Verbrennungsöfen in Auschwitz-Birkenau steht, in der leicht zittrigen Hand einen gefalteten Zettel mit den Gebetsversen des Kaddish, den er so lange laut vorliest, bis ihm die tränenschwere Stimme versagt.

Obwohl Anlass und die Reise an sich ihn belasten, wenn nicht gar quälen, gönnt sich Amnon keine Verschnaufpause. „Musik ist das Einzige, was uns mit diesen Menschen noch verbindet." Seine Konzertreihe steht erst am Anfang, soll das heißen. Am Ende des wochenlangen Drehs, den der Film in 52 Minuten zusammenrafft, lässt Hosatte alles Gesagte, Gezeigte in dem Jerusalemer Gedenkkonzert kulminieren.

Sich bei seiner Arbeit und einer körperlich und seelisch anstrengenden Reise filmen zu lassen repräsentiert jedoch nur ein kleines Mosaiksteinchen in Amnons Universum. In diesem würde er, wenn er könnte, ein ganzes Feuerwerk an Veranstaltungen entfachen, um Aufmerksamkeit zu generieren für die tatsächliche Aufgabe, die er sich auferlegt hat: ein ganz eigenes Denkmal für sein gemartertes Volk zu erschaffen, indem er die Instrumente von Ermordeten und Überlebenden wieder spielbar macht. Für sich. Für die Toten. Für die Lebenden. Für Tage wie den 27. Januar, den Tag der Befreiung.

Dass das entlegene Auschwitz als Synonym für den gewalttätigsten Ausdruck von Rassenwahn herhalten muss, wird sich wohl auch in Hunderten von Jahren nicht ändern. Das weiß Amnon. Doch die Deutungshoheit über Zeit, Raum und Wahrnehmung den deutschen Schlächtern zu überlassen, bereitet ihm Unbehagen. Er muss dem etwas entgegensetzen und seien es nur vergängliche Töne. Das wiederum weiß sein Hausarzt. Er lässt ihn gewähren. Und sogar wieder und wieder nach Deutschland fahren. „Wenn ich dafür ein paar Medikamente mehr nehmen muss, ist das nicht weiter tragisch. Dafür ist ein Besuch mit den Violinen zu wichtig“, sagt Amnon lakonisch. „Aber sei trotzdem vorsichtig und reg dich nicht zu sehr auf, Amnon!“, rät sein Arzt. Denn Deutschland ist nicht einfach nur das Land der Deutschen.

1945 fällt der 27. Januar auf einen Samstag, Shabbat. An der Mündung des Flusses Sola in die Weichsel hört man immer wieder Schüsse. Doch wirklich zur Wehr setzen sich die Deutschen nicht mehr. Zu viele sowjetische Soldaten nähern sich unaufhörlich dem großen Industriekomplex. Gegen neun Uhr morgens erreichen die ersten das Tor zum Lager Auschwitz III – Monowitz. Die SS-Wachen, die sonst immer dort stehen, sind bereits am Vortag weggelaufen. Nach und nach betreten Rotarmisten das Barackenlager und sehen Hunderte ausgemergelter Männer.

Sie atmen noch und sind körperlich doch kaum von den anderen ehemaligen Insassen zu unterscheiden, die leblos aufeinanderliegen. Der befehlshabende Offizier ordnet an, dass alles fotografiert werden soll. Die Soldaten sollen die Verbrechen der Nazis auch für andere Augen festhalten.

70 Jahre später ist der 27. Januar ein Dienstag und der Internationale Tag des Gedenkens an die Opfer des Holocaust. Auf der Bühne des Kammermusiksaals der Berliner Philharmonie steht der Außenminister der Bundesrepublik Deutschland, Frank-Walter Steinmeier, und begrüßt die 300 anwesenden festlich gekleideten Gäste. „Viele der von Amnon Weinstein gesammelten Geigen waren Zeugen des Mordes an Juden", sagt er andächtig. „Hinter diesen Instrumenten stehen sechs Millionen Menschen." Im Publikum herrscht absolute Stille. Nicht ein Husten ist zu hören. Kurz darauf ertönen unter der Leitung von Dirigent Sir Simon Rattle 15 Geigen und ein Cello. Zum Auftakt lässt Rattle sein Orchester das zehnminütige Adagietto aus der 5. Sinfonie Gustav Mahlers spielen. Ihm folgen Stücke von Joseph Achron, Max Bruch und Samuel Adler, dazwischen liest der deutsche Schauspieler Ulrich Matthes Texte aus Elie Wiesels Aufzeichnungen. Liest, wie die Klänge von Beethoven auf Wiesel als Gefangenen gewirkt haben („War es eine Halluzination? Niemals zuvor hatte ich etwas so Schönes gehört."), und erzählt, was es mit den kostbaren Instrumenten aus Israel auf sich hat. Amnons Freund Guy Braunstein ergänzt das Programm mit seinen Interpretationen der Werke von Bach und Beethoven – Künstler, die während der Nazizeit gern bei Zusammenkünften des Jüdischen Kulturbundes gespielt wurden. Dann wieder erinnert Matthes an weitere Persönlichkeiten wie Alma Rosé, eine Nichte Gustav Mahlers, die mit ihrem Mädchenorchester zahlreiche junge Frauen in Auschwitz vor einem frühzeitigen Tod

bewahren konnte, während sie selbst im April 1944 den Folgen ihrer Haft erlag.

Im Rahmen des Berliner Konzerts, das Braunstein mitinitiiert hat, kommt es schließlich noch zu einem weiteren Höhepunkt. Einem Höhepunkt für Amnon. Braunstein hatte im Vorfeld den israelischen Pianisten Ohad Ben-Ari gebeten, zur Vorführung von Amnons Geigen in Deutschland ein eigenes Stück zu komponieren. „Violins of Hope" für Violine, Violoncello und Streicherensemble im gleichnamigen Konzert uraufzuführen war für Ben-Ari wiederum der Versuch, sich der dunklen Vergangenheit seiner eigenen Familie zu widmen. Denn auch diese entkam der Shoah nur knapp. Doch wie für den jungen Amnon war das Thema auch für Ben-Ari nie von Interesse gewesen. Erst die Einladung zur Komposition änderte das. Nachdem er sich darauf eingelassen hatte, schien eine Zauberhand am Werk gewesen zu sein, erinnert sich Ben-Ari. „Es ging irgendwann wie von selbst." Und so dauert es an diesem Januartag nicht lange, bis das Publikum gänzlich eingenommen ist von den bedächtigen Melodien in D-Dur, die den Konzertsaal in eine Klanglandschaft eintauchen lassen, die sich wie ein tröstendes Amen über allen Zuhörern ausbreitet – und Amnons Augen verdächtig schimmern lässt.

In einem Interview im Vorfeld des Konzerts hatte Amnon betont, es sei Glück und Triumph zugleich, mit seinen Instrumenten nach Deutschland zu kommen. Eine Form der Selbstermächtigung und Stärke. Und nun führt Steinmeier, der Stunden zuvor in seiner Eingangsrede gefordert hat, dass sich Juden in Deutschland nie wieder bedroht fühlen sollen, einen über alle Maßen gerührten alten Mann auf die Bühne, während ihm der Saal minutenlang stehend Beifall spendet, als wollte es ihm den Schmerz dieses bitter-süßen Ganges lindern. „Das hier ist nicht leicht für mich", hört er sich selbst wie in Trance sagen. Er umklammert das Mikrofon, räuspert sich. Mit jeder Silbe festigt sich seine Stimme. Ich darf jetzt nicht aufhören, sagt er zu sich selbst, während er ans Publikum gerichtet auf Englisch fortfährt: „Die Violinen erklingen für Menschen, die nicht mehr unter uns sind. Jedes Instrument ist wie der Grabstein zu einem fehlenden Grab, für Körper, die eingeäschert wurden und denen man die Bestattung verweigert hat." Hier, im Land der Mörder, spricht er, weil Schweigen keine Option ist. In ihm ist genug Willenskraft, um zu sagen, was gesagt werden muss. „Die Nationalsozialisten wollten nicht nur Menschen töten, sie wollten die jüdische Kultur auslöschen." Er holt tief Luft, strafft die Schultern und schmettert schließlich den letzten Satz mit einer für ihn ungewohnten Vehemenz. „Und diese Geigen sagen nun: Wir sind hier. Für immer!"

Was für ein Kraftakt für Amnon, Kind von Holocaust-Überlebenden, hinter dieser siegreichen Momentaufnahme steht, ist ihm wahrscheinlich selbst kaum bewusst. Seine Arbeit ist nie nur beschränkt auf das Auffinden und Reparieren von Instrumenten. Ebenso wie jeder Musiker ist er mit einer atemberaubenden Konzentration und Hingabe dabei, dem Erbe, das er in Händen hält, gerecht zu werden. Neben Istanbul, Jerusalem und Berlin wurden die „Geigen der Hoffnung" in den vergangenen Jahren deshalb auch in Paris, Madrid, London und sogar Rom gespielt. Und einmal im Ausland, transportiert Amnon seine Geigen bei Gelegenheit eigenhändig gleich zu mehreren Orten. So kam zwei Monate vor dem Berliner Gedenkkonzert im Januar 2015 – zu einem ebenfalls geschichtsträchtigen Datum, dem 9. November 2014 – auch ein Kammerkonzert in der alten Synagoge in Worms zustande. Das allererste auf deutschem Boden, dem dank der Hartnäckigkeit des Pfälzer Cellisten Alexander Hülshoff im Rahmen der von ihm geführten Stiftung Villa Musica weitere folgten.

„Dass wir unsere Konzertreihe tatsächlich durchführen konnten, war nicht selbstverständlich. Amnon ist genial und hat eine wunderbar väterliche Art, aber auch einen sehr sprunghaften Charakter, bei dem man nicht immer weiß, woran man ist. Und er ist ja auch nicht mehr der Jüngste!"

„Es geht darum, zu begreifen, was damals passiert ist, das zu fühlen", sagt Amnon zurück in seiner Werkstatt. „Ich verstehe", murmele ich, weil ich meine, antworten zu müssen. Stille fühlt sich in Amnons Nähe ungewohnt an. Sie auszuhalten fällt mir schwer. Wir ergründen menschliche Tiefen, suchen Antworten. Nichts zu sagen scheint keine Option. Kurz darauf blickt er mich streng an und erklärt knapp: „Ein kulturelles Event allein ist nicht genug." Was genau er damit meint, ist nicht ganz klar. Erst mehrmaliges Nachfragen bringt Aufklärung und Amnon kommt auf die Schattenseiten seiner Arbeit zu sprechen. Auf die Ausbeutung der Erinnerung an den Holocaust. Erst neulich, sagt er, wäre ihm eine solche Anfrage ins Haus geflattert. Ob man nicht ein Dinner mit anschließendem Konzert organisiert bekäme, hieß es darin. „Ein Abendessen! Für ein paar ausgewählte Personen, die danach mit einem privaten Konzert unterhalten werden sollen!", ruft er energisch. Wenn aus Worten Funken sprühen könnten – das wäre der Moment. „Der Holocaust dient nicht zur Unterhaltung! Für so etwas sind die Geigen nicht zu haben!" Die Abneigung sprudelt nur so aus ihm heraus. Konzerte, Workshops, Vorträge, Ausstellungen – das ist es, wozu er sein Einverständnis gibt. Amnon will nicht den Moralapostel geben, aber er hegt einen unumstößlichen Bildungsanspruch. Wer Kommerz treiben und Profit aus seiner Arbeit ziehen will, dem erteilt er ohne Umschweife eine Absage. Die Einnahmen der Konzerte gehen in Versicherung und Transportkosten der Instrumente und finanzieren Programme an Unis und

Schulen und anderen Initiativen sowie den Kauf neuer Instrumente.

Als James A. Grymes, amerikanischer Musikhistoriker und Professor an der Universität von North Carolina in Charlotte, Amnon 2013 seine Idee vortrug, für ein größeres Publikum die Geschichten einiger Violinen schriftlich festzuhalten, über die am meisten Wissen vorhanden ist, war dessen Skepsis nicht groß, aber vorhanden. „Im Nachhinein war es die richtige Entscheidung", bilanziert Amnon. „Ich habe James alles erzählt, was ich weiß, und jetzt hält er seit zwei Jahren in der ganzen Welt Vorträge." Den Weg von sieben Geigen und deren Besitzern dokumentiert Grymes in seinem Buch, das auf Amnons Notizen basiert und darüber hinausgeht.[3]

Dass nicht nur ihn der Verbleib von Instrumenten jüdischer Besitzer nicht mehr ruhen lässt, wird Amnon allerspätestens 2014 bewusst, als sich Richard Bogomolny, der ehemalige Vorsitzende der Musical Arts Association in Cleveland, Ohio, bei ihm meldet. Den Kontakt zu dem Herrn mit weißem Haarkranz und sanften braunen Augen, der nur vier Jahre älter ist als Amnon, hatte Grymes hergestellt. Ein klassischer Vorgang: Es findet sich ein begeisterter Unterstützer von Amnons Lebenswerk, der daraufhin nicht nur sich selbst als helfende Hand zur Verfügung stellt, sondern auch sein Netzwerk aktiviert. Amnon und Dick, wie Richard von Freunden genannt wird, verstehen sich auf Anhieb, erkennen Gemeinsamkeiten. Auch Dick beginnt sein Arbeitsleben in den 1950ern im väterlichen Betrieb, einem Eisladen. Damit gibt sich der gut aussehende junge Mann aber nicht auf Dauer zufrieden und steigt in den 1970ern zum Vorsitzenden

---

3 James A. Grymes: Die Geigen des Amnon Weinstein, Open House Verlag 2016.

einer der bekanntesten Supermarktketten der USA auf. 1992 – als seine Pensionierung bevorsteht – denkt Dick noch keineswegs an den Ruhestand. Er engagiert sich zivilgesellschaftlich, wo er nur kann, und findet seine Heimat beim Cleveland Orchestra, für das er insbesondere Fundraising- und Werbekampagnen mitorganisiert, um dessen Erhalt zu sichern.

Dick ist einer, dem die „Community" viel bedeutet. Bei Bekannten heißt es über ihn, dass er mit derselben Leidenschaft Geschäftsmann sei, wie er sich auch um Schöngeistiges bemühe. Und dass er deshalb ganz genau wisse, Letzteres gibt es nur, wenn die Finanzen gesichert sind. In den „Geigen der Hoffnung" sieht der 80-Jährige die Gelegenheit, all das miteinander zu verbinden, was ihm am Herzen liegt: die jüdische Kultur zu fördern und künstlerische Belange hochzuhalten. Ein Konzert des Cleveland Orchestra mit Amnons Instrumenten würde beidem gerecht, malt sich Dick aus. Wochenlang spricht er von nichts anderem, telefoniert, recherchiert, schreibt Mail um Mail. An Amnon. An mögliche Sponsoren. Er weiß, wenn ihm dieses Vorhaben gelingt, werden die, die an ihm teilhaben können, sprachlos sein. Die Jüdische Gemeinde in Cleveland, zahlreiche Privatpersonen, Banken und Stiftungen lassen sich von dem umtriebigen Mann inspirieren. „Viele einflussreiche Persönlichkeiten aus Cleveland haben uns unterstützt", sagt er und fügt hinzu: „Wir alle wissen, der Slogan ‚Niemals wieder' zählt nichts, wenn neben den Juden nicht auch andere Menschen hinter diesem Versprechen stehen." Im Sommer 2015 ist es schließlich so weit: Mehr als 80 Konzerte, Aufführungen, Ausstellungen, Filme und Vorträge stehen fest. Im Herbst kann der Startschuss fallen, freut sich Dick.

„Dresden hat mich nicht nur viel Vorbereitung und Überwindung gekostet. Am Ende des Workshops kamen auf einmal alle an – es war, wie mit einem Maschinengewehr konfrontiert zu werden, aus dem ständig neue Fragen schossen." Während Amnon für seine Rede in Deutschland ein zusätzliches Quäntchen Mut gebraucht hat, ist der Auftritt in den USA kein Problem. Von Lampenfieber keine Spur. „Was Cleveland für das Projekt bedeutet, übersteigt meine kühnsten Vorstellungen. Mir fehlen im Grunde die Worte, um es zu beschreiben." Zu Hause in Tel Aviv ist es Assi, die Amnon hilft, die richtige Formulierung zu finden. Aber um Assi geht es jetzt nicht. Es geht um Amnon. Er, der Initiator, soll sich präsentieren. Und zwar nicht nur ein Mal, sondern in verschiedenen Gesprächsrunden. Das erste Mal findet mit Rabbi Roger Klein statt. In der zweiten Runde unterhält sich Amnon mit Shlomo Mintz über ihre gemeinsame Reise nach Osteuropa, am Tag drauf mit dem Überlebenden Eric Kisch. Sogar zu einem Radiointerview erklärt er sich bereit. „Die Geigen", verdeutlicht er, „waren für viele der letzte menschliche Ton, den sie zu hören bekamen. Wenn Sie als Besucher also ins Konzert kommen und die Violinen hören, sprechen diese für eine verlorene Generation."

Das Eröffnungskonzert in Cleveland findet am Nachmittag des 27. September im Milton and Tamar Maltz Performing Arts Center statt. Um halb drei Uhr nachmittags sitzen fast 2000 Menschen auf ihren Plätzen. Ein Radiosender für klassische Musik überträgt live, wie der österreichische Chefdirigent Franz Welser-Möst sein Orchester und Violinsolist Shlomo Mintz durch Medelssohns Violin Concerto führt und später eine von Arnold Schönberg – ein 1933 in die USA immigrierter österreichischer Musiktheoretiker, Maler und Erfinder jüdischer Abstammung – verfasste Version des Kol Nidrei, des Abendgebets vor dem Versöhnungstag, zum Besten gibt. Anders als zuvor in Berlin können die Zuhörer die hier gespielten 26 Violinen, ein Cello und eine Bratsche zusätzlich nicht nur wenige Tage, sondern ganze drei

Monate in einer Ausstellung des Maltz Museum of Jewish Heritage betrachten und sich über ihre Herkunft informieren.

Drei Wochen waren Amnon und Assi selbst vor Ort. Um das Ergebnis ihrer und Dicks Mühen zu bewundern, daran teilzuhaben. Außerdem bot sich die Chance, ihre Tochter Merav, die in den USA lebt, zu besuchen sowie einige Verwandte von Assi. „Cleveland", sagt Amnon und macht eine lange Pause, als müsse der Nachklang des Wortes erst verhallen, „war groß! Ich meine, Berlin – das war ein wichtiges Konzert, und dass Steinmeier dazugekommen ist, hat es nur noch mehr aufgewertet. Aber Cleveland war wirklich gewaltig." Als er das sagt, sind seit dem Konzert bereits fünf Wochen vergangen und Assi und Amnon schon wieder zurück daheim – im Gegensatz zu seinen Violinen, die immer noch dort ausgestellt sind. Aber Amnon gibt sich gelassen: „Ich weiß sie ja in guten Händen."

Cleveland. Was dort vollbracht wurde, setzt Amnon nicht als Standard fest. Gleiches gilt für die Erfahrung mit Berlin – vor allem die Beachtung, die der deutsche Außenminister Amnons Projekt durch seine Anwesenheit beim Konzert und dann noch einmal während eines Werkstattbesuchs in Israel geschenkt hat, weiß Amnon sehr zu schätzen. Gleichzeitig will er sich nicht vereinnahmen lassen.

„Ich sage den Leuten, die zu mir kommen, nicht, was sie zu tun haben. Ich teile lediglich meine Ansicht mit und dann kommen wir vielleicht zusammen." Loslassen, Dinge aus der Hand geben – Amnon ist sicher, dass er das kann. „Das Einzige, das ich erwarte, ist, dass die Leute voll dabei sind. Entweder bist du in dieser Angelegenheit mit Herzblut dabei oder gar nicht. So simpel ist das." – „Der Wunsch, dass seine Geigen auch künftig eine wichtige Rolle spielen, steht ihm ins Gesicht geschrieben, wann immer er darauf zu sprechen kommt", notiere ich mir, als Amnon unvermittelt in die Werkstatt hineinruft: „Wo bleibt denn Assi mit meiner Brille?“ Wenige Minuten später kommt die Buchhalterin aus dem Büro im Nebengebäude mit Amnons Arbeitsbrille, die er zu Hause liegen gelassen hat. „Ohne die hier kann ich nicht arbeiten. Und es gibt noch so viel zu tun!“

Zum Arbeiten aber kommt Amnon nicht. Es klopft an der Tür. Die Gäste, die sich für den Nachmittag angekündigt hatten, sind mit zwei Stunden Verspätung endlich in der Werkstatt eingetroffen. Ein französischer Dirigent und Cellist, der zusammen mit seiner Frau, einer Geigerin, sowie seiner Entourage aus weiteren drei Personen den Raum betritt, entschuldigt sich förmlich für die Verzögerung. Amnon hebt nur die Augenbraue. Unpünktlichkeit kommt für ihn einer Respektlosigkeit gleich. Aber das sagt er jetzt nicht. Er will nicht als altmodischer alter Greis auftreten. Außerdem ist er interessiert daran zu erfahren, was dieser Mann mit seinen Violinen vorhat. Man spricht Englisch mit schwerem französischen Akzent, stellt sich vor, scherzt und kommt nach etwa fünf Minuten darauf, dass alle im Raum fließend Französisch sprechen, sich aber trotzdem auf Englisch abmühen. Plötzlich fangen alle an zu lachen. „Das ist wieder typisch jüdisch, oder? Alles komplizierter machen, als es ist“, sagt einer aus der Gruppe. Das Eis ist gebrochen.

Immer wieder finden sich Gäste in der Werkstatt ein. Die meisten staunen nicht schlecht über die großen und kleinen Geigen, die von der Decke hängen, und können sich kaum sattsehen an den vielfältigen Arbeitsutensilien, gerahmten Bildern und Zeitungsausschnitten, die überall zu finden sind, selbst wenn sie unter einer dicken Staubschicht verborgen liegen. Dieses wachsende Interesse nahm Amnon anfangs als Zeichen von Wertschätzung. Besuch war immer willkommen. Mit den Jahren kamen aber auch viele, für die der Einlass in sein Reich vorrangig als anregender Ausflug in eine andere Welt herhalten sollte – und die diesen Ort als Zeitvertreib nutzten. „Zwei Stunden waren sie da, zwei Stunden!", hört man Amnon nach einem für ihn wenig ergiebigen Treffen klagen. „Ich lasse die Leute gern herein zu mir, aber ich bin kein Museum!"

Den alten Herrn in Rage zu versetzen, gar so wütend zu machen, dass er nicht mehr an sich halten kann und aus seiner Haut fahren muss, ist fast unmöglich. Passiert es doch einmal, überträgt sich seine Anspannung auf den gesamten Raum. 2012 war einer dieser seltenen Momente. Ausgelöst durch ein von der Post zugestelltes Paket. Aus Washington kommt es, wie so oft von einem befreundeten Geigenbauer, und enthält eine alte Geige, die dieser auf einem Flohmarkt erworben hat. Amnon war gebeten worden, sich das Instrument näher anschauen und seine Einschätzung abzugeben. Das längliche Paket liegt auf dem Tisch hinter seiner Werkbank, dem einzigen freien Platz. Mit einem scharfen Messer taucht er in die Kartonschichten ein, biegt sie beiseite, befreit eine zweite Schachtel von dem sie umgebenden Papier und holt schließlich eine kleine, unauffällige Violine aus ihrem Geigenkasten hervor. Er wendet das Instrument, begutachtet es von außen, Millimeter für Millimeter. Mit einem seiner Werkzeuge öffnet er vorsichtig die Oberseite. Seine linke Hand dreht unwillkürlich den abgenommenen Deckel. Was Amnon dann sieht, lässt ihn für einige Sekunden erstarren. „Heil Hitler! 1939" steht auf der Innenseite des Deckels, daneben ein Hakenkreuz. Und als wäre die Inschrift an sich nicht schon schlimm genug, offenbart ein zweiter Blick, mit welcher Gewalt diese Graphit-Botschaft förmlich in das dünne Holz geritzt worden ist. „Diese Geige werde ich niemals reparieren. Sie soll so bleiben und uns mahnen, mit welcher Brutalität gegen die jüdische Kultur vorgegangen wurde", schwört sich Amnon an jenem Tag. Der Besitzer des Instruments, glaubt er, hat nie erfahren, wie verunstaltet seine Geige war. „Die wenigsten Geigenbauer waren Nazis. Wahrscheinlich hat ein dummer Lehrling die Geige heimlich besudelt."

Zum Glück blieb dieser Fund die bislang einzige böse Überraschung. Einer seiner jüngsten Zugänge – Amnon nennt sie die „Dachau-Geige", obwohl er derer bereits mehrere hat – stellt sich als einfaches Instrument eines jüdischen KZ-Häftlings heraus. Auch sie soll trotz ihrer schlichten Verfassung bald wieder zum Klingen gebracht werden. Eine Museumspädagogin, die sich der Pflege ihres Dachauer Heimatkreises verschrieben hat, würde zu gern ein Gedenkkonzert vor Ort organisieren. Anfang 2016 hat sie deshalb Kontakt zu Amnon aufgenommen, der bereits angetan ist von ihrer Idee. Dabei helfen könnte Daniel Schmidt, Amnons ehemaliger Mitarbeiter, der Verwandte in der Nähe hat. Auch er bemüht sich, gegen das Vergessen vorzugehen. Wann ein weiteres Deutschlandkonzert gelingt, ist unklar. Neben dem guten Willen braucht es wie immer Sponsoren und Förderer. Aber das wissen all diejenigen, die sich für Amnons Geigen einsetzen, ohnehin.

Was mit seiner Sammlung geschieht, wenn Amnon nicht mehr kann? „Ich bin noch nicht bereit, die Instrumente einem Museum zu vermachen." Immerhin steht auch schon der nächste Auftritt für seine Geigen im Frühjahr fest: in Mexiko. Statt seiner fliegt Sohn Avshi dorthin. Erneut eine derart weite Reise anzutreten ist Amnon mit bald 80 Jahren nach nur wenigen Monaten Erholung zu anstrengend. „Und dann ist da auch noch Houston", gibt er zu bedenken. Außerdem gilt es, beizeiten seine Nachfolge zu regeln, Platz zu machen. Dass mit Avshi die Handwerkskunst des Geigenbauens in der Familie geblieben ist, war für Amnon bereits früh eine große Erleichterung. Noch größer wäre seine Freude aber, wenn einer seiner Enkel irgendwann in die gleichen Fußstapfen träte. Sofern es irgendwann einen willigen männlichen Enkel gibt, da ist Amnon latent konservativ. Will er eine Weinstein-Dynastie aufbauen? „Man sollte die Hoffnung nie aufgeben – und da, wo Violinen erklingen, ist immer Hoffnung“, sagt er und lächelt.

Am Abend platzten SS-Leute in den Probenraum. Offenbar waren sie nach ihrer Arbeit auf der Suche nach ein bisschen Amüsement. Sie schraubten kleine Schnapsflaschen auf und tranken. „Ist offiziell natürlich verboten“, sagte ein stiernackiger Soldat und bleckte die Zähne. „Einer von euch Musikussen stellt sich an die Tür und hält Ausguck.“

Marek meldete sich. „Ich kann Wache stehen.“ Da draußen würde ihm weniger passieren. Die Idee hatte er aber nicht allein, mit ihm meldeten sich drei andere.

Sie nahmen nicht ihn, sondern schickten einen Bratschisten. Er solle pfeifen, wenn ein Offizier vorbeikomme.

Jetzt wünschten sie sich Stücke. Die Noten fehlten, Sebode zeigte den Takt und die Tonart an, dann spielten die Besseren von ihnen einfach los, Kulawik, Gotipavero, Nolthenius und ein paar andere. Er tat so, als würde er mitmachen, ließ wenigstens für eine Weile den Bogen durch die Luft fahren, ohne dass er die Saiten berührte. Dann schüttelte er den Kopf, als sei er eben erst ausgestiegen.

Die Wachsoldaten packten Kuchen, Wurst und Marmelade aus. Auf Zigaretten verzichteten sie nach kurzer Debatte, wegen des Strohs. Aber sie machten es sich auf den Strohballen zur Musik bequem und aßen. Beim Zusehen, wie sie den Kuchen verspeisten, zog sich ihm der Magen zusammen. Sie tunkten den Kuchen in die Marmelade, wie gern hätte er ein einziges Mal davon abgebissen! Begriffen sie nicht, was sie ihnen antaten? Gab es etwas Gefühlloseres, als vor Hungernden in gutem Essen zu schwelgen?

Einer der Soldaten schien seinen Blick zu bemerken. „Keine Angst", sagte er mit vollem Mund, „wir sind jetzt außer Dienst."

Einer der Soldaten stand auf und zwängte sich zwischen die Orchestermitglieder. Er klopfte sich an der Uniformhose die Krümel von den Händen, griff nach der Bratsche des Wachestehenden, setzte sich auf den Schemel, hob die Bratsche an die Schulter, setzte den Bogen an und spielte. Sie hatten gerade – auf Wunsch eines der SS-Männer – Liszts zweite „Ungarische Rhapsodie" begonnen.

Jetzt geht es los, dachte Marek mit Erschaudern. Jetzt sind sie betrunken und fangen an, uns auseinanderzunehmen. Gleich würde der falsche Bratschist den Notenständer umtreten und die Bratsche zu Boden schmettern, seine Spießgesellen würden in wieherndes Lachen ausbrechen, und dann würden sie anfangen, um sich zu schlagen.

Aber nichts davon geschah. Der SS-Mann spielte wirklich. Er war sogar gut! Seine Töne fügten sich in den Strom der Musik ein, setzten behutsame Akzente, er spielte wie jemand, der viele Jahre täglich das Instrument geübt hatte. Die anderen Wachsoldaten leerten stumm ihre Schnapsflaschen und lauschten. Für einen Moment schien die übergroße Schlucht zwischen SS und Häftlingen überwunden. Es war wie ein Märchen: Der Bratsche spielende Wachsoldat erkannte die Häftlinge als gleichwertige Musikerkollegen an, indem er sich ihrem Orchester einfügte, er hörte sogar auf den Dirigenten in gestreifter Häftlingskleidung! Und seine Kameraden lauschten, als wären KZ-Häftlinge in der Lage, ihnen etwas Schönes zu bringen, Musik von Liszt.

Sie wollten nicht bloß als Kulturmenschen gelten, sie waren es auch! Marek konnte den Gedanken nicht hinunterschlucken, er verkeilte sich in seinem Hals. Konnte man einen Sinn für die Würde und Schönheit der Musik besitzen und gleichzeitig Menschen zu Tode foltern?

Nach den letzten Tönen der „Rhapsodie" stand der SS-Mann mit der Bratsche auf. „Na, habe ich gut gespielt?", fragte er und sah mit bubenhaft glühenden Wangen in die Runde.

„Ja", sagte Marek, und auch die anderen gaben bewundernde Urteile ab. Der Blick des Wachpostens blieb an ihm hängen. Vielleicht hatte ihm das schlichte Ja nicht genügt, es war ein zu spärliches Lob gewesen.

„Jawohl, heißt das!", brüllte er.

Es war augenblicklich still im Raum.

„Aufstehen! Gefangenennummer!"

Marek stand auf. Ihm schlug das Herz bis zum Hals. „Fünfundneunzigtausendeinhunderteins", sagte er. „Ich bitte um Verzeihung."

„Ach ja? Du bittest um Verzeihung?" Die Zeit schien stehen zu bleiben. Er roch den Schnapsdunst in seinem Atem, sah die nach innen gekehrten Blicke der Musikerkollegen, die um ihre eigene Haut fürchteten. Da schlug ihm der Wachsoldat kameradschaftlich auf die Schulter. „Entschuldigung angenommen, Mann." Er lachte.

Die anderen Wachsoldaten stimmten in sein Lachen ein. Gemeinsam zogen sie nach draußen.

Für einen Moment standen und saßen sie alle noch schweigend. Dann sagte Sebode: „Das war knapp." Er atmete hörbar aus. „Lassen Sie sich nie von ihrer vermeintlichen Geselligkeit einlullen, Król. Auch wenn sie den Mond anjaulen, bleiben es Wölfe. Ich weiß das. Ich war jahrelang Mitglied der NSDAP."

In den nächsten Tagen gelang es Marek immer besser, in der Masse der Häftlinge zu verschwinden. Diese Kunst war überlebensnotwendig, das verstand er nun. Wurde einer herausgegriffen, weil er die Hände in den Hosentaschen gehabt hatte oder eine Zigarettenkippe zu Ende rauchte, die das Wachpersonal weggeworfen hatte, galt es, wegzusehen und in der Menge unterzutauchen, denn war der strafende Blockführer erst einmal gereizt, suchte er weitere Opfer.

Wichtige Gespräche führte man unter freiem Himmel. Man blieb nicht stehen, man ging die Lagerstraße entlang und redete. So war man gegen Horcher geschützt. Bei einem solchen Spaziergang zwischen den Blocks musste man allerdings immer auf der Hut sein vor auftauchenden SS-Scharführern, übersah man einen und versäumte es, ihn durch das Herabstreifen der Mütze ehrerbietig zu grüßen, konnte das Bunkerhaft oder Schlimmeres bedeuten.

Wollte er mit Stani wirklich sicher sein, verabredeten sie sich auf der Toilette, auch wenn das bedeutete, dass einer von ihnen in die falsche Baracke musste und damit ebenfalls eine Strafe riskierte. Die Toiletten mied die SS, und die Kapos mieden sie ebenso, sie verabscheuten den Gestank und fürchteten, sich mit etwas anzustecken. Auf der Toilette konnten Stani und er reden.

Sie begriffen allmählich, welches Glück sie gehabt hatten. Sie waren beide nicht auf dem Judenblock gelandet, weil die Judenbaracken überfüllt gewesen waren und sich Willi Bader für sie eingesetzt hatte. Vom Judenblock starben jeden Tag etliche, sie wurden von den Kapos erschlagen, gingen vor Verzweiflung freiwillig in den elektrischen Zaun oder starben an

Entkräftung, weil man ihnen das Essen vorenthielt, das ihnen eigentlich zustand.

Es gab eine festgefügte Hackordnung im Lager, und die lernte er zu beachten. In Block 2 und Block 4 wohnte die Elite, die Lageraristokratie, Kapos und Konsorten. Sie trugen Armbinden mit machtvollen Wörtern darauf: „Barackenältester" oder „Lagerältester", sie waren Vorarbeiter und gingen mit zwei Hunden zur Kontrolle durch die Arbeitsschuppen, sie sorgten als Blockälteste für geordnete Verhältnisse und befahlen bei Vergehen zur Strafe mehrere Tage Abortdienst oder prügelten die Delinquenten mit Gummiknüppeln.

Ohne die Kapos, Schreiber und Blockältesten konnte das Lager nicht existieren. Andererseits mussten diese Männer der SS ihre Unentbehrlichkeit immer wieder beweisen, indem sie kontrollierten, verwalteten, ordneten und straften. Nach dem Konzert am Sonntag, bei dem sie Wiener Operetten gespielt hatten, kam der Kapo der Wäscherei zu ihm, ganz gerührt von der Musik. Er verteidigte sich: „Was meinst du, was hier los wäre, wenn wir nicht alle Möglichkeiten nutzen würden, damit viele überleben?" Wenn einer was falsch mache, würden die SS-Posten dafür die ganze Gruppe bestrafen. Er als Kapo könne dem zuvorkommen, indem er sich um die Strafe für den Einzelnen kümmere.

War die SS in der Nähe, täuschten die Kapos Brutalität vor. Offenbar wurde von ihnen erwartet, herumzuschreien, zu treten und zu schlagen. Manche täuschten nicht nur, sie schlugen und traten auch, wenn keiner von der SS hinsah.

„Was meinst du, wie es ist, wenn einer von den Kriminellen Kapo oder Blockältester ist!", verteidigte sich der Wäscherei-Kapo. „Der nutzt den Posten nur zu seinem eigenen Vorteil aus. Und er verpfeift auch solche, die gar nichts getan haben, er denunziert sie und kriegt zur Belohnung Vergünstigungen von der SS. Bei mir wisst ihr wenigstens, dass ich gerecht strafe."

Der Mann tat ihm leid. Er war einen Weg ohne Wiederkehr angetreten. Die SS trennte die Kapos bewusst von den anderen Häftlingen. Indem sie die Kapos zu harten Strafen anhielten, schürten sie bei den gewöhnlichen Häftlingen Hass auf sie. Ein Teufelskreis, denn damit fürchteten die Kapos noch mehr, abgesetzt zu werden – sie würden wieder bei den anderen schlafen und man würde sie in der ersten Nacht erschlagen –, also straften sie umso härter, damit sie bei der SS nicht in Ungnade fielen.

Waren die Privilegien, die sie im Gegenzug erhielten, die Sache wert? Sie mussten nicht körperlich arbeiten und erhielten bessere Verpflegung, viele stahlen außerdem Wurst und Margarine, die eigentlich ihren Untergebenen zustand. Kapos durften Zivilkleidung tragen und sogar eine Uhr.

Das provozierte weiteren Neid bei denen, die es schlechter hatten. Am schlimmsten war es, wenn man im Lager „arbeitslos" war. Dann fielen auch die Sonderrationen weg, man hungerte allmählich dem Ende entgegen. Er selbst erlebte den Neid ebenfalls, als Musiker gehörte er zwar nicht zur Elite, aber doch zur gehobenen Schicht der Häftlinge, wie die Schreiber in der Kommandantur, die Handwerker, Köche, Häftlingsärzte, Krankenpfleger. Er bekam eine bessere Häftlingsuniform, gänzlich ohne Flicken, und passend zu seiner Größe. Die Musiker mussten ja bei den Konzerten etwas hermachen. Sie wurden vorgeführt, wenn Besucher sich das KZ ansehen kamen. Für Lagerbegriffe war er eine Standesperson, Marek Król war „jemand".

Gleichzeitig verabscheute er das Lager, daran hatte sich nichts geändert, er hasste es, er litt darunter. Immer wieder musste er an die neunzig erschossenen russischen Offiziere denken und an Kirilenko. Er hatte gehört, dass die SS-Wachleute, die sich an solchen Aktionen beteiligten und fleißig Leute erschossen, dafür eine Prämie erhielten, eine Sondervergütung, das sogenannte „Schießgeld". Davon betranken sie sich in den Gasthäusern von Dachau. Im Ort wusste man davon, hieß es, die Ortsbevölkerung hörte die Schüsse. Was dachte sie darüber? Warum griff sie nicht ein?

Vielleicht waren sie abgestumpft nach all den Jahren, die das Lager bereits bestand. So wie er abstumpfte, er merkte es deutlich: Die Toten berührten ihn immer weniger. Sie lagen jeden Morgen vor den Baracken. Andere sanken während des Appells um und wurden, sterbend, liegen gelassen. Die SS unterband jegliche Hilfeversuche. Man durfte jemanden, der sich in der Nacht im Waschraum erhängt hatte, nicht einmal abschneiden, man musste ihn hängen lassen. Die SS entschied darüber, wann jemand zu sterben hatte und auf welche Weise, sie reagierte empfindlich, wenn ihr da hineingefunkt wurde. Irgendwann hatte jeder verinnerlicht, dass es keinen Zweck hatte, dagegen aufzubegehren.

Dann aber wurde er wieder wachgerüttelt. Beim Morgenappell – alle fröstelten, sie warteten still darauf, dass der Lautsprecher blecherne Worte in ihre Ohren bellte – begann ein Mann unter den Tausenden plötzlich zu singen. Marek kannte ihn nicht, aber er stand nicht weit von ihm entfernt, er konnte sehen, wie der Mann das Gesicht emporreckte, ein trotziger Stolz darin, die Augen geöffnet und zu den ersten roten Streifen am Horizont gerichtet. Er sang: „Die Gedanken sind frei, wer kann sie erraten, sie fliehen vorbei wie nächtliche Schatten. Kein Mensch kann sie wissen, kein Jäger erschießen. Es bleibet dabei: Die Gedanken sind frei."

Wütend prügelte sich die SS durch die Menge, um zu ihm zu gelangen, aber er sang unbeirrt weiter: „Und sperrt man mich ein im finsteren Kerker, das alles sind rein vergebliche Werke. Denn meine Gedanken zerreißen die Schranken und Mauern entzwei. Die Gedanken sind frei."

Da schlugen sie ihn mit ihren Gewehrkolben, bis er bewusstlos und blutüberströmt zusammensackte. Das Lied aber war in den Köpfen, es war in Mareks Kopf, er sang es still den ganzen Tag und dachte an den Stolz im Gesicht des Mannes, der sich nicht brechen lassen wollte, der sich gegen die Vereinnahmung wehrte und nicht zum willenlosen Vieh machen ließ.

Einige Wochen später sollten sie bei einer Strafaktion spielen. Das gesamte Lager war zum Abendappell angetreten. Gefangene schleppten den gefürchteten Bock aus dem Arrest und stellten ihn auf: ein Tisch, aus stabilen Balken gezimmert, dessen hinteres Ende einen flachen Holzhügel bildete. Man brachte den Mann, der „Die Gedanken sind frei" gesungen hatte. Er musste den Körper nach vorn über den Bock legen. Die dienstliche Routine spulte sich unerbittlich ab, jeder Handgriff saß. Der Lagerarzt stand dabei, um zu assistieren. Man klemmte die Füße in der Sperre fest und schnallte die Arme mit Schlaufen an den Bock, so weit vorn, dass es sein Gesäß über der Wölbung nach oben zwang. Ein breiter Riemen um die Hüften hielt den Körper.

Sie stimmten die Instrumente. Marek fragte sich, was er tun konnte, um dem Mann Kraft zu geben für das Bevorstehende. Er überlegte, wie zufällig die ersten Töne des Liedes „Die Gedanken sind frei" zu spielen, mitten in das Instrumentenstimmen hinein. Er hatte das Lied nicht vergessen können und sicher ging es vielen anderen genauso. Der Mann sollte wissen, dass er ihnen gutgetan hatte mit seinem Mut.

Dann aber musste er daran denken, dass die SS das Lied ebenso wiedererkennen würde. Man würde ihn verprügeln, vielleicht sogar erschießen. Er ärgerte sich über sich selbst, aber ihm fehlte die Courage.

Die SS-Offiziere plauderten vergnügt, nah bei ihnen, beim Orchester, es ging um ihre Kinder, wie gut sie sich in der Schule machten. Erst als der Mann vollständig festgeschnallt war, widmeten sie sich der bevorstehenden Strafaktion.

„Den werden wir schön schleifen."

„Ja, den machen wir reif."

„Der Kerl hat zum letzten Mal ein unverschämtes Lied gesungen."

Sie holten den Ochsenziemer aus dem Wasserbad, wo er eingeweicht worden war, und prüften ihn fachmännisch auf Tauglichkeit. Das kurze, elastische Folterinstrument würde hässliche Wunden reißen. Der Lagerarzt stopfte dem Delinquenten Hose und Unterhose nach unten, anschließend zog er nur die dünne Häftlingshose wieder hoch, sodass nichts als der dünne Fetzen Stoff vor dem Ochsenziemer schützte.

Ein Häftling stakste unsicher auf die Offiziere zu. Ihm schlotterten offensichtlich die Knie. Er war ausgewählt worden, seinen Kameraden zu schlagen. Es musste ein Deutscher sein, ausländische Häftlinge durften keinen Deutschen schlagen. Wäre der Delinquent Russe gewesen, hätte man einen Ukrainer ausgewählt, um ihn zu schlagen, wäre er Ukrainer gewesen, einen Russen. Himmler hatte extra angeordnet, dass die Strafaktionen zu nutzen waren, um in den KZs einen Keil zwischen die Bevölkerungsgruppen zu treiben, so erzählte man es sich im Lager.

Der arme Mann nahm den Ochsenziemer, trat an den Bock heran, holte aus und schlug zu. Der Delinquent hatte die Schläge laut zu zählen.

„Eins."

„Zwei."

„Drei."

„Vier."

Immer wieder fauchte die Schlagwaffe durch die Luft.

„Langsam, langsam", ermahnte der Lagerkommandant. „Er soll zu seinem vollen Genuss kommen!"

Jetzt ließ der Schlagende eine Pause nach jedem Hieb, um die Wirkung zu steigern. Aber dennoch schüttelten die SS-Offiziere den Kopf. Es gab eine kleine Absprache zwischen Köcher und dem Lagerkommandanten.

„Neun", sagte der Geschlagene.

Da trat Köcher vor. „Einhalten! Eine bodenlose Frechheit, uns ein solches Theater vorzuspielen. Ich werd euch zeigen, was eine richtige Auszahlung ist!" Er legte den Waffenrock ab und gab ihn einem einfachen SS-Mann. Dann krempelte er sich theatralisch die Ärmel hoch. Mit einem Knurren riss er dem Häftling den Ochsenziemer aus der Hand, holte aus und knallte die schwere nasse Waffe auf das Gesäß des Delinquenten. Dem blieb die Luft weg, es dauerte einige Augenblicke, bis er „Zehn" hervorstoßen konnte.

„Nein, nein, mein Bester, das war die ‚Eins'", höhnte der Löwe. Dann schlug er erneut zu.

Der Misshandelte wand sich hilflos in seinen Schmerzen. Nach ein paar Schlägen zerriss die Hose, der Ochsenziemer schnitt wie ein Messer durch den Stoff. Die Anzahl der Schläge winselte der Mann nur noch. Bald zeigte sich Blut, das Fleisch platzte auf.

Marek zuckte bei jedem Schlag zusammen. Er hasste Köcher und fürchtete ihn zugleich wie einen Dämon. Köcher würde den Mann umbringen!

Immer wieder traf der Ochsenziemer mit Wucht auf die gleiche Stelle und verursachte grässliche Risswunden.

Als die fünfundzwanzig Schläge ausgeteilt waren, trat SS-Oberscharführer Köcher zurück. Er warf dem deutschen Häftling, der eigentlich hätte schlagen sollen, den Ochsenziemer hin und sagte streng: „So geht das." Dann kehrte er zu seinen Offizierskameraden zurück. Jovial scherzten sie, während Häftlinge den Geschlagenen losbanden. Sie halfen ihm auf. Er musste sich aus eigener Kraft zum Lagerkommandanten schleppen, die Hände an die Hosennaht legen und den Vollzug seiner Strafe melden. Dann wurde er unter Aufsicht des Lagerarztes von einem Sanitäter mit Jod übergossen.

Der Lagerkommandant gab einen Wink. Sebode hob den Taktstock, zählte ein, und sie spielten los. Der fröhliche Marschrhythmus sprach der ganzen Situation Hohn. Alle trugen sie ihre Instrumente und stampften im Takt der Musik voran.

Hinter ihnen musste der Geschlagene vom Appellplatz marschieren, an den endlosen Reihen seiner Mithäftlinge entlang. Marek schämte sich, dass er Teil der Qualen war, die man dem armen Mann bereitete. Er kam sich vor, als spiele er einen Walzer auf einer Beerdigung und verhöhnte damit die Hinterbliebenen.

Sie geleiteten ihn zum Bunker, wo er für sechs Wochen in Dunkelhaft kommen würde, mit Suppe nur jeden vierten Tag.

Später lag Marek neben den zwei Bettgenossen auf der harten, mit Sägespänen gefüllten Matratze, eng aneinandergezwängt lagen sie da, und er lauschte auf die Geräusche, die durch die offene Fensterluke in die Baracke drangen. Hundegebell. Gelächter von außerhalb des Lagers.

Er konnte nicht schlafen. Im Bunker hinter dem Wirtschaftsgebäude litt der Sänger, und er hatte nicht mal den Mut gehabt, ihm einige Töne seines Liedes mit auf den Weg zu geben. Einer der Hornisten, ein Pole, war neulich kühner gewesen, er hatte wie beiläufig den Stundenruf der Krakauer Kathedrale gespielt. Sofort hatten die polnischen Häftlinge Tränen in den Augen gehabt. Es war ein geheimes Zeichen zum Überleben gewesen, zum Zusammenhalten, eine Erinnerung an die Heimat, die stolze Botschaft: Wir sind noch da. Wir sind nicht besiegt.

Was machten die SS-Männer jetzt, nach Dienstschluss? Saßen sie am Bett ihres Kindes und lasen ihm vor, weil es am Ende eines erfüllenden Tages noch nicht schlafen wollte und mit glühenden Wangen um eine Geschichte bat? Oder wartete auf einen unverheirateten SS-Mann die Freundin am Tor und sie gingen noch gemeinsam ins Kino? Hatte er, kaum, dass die hübsche Freundin sich bei ihm eingehakt hatte, die Häftlinge vergessen?

Nur wenige Tausend Meter entfernt begann die Stadt München. Dort hatte jetzt das Nachtleben begonnen. Die jungen Leute tanzten, um den Krieg zu vergessen. Soldaten auf Heimaturlaub machten Heiratsanträge bei Kerzenschein. Lehrlinge büffelten für ihre Abschlussprüfung. Ein alter Mann warf seinem Hund ein Stück Brot zu. Kaufleute rechneten die Tageseinnahmen durch. Mütter machten noch den Abwasch oder stopften Socken, Väter saßen vor dem Radio und hörten Tanzmusik. In München gab es Gymnasien und Musikschulen, Konzertsäle, Ausstellungen, Gemäldegalerien, einen Zoo. Es gab Trambahnen und Buchhandlungen, Debattierklubs und Kleintierzuchtvereine.

Es war ihm, als befände sich diese Stadt auf einem anderen Planeten, in einem gänzlich anderen Universum. Sie lag benachbart und war doch Millionen Kilometer entfernt. Was dachten die Leute dort über das KZ Dachau?

Sie zelebrierten einen düsteren Kult, veranstalteten Totenfeiern für die „Blutzeugen der Bewegung“ und huldigten ihrem messianischen Führer, Adolf Hitler. Sie redeten von „Heil“ und „Vorsehung“ und verprassten die Beute, die sie aus den überfallenen Ländern nach Hause gebracht hatten: Wein aus Tschechien, modische Kleider aus Frankreich, Schinken aus Polen. Sie hängten sich die gestohlenen Kunstwerke wie Trophäen in die Museen.

Für das Böse auf der Welt hatten sie sich einen Sündenbock gesucht: die Juden. Und nebenbei rissen sie sich die jüdischen Rechtsanwaltskanzleien, Arztpraxen, Lebensmittelläden und Kaufhäuser unter den Nagel. So war es in Łódz gewesen und so war es sicher auch in München. Was mit den ehemaligen Inhabern geschah, wollte man lieber nicht genau wissen. Wenn sie überhaupt an das Krematorium im KZ dachten, redeten sich die Deutschen sicher ein, sie würden die Welt von verdorbenen Menschen reinigen.

Er hatte Stani heute bei der Strafaktion nicht ansehen können. Er schämte sich, dass er als Musiker daran beteiligt gewesen war. Wäre es nicht besser, er ließe sich in ein normales Arbeitskommando verlegen? Selbst wenn er dort verreckte? Es wäre ein ehrlicher Tod, während sein Musizieren eine halbe Lüge war. Allein schon, dass er eine Lebensmittelzulage erhielt, bewies den Verrat.

Der Überlebenskampf im KZ war auch ein Konkurrenzkampf – was der eine bekam, wurde dem anderen vorenthalten. Tat man dem Stubenältesten einen Gefallen, erhielt man vielleicht bei der Essensverteilung eine Kelle aus dem Bodensatz mit mehr Krautstückchen, als in der wässrigen Suppe an der Oberfläche des Kessels schwammen. Aber was man dadurch mehr bekam, wurde den anderen Häftlingen genommen.

So war es auch mit seiner Lebensmittelzulage. Irgendwo fehlte sie.

Ein Sirenenton riss ihn aus den Gedanken. Der Ton schwoll auf und ab. Sofort waren alle aus den Betten und stürzten ans Fenster. Dort bildete sich ein dickes Menschenknäuel. Er blieb im Bett, von hier aus konnte er sehen, wie mehrere Scheinwerferkegel über den Himmel hinweg einem silbernen Flugzeug folgten. Abwehrkanonen donnerten. Um das Flugzeug herum explodierten Geschosse, ein rotes Feuerwerk. Dann wurde das Dröhnen lauter. Immer mehr Bomber zogen über den Himmel, die Scheinwerferkegel teilten sich auf, sie strahlten hierhin und dorthin, suchten Ziele, folgten ihnen. Hunderte Bomber röhrten am Himmel!

Die Abwehrkanonen schossen ohne Unterlass, Metallteile von den zerplatzten Sprenggranaten fielen polternd aufs Dach der Baracke. Zwei Flugzeuge wurden getroffen, sie rauschten wie brennende Fackeln zur Erde. Hoffentlich hatten sich die Piloten mit dem Schleudersitz retten können.

Jetzt sanken Leuchtraketen herab, die an Fallschirmen hingen. Sie tauchten das Lager in helles Licht.

„Die markieren uns." Furcht in den Gesichtern.

„Ja, aber das tun sie, damit keiner aus dem Geschwader versehentlich seine Bomben über uns abwirft. Sonst wären wir doch längst getroffen worden."

Nach anfänglichem Unglauben schien sich die Vermutung zu bewahrheiten.

„Die fliegen nach München", feixte einer. „In die ‚Hauptstadt der Bewegung', haha, jetzt wird denen mal so richtig Feuer unterm Arsch gemacht."

Man hörte in der Ferne das Krachen von explodierenden Bomben. Wieder und wieder donnerte es. Am südlichen

Himmel ein roter Schein. München brannte. Und noch war ein Großteil der Bomber nicht einmal angekommen. In der Baracke wurde die Stimmung ausgelassener.

Marek sagte: „Seid ihr wirklich so dumm? Da sterben gerade Hunderte! Da verbrennen Kinder und ihr freut euch? Dann seid ihr kein bisschen besser als die Nazis."

Unbeirrt spekulierten sie weiter. Ob der Krieg bald vorbei wäre? Ob die Alliierten schon auf deutschem Boden waren?

Aber bereits am nächsten Tag wurde alle Hoffnung auf eine rasche Befreiung erstickt. Rings um das Lager wurden Maschinengewehrnester gebaut. Häftlingstrupps gruben sie unter Anleitung der SS in den Boden, kreisrund, mit dem Sockel für das Maschinengewehr in der Mitte, sodass nach allen Seiten geschossen werden konnte. Sogar an der Straße legten sie diese Nester an, direkt vor dem Tor des Lagers.

Was erwarteten sie? Einen Ausbruch der Häftlinge? Oder alliierte Fallschirmjäger? In jedem Fall waren sie entschlossen zu kämpfen. Das war kein gutes Zeichen. Gerüchten nach hatten sich gerade siebzig Prozent der Sechzehnjährigen freiwillig zum Heeresdienst gemeldet. Deutschland war nicht geschlagen.

Willi kam in einer Probenpause zu ihm. Es war Sonntag, sie hatten Generalprobe für das Konzert am Nachmittag. Willi fragte: „Willst du mal raus aus dem Lager?"

Natürlich wollte er das.

„Ich kann dich für ein Aufräumkommando aufschreiben. Der kaufmännische Leiter der Firma Präzifix hier im äußeren Lager hat Häftlinge angefordert. Er wohnt nicht in Dachau, sondern in München, und ihm ist letzte Nacht das Haus zerbombt worden. Jetzt wird ein Kommando zusammengestellt, um die Möbel abzuholen und alles, was sonst noch brauchbar ist."

„Du meinst, wir dürfen nach München?“

„Deinen Bruder hab ich schon gefragt. Er macht mit. Es gibt allerdings einen Haken: Ihr umgeht dadurch nicht euren üblichen Arbeitsdienst. Die Sache muss heute Nachmittag erledigt werden, also während alle anderen frei haben.“

Er konnte unmöglich den Auftritt verpassen. Sie probten schon seit Tagen Edward Griegs erste „Peer-Gynt-Suite“. Tausende würden kommen, um ihnen zuzuhören. Sie spielten Anspruchsvolles, um den Geist am Leben zu halten, während die Nazis versuchten, sie auf ihre Arbeitskraft und ihren Hunger zu reduzieren. Sie spielten Anspruchsvolles, um Menschen zu bleiben und den anderen Häftlingen zu helfen, ebenfalls an ihrer Menschlichkeit festzuhalten. Dabei konnte er doch nicht fehlen!

Er sah zu den Wachtürmen hoch. Andererseits war es vielleicht das letzte Mal in seinem Leben, dass er dieses Lager verlassen konnte. Die letzte Gelegenheit, um auf dem Weg nach München einen Wald zu sehen, die letzte Gelegenheit, gemeinsam mit Stani so zu tun, als würden sie einen Ausflug unternehmen. Dieser Krieg endete womöglich in einem Blutbad unter den Juden, abziehende SS-Truppen konnten zum Schluss noch einmal das Maschinengewehr auf die Menge halten, sei es aus Überzeugung, sei es, damit keine Augenzeugen überlebten.

„Ich mach's“, sagte er. „Ich bin dabei.“

Kurz darauf saß er auf der Ladefläche eines LKW, mit Stani und einem halben Dutzend anderer, bewacht von vier SS-Männern mit Gewehren. Die Tore öffneten sich für sie, auch der letzte Schlagbaum im äußeren Lagerring, und sie fuhren hinaus in die freie Welt.

Dachau war ein kleines, nettes Städtchen, ein Marktflecken. Es rührte ihn seltsam an, die Häuser und Gärten zu sehen und die arbeitenden Menschen, die ihres Weges gingen, wohin sie wollten. Diese Menschen besaßen eine Küche. Sie besaßen ein Wohnzimmer mit Sesseln und einer Topfpflanze, ein eigenes Bett, ein Kopfkissen, Daunendecken. Er sah drei ältere Frauen, die sich auf der Straße unterhielten. Einen Jungen, der im Garten das Herbstlaub harkte. Ein Pärchen, das flanieren ging, sie lachte über etwas, das er gesagt hatte, meine Güte, wie lange hatte er kein Frauenlachen mehr gehört! Das gute Leben zu sehen ließ ihn erst wieder richtig begreifen, was man ihnen im Lager antat. Und es führte ihm vor Augen, wie unwichtig sie den Menschen hier waren. Die hatten vergessen, dass zwei Kilometer entfernt Tausende im Lager verzweifelten, verhungerten und wie Vieh zur Arbeit getrieben wurden. Oder sie hatten es erfolgreich verdrängt, weil sie fürchteten, selbst im Lager zu landen, wenn sie etwas Kritisches sagten.

Der LKW verließ den Ort. Weite Flächen, Wiesen und Felder breiteten sich vor ihnen aus. Marek holte tief Luft. Hier gab es keine Menschenasche in der Luft, keinen Gestank nach Suppe aus verfaulendem Kohl. Hier schien die Sonne und die Luft war frisch. Sie trug herbstliche Würze in sich. Zwischen den Feldern lagen kleine Waldstücke, ab und an sah man Bauernhäuser. Kühe grasten. Er sah Hühner und spielende Kinder. Wie glücklich ihn dieser Anblick machte! Er erinnerte ihn an die Gegend um Łódz, an Radtouren, die sie früher gemacht hatten. An das Leben in Frieden.

Auch Stani sah mit tränennassen Augen in die Gegend. Sie brauchten nichts zu sagen. Sie fühlten dasselbe.

Bald zeigten sich die ersten Rauchschwaden und sie fuhren nach München hinein. Die kleinen Wohnhäuser am Stadtrand waren unversehrt, aber schon rings um das BMW-Flugmotorenwerk im Vorort Allach brannten Häuser. Die Fabrikeinfahrt war mit grünen Netzen verhängt, die bis zur Erde herabhingen. Er wusste, dort arbeiteten über fünftausend KZ-Häftlinge aus Dachau, sie schliefen auch da, man sah die Baracken des Außenlagers auf der anderen Straßenseite. Dort standen ebenfalls hohe, mit grünen Tarnnetzen bespannte Masten, das Ganze musste von oben wie ein Wald aussehen. Eine hölzerne Brücke führte über die Straße, sie fuhren mit dem LKW darunter hindurch. Die Brücke war mit Stacheldraht verkleidet, ein Korridor aus Stacheldraht, durch den die Häftlinge wohl am Morgen aus dem Lager zu den Arbeitsplätzen ins Flugmotorenwerk getrieben wurden.

Je tiefer sie nach München hineinkamen, desto heißer wurde die Luft. Die Schaufenster am Straßenrand waren nicht länger verglast, sondern nur mit Holzbrettern notdürftig bedeckt. Viele Fenster in den Wohnhäusern waren mit Pappe vernagelt. Hier und da schwelte noch Feuer, und schließlich kamen sie an den ersten tiefen Bombentrichtern vorüber, an Ruinen, Gluthauch, Schutt. Menschen transportierten auf Handwagen ihr letztes Hab und Gut, Töpfe, Wäsche, Bettdecken. Feuerwehrleute kämpften gegen die Brände an.

Der LKW hielt vor einer Ruine. Die SS-Männer sprangen von der Ladefläche und befahlen: „Alles raus!“

Gehorsam kletterten sie ebenfalls herunter. Marek fiel eine Frau ins Auge, eine alte Frau, die ein Betttuch hinter sich herzerrte, in das sie offensichtlich ihre Habseligkeiten gebunden hatte, es schleifte scheppernd über den Boden. „Helfen Sie mir doch, bitteschön“, bat sie.

„Sehen Sie meinen gestreiften Anzug?“, sagte er. „Ich bin Gefangener. Ich muss die Sachen aus diesem Haus raustragen. Fragen Sie die Soldaten, wenn die ihre Erlaubnis geben, helfe ich Ihnen gern.“

Sie sprach einen der SS-Männer an, aber der beachtete sie gar nicht. „Hopphopp", befahl er. „Die großen Stücke zuerst!"

Sie kletterten in die Ruine und holten heraus, was noch zu retten war: Nachttischchen, Bücher, eine Anrichte, wie durch ein Wunder unversehrt gebliebene Teile eines Kaffeeservices. Die alte Frau stand immer noch draußen mit ihrem Bündel, sie schimpfte: „Da kann man's wieder sehen. Die Bonzen, die Geldleute, die Beziehungen haben, denen kommt gleich ein Auto zu Hilfe. Und wer hilft uns?"

Ein Mann, der mit einem verbeulten Fahrrad im Slalom zwischen den Bruchsteinen auf der Straße fuhr, stieg ab und bot der Frau an, ihr Bündel auf dem Sattel zu transportieren.

Als Marek nach einer weiteren Runde mit einer Stehlampe aus der Ruine kam, war von der Frau nichts mehr zu sehen. Sie luden gemeinsam einen Lehnstuhl auf, den Stani hergeschleppt hatte, dann einen verschnürten Koffer.

Bilderrahmen mit Familienfotos folgten, ein Pelzmantel, Silberbesteck. Sie fanden Sommerschuhe, Schreibmaschinenpapier und bald darauf auch die dazugehörige Schreibmaschine, allerdings etwas demoliert, Kinderspielzeug und Teile einer elektrischen Eisenbahn, zerbrochene Schellackplatten und auch zwei unversehrte.

Er begriff jetzt, weshalb der Eigentümer nicht mitgekommen war. Sein gesamtes Leben ging durch ihre Hände. Er hätte sich geschämt, seine privaten Gegenstände so offengelegt zu sehen. Man will nicht, dass Fremde die persönliche Wäsche berühren, die Bettbezüge, die Fotos. Deshalb mied er die Situation, die ihn in Verlegenheit gebracht hätte, und vertraute blind auf die Strenge der SS und die Bedeutungslosigkeit der Häftlinge.

Als Marek Zweifel daran kamen, dass sie selbst überhaupt noch auf die Ladefläche passen würden, befahl der Offizier das Einsteigen. Sie kletterten hinauf. Dann folgte die SS und vertrieb sie von dem Platz, der hinter den Möbeln und Habseligkeiten noch gewesen war. Sie mussten sich zwischen die Möbelstücke quetschen, während die Soldaten es sich auf dem hinteren Teil der Ladefläche bequem machten. Aber Marek wusste, wo der Lehnstuhl war, er räumte ihn zur Hälfte frei und nahm auf dem so entstandenen schmalen Streifen der Sitzfläche Platz. Auch wenn das Möbelstück wackelig stand, er saß auf einem Lehnstuhl!

Die Rückkehr ins Lager schmerzte dennoch. Er fühlte sich wie ein Zirkustier, das nach dem Auftritt im großen Zelt zurück in seinen kleinen Käfig musste. Er hatte die Freiheit gekostet, umso schlimmer erschien ihm jetzt die Gefangenschaft.

„Vielleicht geben sie bald auf", raunte er Stani ins Ohr. „Hast du gesehen, wie München aussieht?"

„Ich fürchte", erwiderte Stani düster, „jetzt wird es nur noch ärger."

Die Stimmung im Lager war gereizt. Es gab keine Margarine mehr, die Rationen wurden weiter gekürzt. Wo früher die freundlicheren SS-Offiziere weggesehen hätten, wurde jetzt gleich geschlagen. Und es wurden Galgen aufgebaut.

Zuerst hängte man Ende Oktober einen jungen Polen, weil er in der Konservenfabrik Wilfert in Dachau, wo er mit seinem Kommando arbeiten musste, zwei Konserven gestohlen hatte.

Dann folgte kurz darauf ein junger Russe, weil er Ledersohlen aus dem SS-Lager gestohlen hatte.

Zwei weitere Russen wurden gehängt, weil sie einen Kapo bedroht hatten: Er solle bis nach dem Krieg warten, dann werde er seinen Lohn erhalten. Jedes Mal musste Marek mit dem

Lagerorchester bei der Hinrichtung spielen, sie hatten für die musikalische Untermalung des Todes zu sorgen.

Er hätte gern melancholische Weisen gespielt, um seine Trauer über die ungerechten Todesurteile auszudrücken und sein Mitgefühl mit den Sterbenden, vielleicht hätten die Lieder den Verurteilten in ihren letzten Minuten geholfen. Aber die SS verlangte schwungvolle Märsche und Unterhaltungsmusik, als wäre die Hinrichtung ein frohes Fest. Am meisten litt er bei der Hinrichtung eines stillen Mannes in seinen Vierzigern, der bei Fliegeralarm geflohen war. Der Elektrozaun war kurzzeitig ausgeschaltet und der Mann gut vorbereitet gewesen. Er hatte sich in der SS-Kantine Pfeffer beschafft, den er, mit über lange Zeit aus weggeworfenen Zigarettenkippen der SS gesammeltem Tabak vermischt, auf seine Spur streute, sodass ihn die Wachhunde nicht finden konnten.

Leider hatte man ihn geschnappt, bevor er die Alpen erreichen konnte. Irgendein Ortsvorsteher hatte ihn gesehen und gemeldet. Und jetzt schleppte er sich mit traurigen Augen durchs Lager, vorn und hinten ein Plakat umgehängt, auf dem stand: „Hurra, ich bin wieder da!" Dazu mussten sie als Lagerkapelle das Lied spielen: „Muss i denn, muss i denn zum Städtele hinaus". Die SS zwang ihn, durch die Reihen von Tausenden von Häftlingen zu marschieren und im Takt eine Trommel zu schlagen und das Lied zu singen. Die Deutschen waren wahnsinnig. Sie brachten Menschen um und die Mordopfer mussten dazu singen.

Auf dem Weg zum Galgen wich er einer Pfütze aus. Obwohl ihm die Hinrichtung bevorstand, dachte er daran, sich die Füße sauber zu halten. Die Geste rührte Marek.

Er konnte die Tränen nicht zurückhalten, er weinte, jetzt bloß nichts Falsches spielen, sonst würde die SS herübersehen, und wenn sie seine Tränen bemerkten, war er vielleicht der nächste am Galgen. Die Noten verschwammen vor ihm. Er spielte leiser, um nicht aufzufallen, falls er einen Ton verfehlte.

Dann wurde der arme Mann gehängt, und sie spielten dazu Parademusik, vielleicht, um die letzten Worte des Verurteilten zu übertönen. Er war tapfer. Wie konnten sie dieses einmalige, unwiederbringliche, mutige Leben einfach auslöschen? Welches Recht nahmen sie sich da heraus?

Die Bomber kamen jetzt auch tagsüber. Die Sirenen heulten und die Abwehrkanonen dröhnten. Die Werke von Messerschmitt in Augsburg, wo auch Dachauer KZ-Häftlinge arbeiteten, mussten längst völlig zerschossen sein. Er hatte gehört, dass dort bei einem einzigen Angriff neunzig fertige Flugzeuge zerstörten worden sein sollten. Die Alliierten vernichteten systematisch die Industrie. Nur noch vereinzelt sah er am Himmel deutsche Jagdflieger, die versuchten, die Bomber aufzuhalten. Ein Witz machte die Runde: Der Amerikaner beherrscht den deutschen Luftraum, der ausländische Arbeiter den deutschen Erdraum und der Deutsche den Luftschutzraum.

Stani hatte es satt, die Stuben der SS aufzuräumen. Auf seinen Wunsch hin verschaffte ihm Willi ein Kommando, das in München, noch während die Bomber flogen, nach Verschütteten suchte. War das Bombardement vorüber, setzten sie sogar feine Horchgeräte ein, die das leiseste Klopfen hörbar machten. So fanden sie immer wieder Überlebende unter den eingestürzten Häusern. Mussten sie irgendwo unter Lebensgefahr in die rauchenden Ruinen einsteigen, überließ die begleitende SS gern den Häftlingen die Aufgabe und wachte nur rings um den Block, um eine Flucht zu verhindern.

Sie sahen sich kaum noch. Bis in einer Probenpause an der Tür ein Häftling nach ihm fragte, den Marek nicht kannte. Die befragten Klarinettisten schickten den Mann zu ihm und er sagte: „Dein Bruder liegt im Krankenrevier."

Marek stürzte sofort hinaus. Über die Lagerstraße zu rennen, war verboten, die Wachen würden sofort das Feuer eröffnen. Er beherrschte sich also und ging zügig in Richtung der Krankenbaracken.

„Was ist passiert?", fragte er unterwegs den Häftling, der ihn geholt hatte.

„Eine Beinverletzung."

Sieht es schlimm aus?, wollte er fragen, aber die Frage verbiss er sich. Jede Verletzung war schlimm im KZ. Selbst wer sich beim Marsch in den Holzpantoffeln die Füße wund gescheuert hatte, konnte daran sterben: Dreck drang in die Wunden, sie entzündeten sich, die Füße schwollen an und durch das Humpeln war der Betroffene überall der Letzte und bekam obendrein Schläge. Schließlich landete er wegen der dicken Füße im Krankenbau, und das war womöglich schon das Ende, man schickte ihn beim nächsten Invalidentransport mit ins Gas.

Am Eingang zur Baracke B wechselte der Häftling ein paar kurze Worte mit einem Krankenpfleger, der ebenfalls gestreifte Kleidung trug. „Wenn ihr euch beeilt", sagte der leise, „dann könnt ihr rein, die SS-Ärzte sind gerade zum Mittagessen gegangen."

Als sie Stanis Bett erreichten, fanden sie ihn blass, aber wach vor. „Was machst du denn für Sachen?", sagte Marek.

Stani grinste schief. Er wollte sich aufrichten, stöhnte vor Schmerzen und sank zurück ins Kissen.

„Dir ist in einer Ruine was aufs Bein gestürzt, hm?"

Der Bruder schüttelte den Kopf. Sie hatten ihn in ein anderes Kommando gesteckt, erklärte er, in eines, das Blindgänger entschärfen musste, Bomben, die nicht hochgegangen waren.

Marek erschrak. Das waren keine guten Nachrichten.

Er sei durch Feuerwerker der Wehrmacht notdürftig angeleitet worden, sagte Stani, dann sei es schon losgegangen. Man habe versprochen, ihn aus dem KZ zu entlassen, wenn er eine Weile mitgemacht und überlebt hätte. Inzwischen glaube er nicht mehr daran, dass das je geschehen werde. „Jeden Tag sterben zehn, fünfzehn Kameraden. Die werden einfach durch neue KZ-Häftlinge ersetzt. Wir nennen uns das ‚Himmelfahrtskommando'. Keiner ist da freiwillig." Drei andere habe die Bombe völlig zerfetzt, er habe sich glücklicherweise in Deckung befunden.

Wieder einmal fiel ihm auf, wie dünn Stani geworden war. Ihm fehlten die Sonderrationen, die er, Marek, als Musiker erhielt. Er drehte sich zu dem Häftling um, der ihn geholt hatte. „Arbeitest du hier?"

Der Häftling nickte. Er war selbst auch schmal.

„Wenn ich Stani jeden zweiten Tag etwas zu essen bringe, würdest du mich reinlassen?"

„Zu gefährlich. Über kurz oder lang erwischen die uns. Du dürftest auch jetzt nicht hier sein. Was machen wir, wenn ein Offizier kommt?" Er sah sich zu den anderen Betten um und flüsterte: „Oder wenn uns einer von den anderen Kranken an die SS verrät?"

„Dann geb ich dir das Brot draußen. Schwörst du, es Stani zu bringen?"

Der Häftling schwor. Natürlich würde er sich etwas vom Brot abzweigen. Damit rechnete Marek, wegen des Hungers wurde viel betrogen im Lager. Aber er würde nicht wagen, das Brot ganz zu essen, damit die Lieferungen nicht aufhörten. Alle paar Tage, nahm Marek sich vor, würde er sich doch in die Krankenbaracke hineinschleichen und Stani fragen, ob Brot bei ihm ankam.

Anfangs konnte er die Vereinbarung einhalten. Dann aber kürzten sie auch ihm die Essensrationen und es gab kaum mehr etwas zu teilen. Täglich trafen neue Häftlingstransporte aus dem Osten und dem Westen im Lager ein, die Baracken waren längst mehr als überfüllt – in Mareks Stube lebten inzwischen über fünfhundert Häftlinge, bei nur zweiundfünfzig Betten. Gleichzeitig wurden die Essensrationen karger und karger. Wenn es einmal Kartoffeln gab, was immer seltener vorkam, wurden sie gleich mit Schalen und Lehmresten in den Steckrübeneintopf hineingerieben, um mehr Masse zu erzeugen, wie Schweinefutter sah das aus. Auch sonst wurde der Eintopf nicht mehr mit Mehl eingedickt, er war weniger nahrhaft. Und die Brotration wurde von Woche zu Woche ebenfalls verringert.

Eisern sparte Marek sein Brot jeden zweiten Tag für Stani auf, auch wenn er selbst bis auf die Knochen abmagerte. Sie gaben Sonntag für Sonntag Konzerte, sie spielten verzweifelt gegen das Sterben an, die Ouvertüren zu Offenbachs „Orpheus in der Unterwelt", zu Rossinis „Diebische Elster" und zu Suppés „Dichter und Bauer", Strauß-Walzer und Bearbeitungen tschechischer Volkslieder. Viele fanden die Musik unpassend für das Lager, sie sagten: Diese Welt ist untergegangen, die gibt es nicht mehr, lasst das sanfte Gesäusel! Aber Marek hielt ihnen mit seinen Geigentönen entgegen: Wir dürfen die Hoffnung nicht aufgeben, dass die Welt wieder Frieden findet. Eines Tages.

Morgens und abends spielten sie am Tor. Während er dort saß und die befohlenen Märsche herunterfiedelte, dachte er an die Barackenkameraden, die sich durch den Nebel nach draußen bewegten wie leblose Maschinen. Ihre Seelen röchelten bloß noch. Die Musik trieb sie voran wie die Wogen des Meeres Plankton und tote kleine Algenteile, voran zu den Korallentieren, die sie sich zuwedelten, sich zufächelten und verspeisten.

Was sollte der Kampf überhaupt noch? Die Nazis hatten ihnen die Menschlichkeit genommen und jetzt bereiteten sie ihnen einen langen Tod. Warum ihn nicht abkürzen und in den Elektrozaun gehen, wie so viele andere?

Aber dann war Stani ebenfalls verloren. Er hatte es durch Mareks Bestechungen geschafft, auf der Krankenstation zu bleiben, obwohl sein Bein fast völlig verheilt war. Hörte er, Marek, auf, Brot an die Pfleger zu verteilen, würde man Stani als gesund entlassen, und eine der nächsten Bomben, die er entschärfen sollte, würde ihn in Stücke reißen.

Die Bomber kamen jetzt beinahe täglich. Wie glänzende, silberne Spielzeuge am Himmel. Unbeirrbar flogen sie dahin. Einmal zählte er dreihundertachtzig Flugzeuge und nur einen deutschen Jäger, der sie abzuwehren versuchte. Auch das Feuer der Flugabwehr-Artillerie wurde schwächer, anscheinend waren einige Geschütze bereits getroffen und zerstört worden, oder man hatte sie an die Front geschafft.

Natürlich wurden auch Maschinen der Engländer und Amerikaner abgeschossen. Dann sah er Fallschirmspringer vom Himmel gleiten. Ein trauriges Schauspiel, der Luftkampf, und dennoch konnte er, während die SS-Wachmannschaft in Deckung gegangen war, nicht den Blick davon abwenden.

Nachrichten über den Kriegsverlauf machten die Runde. Gerede hatte es immer gegeben, Märchen, die Einzelne ersponnen hatten und die dann wie eine „Stille Post“ von Häftling zu Häftling gegangen waren, wie zum Beispiel die Kunde, dass sie alle binnen Kurzem entlassen werden würden, man wisse das, weil das Rote Kreuz eine Liste angefordert habe, oder die angeblich sichere Neuigkeit, dass Amerika sie freigekauft hätte und sie als Geiseln gegen deutsche Kriegsgefangene austauschen würde.

Die Nachrichten, die er jetzt erfuhr, waren anders. Sie klangen nicht nach Träumerei. Die Gegenoffensive der Russen im Osten sei stecken geblieben, und Straßburg sei zwar von den Alliierten erobert worden, aber die Deutschen würden gerade mit einem erneuten Angriff in den Ardennen losschlagen.

Woher kamen diese detaillierten Informationen? Er forschte nach und fand heraus, dass es einen illegalen Radioempfänger gab, den russische Häftlinge aus Bauteilen von abgeschossenen Flugzeugen zusammengebaut hatten. Sie arbeiteten im Kommando Kabelzerlegung, das die Aufgabe hatte, wertvolle Bestandteile aus Kriegsschrott zu bergen. Offenbar war es ihnen gelungen, die notwendigen Bauteile für ein Radio an den wachsamen Augen der SS vorbei hinauszuschmuggeln.

Wo das Radio versteckt war, darüber gab es unterschiedliche Gerüchte. Die einen sagten, es sei in der Desinfektionsabteilung an wechselnden Stellen verborgen, die nur Eingeweihte kennen würden. Die anderen sagten, es werde tagsüber in der Dampfwäscherei im Kanal der Fernheizung versteckt, und nachts höre die Brandwache, die in der Wäscherei schlafen müsse, damit leise BBC und Radio Moskau.

Dieser geglückte Ungehorsam gab ihm neue Kraft. Sie hatten eine Verbindung zur Außenwelt. Auch wenn die Nachrichten von den Kriegsfronten derzeit nicht auf einen raschen Sieg der Alliierten hoffen ließen. Dafür sah man als aufmerksamer Beobachter hier im Lager Anzeichen, die auf ein herannahendes Kriegsende hindeuteten. Außenkommandos kehrten dauerhaft ins Hauptlager zurück, weil das Material für den Flugzeugbau und für Reparaturen an beschossenen und beschädigten Lokomotiven rar wurde. Und ein Teil der SS wurde abgezogen und an die Front geschickt. An ihrer Stelle kamen ältere Wehrmachtsoldaten.

Einmal, nach der Probe, begegnete er einem von ihnen. Sie hatten Schumann und Mozart gespielt, um sich auf ein ihnen befohlenes Konzert in kleiner Besetzung in der Blockführerstube vorzubereiten. Scheinbar musste sich der Blockführer von seinen Folterungen und Morden erholen und wünschte etwas Entspannung. Es ärgerte Marek. Sie wurden von der SS gehalten wie persönliche Musiksklaven. Wunschkonzerte zu spielen, ausgerechnet den Folterknechten, die sie zugrunde richteten! Sie mussten der SS „nach dem Munde" reden, singen und musizieren, ihre gesamte Existenz war darauf gerichtet, ihnen zu gefallen, um vielleicht einige Wochen länger zu leben.

Mit diesen Gedanken trat er aus der Baracke und wäre beinahe mit einem älteren Herrn in SS-Uniform zusammengestoßen. Offenbar hatte er vor der Tür gestanden und ihnen zugehört. Die Augen des Mannes waren von einem feinen Tränenfilm benetzt. Ernst sah er Marek an. Er sagte: „Ich wollte das nicht. Ich war bei der Luftwaffe. Dafür habe ich mich gemeldet. Aber ich wollte nie zur SS."

Marek wusste nicht, was er erwidern sollte. Er nickte nur.

„Diese Uniform …" Der Mann sah angewidert an sich herunter. „Wo soll das nur enden …"

Weitere Musiker traten aus der Baracke. Sie rissen sich die Mützen vom Kopf und grüßten ehrerbietig. Der Luftwaffenoffizier in SS-Uniform sammelte sich, er streckte den Rücken durch und blinzelte die Tränen weg. Dann stakste er in Richtung Torhaus davon.

Verwirrt stand Marek da.

Es sickerte nur allmählich in seinen Verstand, er brauchte eine Weile, bis er es begriff: Auch dieser Offizier war ein Gefangener.

Die Aufführung in der Blockführerstube endete mit einem Eklat. Mitten im Konzert sank einer der Cellisten um, ein Belgier. Als sie sich über ihn beugten, stellten sie fest, dass er starkes Fieber hatte und unter Schüttelfrost litt. Häftlinge wurden krank, so etwas kam vor, ihr Organismus war ja geschwächt, Nieren, Lungen, Därme, alles – hinzu kam der Kräfteverlust durch das Frieren. Aber dass einen das Fieber so plötzlich überfiel, erschien Marek merkwürdig. Während die anderen den Cellisten bestürzt hinaustrugen, musterte er vorsichtig die Gesichter der SS-Offiziere. Die Offiziere wechselten wissende Blicke.

Etwas stimmte nicht.

In den folgenden Tagen versuchte er, der Sache auf den Grund zu gehen. Er fragte bei den Häftlingen nach, die in der Lagerverwaltung als Schreiber arbeiteten. Flüsternd verrieten sie ihm, dass die Zahl der Toten sich mehr als verdoppelt hatte, von vierhundert verstorbenen Häftlingen im Oktober auf eintausend im November. Genaue Zahlen vom Dezember habe man erst Ende des Monats, aber die Todesfälle nähmen wohl weiter zu, man sei jetzt schon sicher, dass es fast zweitausend sein würden.

Die Musikerkollegen berichteten ebenfalls von Fieber in den anderen Baracken. Es trat sehr plötzlich auf. Außerdem hätten die Fiebernden einen eigenartigen Hautausschlag, rote und lila Flecken. Ihnen würden die Hände zittern und sie könnten nicht mehr richtig sprechen.

Jetzt kam es immer häufiger vor. Auf dem Appellplatz brachen Männer zusammen, hier und da und dort. Sie landeten in der Krankenbaracke und genau das machte Marek Sorgen: Was, wenn sein Bruder sich dort ansteckte? Eine unheimliche Epidemie war ausgebrochen.

In der Pause nach dem kargen Mittagessen suchte er überall, bis er den Luftwaffenoffizier fand. Er hatte Wachdienst am Tor zur Plantage mit ihren lang gestreckten Heilkräuterfeldern, den sechs Gewächshäusern und den Laboratorien, in denen die SS-Gesellschaft „Deutsche Versuchsanstalt für Ernährung und Verpflegung GmbH“ unter Zuhilfenahme von Hunderten KZ-Häftlingen neue Düngemittel, Spritzmittel und Komposterden entwickelte. Marek sprach ihn auf die Kranken an. „Warum tut die Lagerführung nichts?“

Der Luftwaffenoffizier setzte eine verschlossene Miene auf und versuchte, ihn abzuwimmeln. „Wir dürfen nicht miteinander reden. Hier schleicht überall die Gestapo herum.“

Das war nicht gelogen, auch ihm waren die Männer in Zivil aufgefallen, die seit Wochen im Lager herumschnüffelten. Wollten sie prüfen, ob auch keiner entkommen konnte? Oder beobachteten sie die Wachmannschaft? Kriegsmüdigkeit und Zweifel am System zogen für die Wachposten schwere Strafen nach sich. Auch ein vertraulicher Umgang mit den Häftlingen würde Folgen haben. Er sollte das Gespräch kurz halten, sonst erginge es dem Luftwaffenoffizier schlecht. „Aber es werden Tausende sterben, wenn die Lagerführung das Problem weiter ignoriert.“

„Ich kann nichts machen. Alle wichtigen Posten sind fest in der Hand der SS. Der richtigen SS, meine ich. Meine Kameraden und ich sind nur als Wachdienste eingeteilt.“

„Mit wem muss ich reden?“

Er sah sich um. „Lagerkommandant Weiter oder Lagerführer Ruppert. Aber die werden Sie nicht vorlassen. Gehen Sie jetzt bitte.“

Er sagte Sie zu ihm. Entweder war er mit den Gepflogenheiten des Lagers noch nicht vertraut oder er stellte sich bewusst dagegen. Dieses kleine Wort – wie gut es ihm tat. Es hieß, dass der Offizier ihn als Menschen ansah, mehr noch: als jemanden, der es wert war, mit Respekt angesprochen zu werden.

„Ich danke Ihnen", sagte er.

Es fing an zu schneien. Fröstelnd knöpfte er sich den Mantel zu. Die zerrissene Lagerjacke, die er getragen hatte, bevor man ihn ins Lagerorchester aufgenommen und ihm bessere Kleidung gegeben hatte, wäre sein Tod gewesen. Er sah zum Torhaus hin. „Jourhaus", nannte es die SS, warum auch immer. Dort saßen die Lagerleitung und die Rapportführer in ihren Büros. Kein Häftling betrat das Gebäude ohne einen entsprechenden Befehl.

Es war keine leichte Entscheidung. Als er über den verwaisten Appellplatz ging, dämpfte die dünne, frische Schneedecke seine Schritte. Er holte Luft, jeden Atemzug tat er im Bewusstsein, dass womöglich nicht mehr viele folgen würden.

Vor dem Torhaus standen Häftlinge, etwa zwanzig waren es heute, die in Habachtstellung verharren mussten. Es war eine gängige Strafe: Torstehen. Manche Gruppe musste dort von morgens bis abends stehen, auch er selbst hatte schon einmal im strömenden Regen da gestanden, die Mütze in der Hand, ohne mittags ein Stück Brot zu essen oder einen Schluck Wasser zu trinken. Wer zusammenbrach, blieb liegen. Abends, wenn die Truppe abmarschieren durfte, trug man die Kollabierten weg.

Die Ungerechtigkeit des Lagers widerte ihn an. Trotzdem trat er zu den Wachposten vor dem Eingang zum Torhaus und bat ehrerbietig darum, den Lagerführer sprechen zu dürfen.

Sie vermuteten wohl, er wolle jemanden denunzieren, der die Flucht plante oder aus den Fabriken etwas gestohlen hatte. Solche Denunziationen kamen häufiger vor, für eine Extraration Essen taten Hungernde alles. Also ließen sie ihn eintreten.

„Wer tut heute Dienst als Lagerführer?“, fragte er noch.

„SS-Obersturmführer Ruppert.“ Ein wissendes Lächeln stahl sich in ihre Augen, während ihr Blick zum Judenstern auf seinem Mantel wanderte. Marek wusste, warum. Es hieß, Ruppert habe in Majdanek den Massenmord an 43 000 Juden überwacht. Bei der Erschießung von Kirilenko war er ebenfalls dabei gewesen, nie würde Marek diesen Tag vergessen. Aber es half nichts, der Anfang war gemacht, wenn er jetzt umkehrte, machte er sich verdächtig.

Gleich hinter dem Eingang gab es eine Beschilderung. Im unteren Stock befanden sich die Büros der Rapportführer, Blockführer und Postenführer. Im Obergeschoss würde er den Lagerführer finden und die Politische Abteilung, was eine Umschreibung für die Gestapo war.

Er stieg die Treppe hinauf. Seine Nerven waren bis zum Zerreißen gespannt. Dies war das Zentrum der SS-Lagerherrschaft, die Drachenhöhle. Vor dem Dienstraum des Lagerführers blieb er stehen und starrte die dunkle Tür an. Er wischte sich an den Hosenbeinen den Schweiß von den Handflächen. Er klopfte.

Als er einen undeutlichen Laut von drinnen hörte, öffnete er die Tür, blieb aber vor der Schwelle stehen. „Der Häftling Marek Król, Gefangenennummer fünfundneunzigtausendeinhunderteins, bittet den Herrn Obersturmführer gehorsamst, eintreten zu dürfen.“

Ruppert hob hinter seinem Schreibtisch ungläubig den Kopf und glotzte ihn an.

Marek sagte: „Herr Obersturmführer, Häftling Fünfundneunzigtausendeinhunderteins bittet um eine Unterredung.“

„Was willst du?“

Er trat ein. Ein Jude im Büro des SS-Obersturmführers. Innerlich zitterte er, aber er versuchte, seiner Stimme einen festen

Klang zu geben. „Ich bin gekommen, um Ihnen von bedeutenden Vorkommnissen im Lager Meldung zu machen."

„Und die wären?"

„Es breitet sich eine Epidemie aus. Das Fleckfieber. Ich vermute, es ist mit den großen Transporten aus Ungarn gekommen, die Kleidung der Neuen war voller Läuse."

„Wir haben keine Epidemie", sagte Ruppert. „Und wenn wir eine hätten, glaubst du allen Ernstes, ich brauche einen Juden, um so etwas zu bemerken?" Rupperts Augen wurden gefährlich klein.

Jeder Tag, den sie nicht in den Fabriken und Werkstätten zubrachten, war verlorenes Geld für die SS. Er hatte gehört, dass zum Beispiel BMW für die KZ-Häftlinge, die in Allach Flugzeugmotoren bauten, sechs Reichsmark pro Person am Tag an die SS bezahlte.

Er musste ihm klarmachen, dass die Kosten noch größer wurden, wenn sich die Epidemie weiter ausbreitete. Aber jedes Wort, das er sprach, konnte sein Todesurteil sein. Er nahm allen Mut zusammen und sagte: „Jeden Tag rücken die Arbeitskommandos aus, die Kranken marschieren mit den Gesunden. Gefährden wir damit nicht die Bevölkerung von Dachau und die gesamte Stadt München? Ohne Quarantäne, auch hier im Lager, sterben am Ende zwanzigtausend Menschen. Zwanzigtausend Arbeiter für die Kriegsproduktion, die wegfallen."

Der SS-Obersturmführer stand auf. Er schrie: „Das ist versuchte Sabotage! Sie wollen mit diesem Gerücht die Kriegsproduktion beeinträchtigen!"

„Der Häftling Fünfundneunzigtausendeinhunderteins", sagte Marek eilig, „bittet den Herrn Obersturmführer gehorsamst, wegtreten zu dürfen."

Vornübergebeugt stand der Offizier da und stützte sich mit beiden Händen auf dem Schreibtisch ab, ein zorniger KZ-Gott, der bereit war, Verderben über ihn zu bringen. „Verschwinden Sie."

Er hastete hinaus. Wenn der Lagerführer jetzt seine Gefangenennummer auf ein Formular schrieb, ein Formular für die Verhängung der Todesstrafe, war es bald aus mit ihm. Nur ein paar Tintenstriche, eine fünfstellige Zahl, und sein Leben war zu Ende.

Vielleicht blieben ihm nur noch Stunden. Sie hängten Häftlinge in der Regel vor den angetretenen Lagerinsassen auf, also hatte er Zeit, bis die Arbeitskommandos zurückkehrten. Genügte das, um seinem Bruder das Leben zu retten? Er ging schnurstracks zum Krankenrevier. Das Betreten des Reviers war unbefugten Häftlingen streng verboten, deshalb gab er sich einen besonders straffen, selbstbewussten Schritt, um nicht die Aufmerksamkeit der SS auf sich zu lenken. Wer zögerlich war, machte sich verdächtig. Konnte es nicht sein, dass ihm Ruppert einen Auftrag gegeben hatte, den er jetzt im Krankenrevier erledigte? So musste er es nach außen hin erscheinen lassen.

Er suchte Dr. Alfons Czarkowski, den polnischen Chirurgen. Der hatte Stani schon einmal geholfen, als er entlassen werden sollte. Als er Baracke B betrat, stutzte er. Selbst im Vorzimmer waren jetzt Stahlrohrbetten aufgestellt und in jedem davon lagen zwei Patienten. Sie fieberten. Einem klapperten die Zähne vor Schüttelfrost. Das musste bedeuten, dass die Krankenstuben überfüllt waren. Es breitete sich aus.

Er betrat die erste Stube. Dr. Claus Schilling kam ihm entgegen. Marek grüßte höflich, und Dr. Schilling grüßte zurück, auf seine vornehm reservierte Weise. Er war wohl der einzige freie Deutsche im Lager, der einen Häftling zurückgrüßte, ein Unding nach den SS-Lagerregeln, ein klarer Bruch der Sitten.

„Was macht die Musik?“, fragte Dr. Schilling freundlich. Er war über siebzig Jahre alt, die grauen Haare feingelockt, und trug eine goldgeränderte Brille.

„Wir proben für das Konzert am Sonntag. Grieg und Beethoven. Werden Sie kommen?“

„Ich bin noch nicht sicher. Richten Sie Grüße aus.“

Wen er grüßen sollte, wusste er genau. Dr. Schilling hatte vor dem Krieg häufig mit dem Bratschisten der Berliner Philharmoniker zusammengespielt, Kammermusik zu viert nach Feierabend bei Schillings zu Hause, Dr. Schilling hatte den Part der zweiten Geige gehabt. Jetzt war sein musikalischer Freund KZ-Häftling, und er, der Arzt, brachte im Dienste der Wissenschaft KZ-Häftlinge um. Man durfte sich von seiner vornehmen, höflichen Art nicht täuschen lassen. Dr. Claus Schilling war Chef der Abteilung für Tropenkrankheiten im Robert-Koch-Institut in Berlin gewesen. Hier in Dachau betrieb er die „Versuchsstation Malaria“ mit einem Labor in Block B und etlichen Betten in den Blöcken 1 und 3. Es hieß, er habe bereits über tausend Häftlinge mit Malaria angesteckt. Marek war einmal dort gewesen. Die Malariastation war blitzblank und sauber, eine Vorzeigestation, weiß bezogene Betten, klar gezeichnete Kurven auf den Blättern darüber, Medikamente hinter Glas in schönen Schränken, steriles Besteck unter gläsernen Stürzen. Es gab sogar exotische Fische in geheizten Aquarien, die Fische waren Teil der Forschungen. Und hinter feinmaschigem Draht summten in unzähligen kleinen Käfigen aufgeregte Mücken. Dr. Schilling kam jeden Tag mit dem Fahrrad ins Lager, bei Wind und Wetter, ein bescheidener Mann, mochte man meinen. Dann horchte er die Patienten ab, nahm Blutproben, notierte alles und ließ sich schließlich eines der Mückenkästchen reichen. Er bat den Häftling höflich, den Unterarm zu entblößen, zog einen Schlauch aus Gaze über den Arm und öffnete einen Schieber. Es dauerte nicht lange, bis die Mücke sich gesetzt und zugestochen hatte. Dr. Schilling wollte der Menschheit helfen. Er suchte praktikable Mittel, mit denen sich die Malaria bekämpfen ließ.

Und seine Patienten, die gesund zu ihm gekommen waren – darauf legte er Wert, sonst waren die Experimente ja unbrauchbar –, starben. Sie starben und starben und starben.

Das war Dachau. Man erledigte Arbeit, die, so meinte man, getan werden müsse. So wie weiter hinten in Block B, in der Totenkammer, wo ein Chauffeur als „Seziermeister" gemeinsam mit einem Handelsvertreter und einigen polnischen Studenten ihre verstorbenen KZ-Kameraden häuten mussten. Sie stellten Skelette und Totenschädel für Schulen und Universitäten her, schnitten das Fleisch ab, kochten die Knochen in einem großen Topf aus und verbanden sie dann mit Drähten. Die Ergebnisse ihrer Arbeit waren sehr begehrt, die Anatomie des Menschen ließ sich kaum besser unterrichten als an einem Skelett. Außerdem wollten viele SS-Offiziere Totenschädel auf ihrem Schreibtisch haben, besonders liebten sie durchschossene. Und Lampenschirme wünschten sie sich, aus Menschenhaut. Die Haut wurde abgeschabt und auf dem Hof an einer Schnur getrocknet wie Wäsche.

„Wo finde ich Dr. Czarkowski?", fragte er.

„Sicher in Block A." Dr. Schilling wirkte etwas zerstreut.

Er fasste sich ein Herz. Was hatte er noch zu verlieren? „Verzeihen Sie, ist da was dran, gibt es Fleckfieber im Lager?"

„Schon seit Wochen", sagte Dr. Schilling leise. „Glauben Sie etwa, das sind alles meine Malaria-Patienten? Man hat versucht, es einzudämmen, indem man die ersten Fälle… Na ja, Sie wissen schon. Aber die mangelnde Hygiene – da ist es nicht aufzuhalten."

„Sie tragen gar keinen Mundschutz."

„Der hilft nichts, mein Bester. Fleckfieber wird durch Kleiderläuse übertragen. Sie beißen den Menschen und scheiden mit ihrem Kot die Erreger aus. Wenn sich der Gebissene kratzt, wischt er sich die Bakterien in die Wunde, und damit ist er infiziert. Das Problem sind die hygienischen Zustände. Wenn man so selten die Kleidung wechselt, haben die Kleiderläuse ihre helle Freude." Er sah sich um, dann sagte er mit einem bitteren Zug um den Mund: „Gerade kam ein Anruf von draußen, vom Lazarett der SS. Dort ist ein SS-Offizier mit Fleckfieber eingeliefert worden. Jetzt soll ich gesonderte Quarantäneblöcke für die erkrankten Häftlinge einrichten. Und was ist mit meinen Forschungen?"

Ihm blieb die Luft weg. Solange wertlose Juden und Asoziale und Bibelforscher und Homosexuelle verreckten, war es nicht von Bedeutung. Aber wenn die ersten SS-Männer angesteckt waren, wurde auf einmal die Quarantäne verhängt.

Ohne ein Wort ging er hinaus. Draußen schneite es immer noch, der Boden war jetzt bereits von einer dicken Schneeschicht bedeckt. So unschuldig sah der Schnee aus, es war einfach Schnee, derselbe Schnee wie in Friedenszeiten und in der Freiheit. Marek überquerte den Platz und betrat auf der anderen Seite Block A.

Gleich an der Tür wurde er zur Rede gestellt. Ein SS-Wachposten stieß ihn brutal gegen die Wand und brüllte: „Judensau, was hast du hier zu suchen?"

„Ich soll Dr. Czarkowski von Herrn Dr. Schilling etwas ausrichten."

„Ach ja? Und das wäre?"

„Fleckfieber ist im Lager ausgebrochen. Dr. Czarkowski soll die Nummer 15 als Quarantänebaracke einrichten."

Der SS-Mann wurde blass. Schnell riss er sich zusammen. „Dann tu das, aber zackig! Und anschließend will ich dich hier nicht mehr sehen, hast du mich verstanden?“ Umgehend verließ der Soldat die Krankenbaracke. Natürlich, er hatte Angst, sich anzustecken.

Dr. Czarkowski, über das Bett gebeugt, spritzte gerade einem Patienten etwas. Geduldig wartete Marek ab, dann sagte er: „Kann ich Sie kurz sprechen?“

Schon am Tonfall erkannte der Chirurg, dass es um etwas ging, das nicht offen ausgesprochen werden durfte. Er sagte: „Kommen Sie mit. Ich muss sowieso ein Medikament holen.“

Erst als er die Medikamentenkammer aufgeschlossen hatte und beide eingetreten waren, fragte er: „Was brauchen Sie, Marek?“

Dieser Mann war unersetzlich. Er hatte schon viele Häftlinge vor dem Abtransport gerettet. Seit fünf Jahren war er hier in Dachau, selbst ein Häftling, und hatte sich mit Mühe das Recht erkämpft, an der Seite der SS-Ärzte im Krankenrevier arbeiten zu dürfen.

Marek sagte: „Es ist wegen der Fleckfieberepidemie. Mein Bruder ist gesund, ich denke, jetzt wäre es doch besser, ihn zu entlassen. Bei den Bombenentschärfern hat er höhere Überlebenschancen als hier, wenn all die Kranken eingeliefert werden.“

Ein Schatten glitt über Czarkowskis Gesicht. „Ihr Bruder ist leider nicht verschont geblieben. Ich musste ihn verlegen und ihm vorübergehend die Identität eines verstorbenen Patienten geben, damit die SS-Ärzte ihn bei der Visite nicht rausholen. In diesem Zimmer muss er sich wohl angesteckt haben. Das Ergebnis der Blutprobe kam eben aus München. Ich konnte es nicht verhindern.“

Er war zu spät. „Aber bei meinem letzten Besuch hatte er doch weder Fieber noch Flecken, ich meine, er war kerngesund, wie kann das sein?"

Dr. Czarkowski bedeutete ihm mahnend, leiser zu sprechen. Dann sagte er: „Die Inkubationszeit beträgt etwa zehn Tage. Dann können die Symptome sehr plötzlich auftreten: hohes Fieber, Schüttelfrost, Bewusstseinsstörungen."

„Kann man … Kann ich etwas für ihn tun?"

„Ich will Sie nicht belügen. Die meisten werden die Krankheit nicht überstehen. Nicht in diesem Zustand. Sie sind durch die Mangelernährung geschwächt, das Immunsystem funktioniert nur eingeschränkt. Selbst unter gesunden Menschen ist die Sterblichkeitsrate beim Fleckfieber hoch."

„Gibt es nichts, was ihm jetzt noch helfen würde?"

„Sie meinen, etwas, das sich hier im Lager beschaffen ließe?" Betrübt schüttelte der Arzt den Kopf. „Sie könnten höchstens seine Überlebenschancen erhöhen, wenn Sie an etwas Dextropur gelangen, das ich ihm als verdünnte Lösung injizieren kann." Er sah auf Mareks Judenstern. „Sie bekommen keine Pakete, oder?"

Sein Schweigen war Antwort genug. Wo sollten die Pakete herkommen? Da draußen gab es keine Verwandten, die noch lebten. Die SS hatte die Regelung eingeführt, dass man Pakete mit Lebensmitteln empfangen durfte, aus dem einfachen Grund, dass sie so Kosten für die Ernährung der Häftlinge einsparte. Aber die Juden im Lager hatten niemanden, der ihnen etwas schicken konnte. Deutsche erhielten Pakete, und manche Dänen, Belgier oder Franzosen.

„Dextropur wird manchmal mitgeschickt. Vielleicht finden Sie jemanden, der mit Ihrem Bruder Mitleid hat." Er musterte ihn prüfend von Kopf bis Fuß. „Aber geben Sie nicht noch mehr von Ihrem Brot her. Sie sind allmählich an einer Grenze angelangt. Viele sterben an Entkräftung, an Schwäche, oder sie bekommen zum Schluss die Ruhr und sterben daran. Sie können Ihren Körper nicht endlos strapazieren. Irgendwann tötet Sie der Hunger."

Er fragte, wo er Stani finden könne, und der Arzt sagte ihm, aus dem Gedächtnis heraus, trotz der vielen Kranken, die Stube und die Bettennummer. Er schien Stani zu mögen.

Marek schlich sich in das Zimmer. Er setzte sich auf Stanis Bettkante. Wenn man fieberte, fand er, sollte man nicht zu mehreren im Bett liegen müssen. Stanis Hände zitterten wie die eines Greises. Seine Augen waren halb geschlossen, er atmete flach und rasch. Den zwei anderen in seinem Bett ging es ähnlich schlecht.

Er stand wieder auf, bat einen der Häftlinge, die mit der Krankenpflege betraut waren, um einen Kissenbezug. Den überspülte er im Waschraum mit kaltem Wasser und wrang ihn etwas aus. Zurück an Stanis Bett, tupfte er dem Bruder mit dem kühlen nassen Stoff die Stirn.

Stani hauchte einen Dank. Er lächelte sogar ein wenig.

„Der Arzt hat gesagt, dass du durchkommst", log Marek. „Wir müssen nur etwas Dextropur für dich ranschaffen. Lass das meine Sorge sein. Ich kümmere mich darum."

Er tupfte auch den beiden anderen Fiebernden die heißen Stirnen ab. Mehr aber würde er für sie nicht tun können, so bitter es war. Er konnte von Glück reden, wenn es ihm gelang, Stani zu retten.

Auch wenn ihm der Rat des Arztes wie ein Eisenblock im Genick saß, aß er am Abend sein Brot nicht. Beim Abendappell zitterte er innerlich, als die Gefangenennummern verlesen wurden von denen, die sich zur Bestrafung zu melden hatten. Seine

Nummer wurde nicht aufgerufen. Der Lagerführer schien ihn nicht für die Hinrichtung vorgesehen zu haben.

Von nun an aß er kein Brot mehr. Er beschränkte sich auf die wässrige Suppe zum Mittag, auf das faulig riechende Schweinefutter. Seine Abendration hob er auf. Der Hunger wurde so schlimm, dass er selbst beim Musizieren an Brot dachte. Er hatte regelrechte Wahnvorstellungen. Die Sorge um Stani war dennoch größer.

Er trieb sich bei den anderen Baracken herum, immer in der Gefahr, von den Wachen entdeckt und zur Rede gestellt zu werden, lauschte auf die fremden Sprachen, die dort gesprochen wurden, und suchte die Unterredung mit Häftlingen, die besser ernährt aussahen. Das mussten die sein, die Pakete bekamen. Endlich fand er jemanden, der bereit war, Dextropur gegen Brot einzutauschen.

Mit vor Freude klopfendem Herzen brachte er es Dr. Czarkowski, und der injizierte Stani, über mehrere Tage gestreckt, eine Dextropurlösung. Als es dem Bruder besser zu gehen begann, besuchte Marek ihn von Zeit zu Zeit auf der Krankenstation und fütterte ihn mit eingeweichtem Brot. Einen Teil davon musste er an die Krankenpfleger abgeben, damit sie den Mund hielten.

Das Essen wurde für alle schlechter. Und das Fleckfieber breitete sich trotz der Quarantänemaßnahmen aus. Block 21, Block 23, Block 25 und Block 30 wurden gesperrt. Die unterernährten Erkrankten starben in solchen Mengen, dass das Krematorium mit dem Verbrennen nicht mehr nachkam. Stani lebte, auch wenn Dr. Czarkowskis Miene ernst blieb.

Bei jedem Appell lauschte Marek angstvoll auf die Gefangenennummern. Es blieb dabei, er wurde nicht aufgerufen. Nachts lag er im Bett und fror, selbst unter der Decke fror er.

Wenn einer aus der Stube etwas altes Leder organisieren konnte oder er, Marek, ein Stück Lumpen aus der Wäscherei entwendet hatte, heizten sie den Ofen damit, aber das gelang nur selten, meist blieb der Ofen leer und kalt. Und selbst wenn er beheizt war, sah man seinen Atem wölken, der Raum war zu groß, um sich wirklich zu erwärmen.

Beim Auszug der Arbeitskommandos nach dem Morgenappell spielten sie den Marsch so schlecht wie noch nie, den Blechbläsern waren die Lippen kalt, und ihm und den anderen Streichern wollten die kältesteifen Glieder nicht gehorchen.

Im Probenraum machten Sebode und van Hurk verbitterte Gesichter. Sie eröffneten ihnen, dass der jämmerliche Marsch, den sie soeben gespielt hatten, auf absehbare Zeit das letzte Musikstück gewesen sei, das im Konzentrationslager erklungen sei. Fortan, so laute der Befehl der Lagerführung, sei sämtliche Musik verboten. Der heutige Auftritt sei nicht schuld daran. Es sei nur generell so, dass das Lager in einem schlechten Zustand sei, die Nahrungsmittel seien knapp und so viele seien krank und arbeitsunfähig, dass alle gesunden Häftlinge für die Rüstungsindustrie gebraucht würden. Nebenbei bemerkt, sei gerade ein Zug mit Kartoffeln und Weißkohl, der für Dachau gedacht gewesen sei, unterwegs aufgehalten und requiriert worden, weil auch die deutsche Bevölkerung hungere.

Es gab lautes Gerede und enttäuschte Gesichter. Als er Gelegenheit bekam, van Hurk unter vier Augen zu sprechen, fragte er ihn: „Bin ich dann den ganzen Tag in der Wäscherei?"

„Nein", antwortete der Niederländer. „Du wirst einem neuen Arbeitskommando zugeteilt. Die Wäscherei wird ebenfalls geschlossen, es gibt keine Kohlen, um das Wasser zu erhitzen."

Es ging auf das Ende zu. Ganz bestimmt. Das Jahr 1945 war angebrochen, es war der 7. Januar. Als er erfuhr, was sein neues Arbeitskommando sein würde, glaubte er für einen kurzen Augenblick, Köcher hätte seine Hand im Spiel gehabt. Man hatte ihn dem Totenräumkommando zugewiesen, seine Aufgabe würde es fortan sein, zehn Stunden am Tag Leichen einzusammeln, sie auf einen Karren zu laden und zum Krematorium zu fahren. Dort würden Häftlinge eines anderen Kommandos sie in Empfang nehmen und die Öfen damit bestücken.

Der erste Tag war grauenhaft. All die ausgemergelten Leiber, zu Tode gehetzt, durch den Hunger in die Knie gezwungen – und er hatte sie aufzuschichten. Auch vom Bunker musste er die abholen, die in ihrer dunklen Zelle verendet waren, manche von ihnen übel misshandelt.

Wegen der Epidemie wurde auf den Toiletten Chlorkalk gestreut. Nach der Benutzung des Aborts musste man sich die Hände in einer Schüssel mit Lysollösung waschen.

In der Nacht bombardierten die Alliierten drei Stunden lang München, Hunderte Leuchtschirme erhellten den Nachthimmel, Phosphor regnete nieder, dann folgten schwere Explosionen. Die Stadt brannte so hell, dass es bis zu ihnen hinaus zu sehen war.

Dann sank das Thermometer auf vierundzwanzig Grad unter null. Lagerführer Ruppert hielt ihnen eine Rede, dass keine Panik entstehen dürfe, falls eine Bombe ins Lager fallen sollte. Die Posten auf den Türmen hätten Anweisung, bei panikartiger Bewegung sofort zu schießen, dreißig Maschinengewehre und Maschinenpistolen seien auf das Lager gerichtet, außerdem hätten sie Kisten mit Handgranaten.

Marek übersetzte für sich im Stillen: Sie sollten schön ruhig sterben. Seine Füße waren wie aus Eis, gern hätte er auf den Boden gestampft, um sie aufzuwärmen, aber er hielt still, so wie sie alle, bis sie endlich wegtreten durften.

Den Tag über schob er wieder den schweren Karren mit den Toten über den knirschenden Schnee. Als er in der Mittagspause Gelegenheit fand, unbeobachtet Stanis Krankenbaracke zu betreten, waren die Räume kalt. Nicht einmal hier heizten sie mehr. Wie sollten denn die Kranken gesund werden, wie sollten sie überleben, wenn nicht –

Er blieb abrupt stehen. Stani war verschwunden. Drei Männer lagen in seinem Bett, fremde Männer, mit blutgetränkten Verbänden, und froren. Marek schluckte trocken. Ihm schossen Tränen in die Augen. Alles umsonst, dachte er.

Er suchte Dr. Czarkowski. Als er ihn fand, erschrak er erneut. Der Chirurg sah derart überarbeitet und müde aus, dass Marek fürchtete, er könnte jeden Augenblick zusammenbrechen. Außerdem war er wohl geschlagen worden, er hatte blaue und grüne Prügelmale im Gesicht.

„Das Fieber war doch gesunken", sagte Marek leise, „ich versteh das nicht."

Dr. Czarkowski schlug den Blick nieder. „Ich musste die Fleckfieberfälle in die Infektionsbaracken verlegen. Es kommen so viele Verwundete aus den Außenlagern, vor allem aus Allach und aus dem Kommando, das die Landebahnen in Riem wiederherrichten soll. Die Bomben unterscheiden nicht zwischen Häftling und Nichthäftling."

„Soll das heißen, Stani lebt?"

Betrübt nickte Dr. Czarkowski. „Block 21."

Auf dem Weg dorthin fragte er sich, warum der Chirurg die Nachricht so niedergeschlagen überbracht hatte. Aber als er die Baracke betrat, begriff Marek sofort. Zu viert und zu fünft lagen sie in den Betten in der eisigen Stube. „Durst", krächzte es ihm aus vielen Kehlen entgegen. „Bitte, ich habe Durst." Wer noch die Kraft hatte, hob flehend die Hand.

Dies war keine Genesungsbaracke, sondern eine zum Sterben. Er suchte Stani. Als er ihn gefunden hatte, ganz hinten in der Ecke, hielt er ihm für einige Minuten die Hand. Dann versprach er, Wasser zu holen.

Vor der Baracke wartete Köcher. Er musste gesehen haben, wie er hineinging. Ohne ein Wort packte er ihn am Genick und stieß ihn mit dem Kopf schmerzhaft gegen ein hölzernes Schild, das vor der Baracke stand. „Vorlesen, Judenschwein!"

Infektionsbaracke, stand dort. *Eintritt strengstens verboten! Seuchengefahr!* Er las es laut.

Der SS-Oberscharführer ließ ihn los. „Hast du geglaubt, ich vergesse dich?" Genüsslich zückte er ein schwarzes Notizbüchlein und schrieb etwas auf. „Das wird eine schöne Meldung. Ich werde dafür sorgen, dass ich es bin, der dir die fünfundzwanzig Hiebe verpasst. Unterschätze den Ochsenziemer nicht! Bei richtiger Handhabung kann man damit einiges erreichen. Wollen doch mal sehen, ob ich dich nicht in Stücke hauen kann." Er beugte sich vor und raunte: „Ich freu mich drauf."

In Gedanken spürte Marek bereits die Schläge. Aber er nahm alle Kraft zusammen und hielt Köchers Blick stand. Warten wir ab, wer länger lebt, du oder ich, dachte er. Der Krieg würde nicht mehr ewig weitergehen.

Er hatte Stani Wasser versprochen. Das würde er ihm bringen. Aber wie sollte er noch einmal in Stanis Block gelangen, wenn sie ihn doch jetzt von überallher beobachteten? Sicher hatten die Wachen auf den Türmen und im Lager Köchers Standpauke bemerkt.

Wie beiläufig spazierte er zu seiner eigenen Baracke und holte den emaillierten Essnapf aus dem Spind. Er klemmte ihn sich vorn in den Hosenbund. Aber dadurch beulte sich sein Hemd verräterisch, so ging es nicht. Also stahl er kurzerhand ein Handtuch aus einem anderen Spind, er selbst besaß ja keins. Das versteckte er unter seiner Kleidung.

Beim kurzen Appell zum Ende der Mittagszeit stand er stramm, dann begab er sich zum Leichenkarren, wie sonst auch. Als Erstes holte er einige Tote aus dem Krankenrevier ab, anschließend schob er den Karren zu Stanis Baracke. Er trat ein, wusch sich die Hände im Waschraum und hielt das Handtuch so lange unter den Wasserhahn, bis es sich vollgesaugt hatte. Wasser aus der Leitung zu trinken, war in Dachau verboten, es hieß, das Wasser mache krank. Aber welche Wahl hatte er? Er konnte es nicht zuvor abkochen. Mit dem tropfenden Handtuch schlich er sich in Stanis Stube.

Nur mit Mühe gelang es ihm, die Kranken zu beruhigen, die ihn sahen und anfingen, ihn lautstark um Wasser anzuflehen. Er log, er würde gleich wiederkommen und auch den anderen etwas bringen, und flößte Stani Wasser ein, indem er über seinem Mund Stück für Stück das Handtuch auswrang. Den Rest benutzte er, um für ihn Brot einzuweichen. Dankbar schluckte Stani die nassen Brocken.

Womöglich wartete draußen schon Köcher oder ein anderer Posten, länger durfte er nicht bleiben. Er suchte in den Betten nach einem Toten und fand mehrere. Die schleppte er hinaus auf seinen Karren.

Oh, es starben viele. Musikerkollegen starben, Tomas, der Tscheche, starb. Mareks Kollegen im Leichenräumkommando starben. Während man die Häftlinge weiter in die Rüstungsbetriebe sandte, Tag für Tag, ging es mit den Kranken im Lager bergab. Man entsorgte wegen der Ansteckungsgefahr die verlausten Strohsäcke in den gesperrten Blöcken, schließlich betrat niemand mehr die Stuben, aus Angst vor dem Tod. Jedes Mal, wenn Marek seinen Bruder besuchte, hatten die Kranken alles besudelt, sie lagen auf dem blanken Holz und waren zu schwach, sich zu erheben. Manche lagen auf dem nackten Boden. Wenn sie nicht am Fleckfieber starben, stand ihnen also in Aussicht, an einer Nieren- oder Lungenentzündung zugrunde zu gehen.

Als Marek einem polnischen Priester davon erzählte, meldete der sich zusammen mit achtzehn weiteren Geistlichen freiwillig zur Krankenbetreuung – zwölf Polen, zwei Franzosen, zwei Tschechen, ein Österreicher, ein Belgier und ein Luxemburger. Sie wurden in die gesperrten Blöcke geschickt, die keiner mehr betreten wollte. Nach drei Wochen waren alle Geistlichen ebenfalls krank, zwei der Polen starben, die Priester Zapata und Januszewski, ebenso der Tscheche Kos. Marek musste sie auf seinem Karren zum Krematorium fahren.

Dort hieß es, es gebe keine Kohle mehr. Die Öfen blieben kalt und die Toten wurden auf große Haufen geworfen. Marek wurde hinzugezogen, um auf dem Leitenberg ein Massengrab auszuheben. Eigentlich hatten die Nazis das vermeiden wollen, ein Massengrab würde bei Kriegsende von ihren Mordtaten zeugen, und sie glaubten doch noch an einen Waffenstillstand und ein normales Leben nach dem Krieg. Aber es kamen zu viele Menschen nach, die Evakuierungstransporte aus anderen KZs erreichten Dachau in so schlechtem Zustand, dass man die Halbverhungerten gleich zum Sterben zu den Kranken in die Invalidenbaracken steckte. Nur die Russen hielten das aus, weil es in Russland schon Fleckfieberepidemien gegeben hatte.

Und Stani lebte.

Und er, Marek, lebte auch.

Er profitierte von der Bürokratieliebe der Deutschen. Köcher hatte einen Strafantrag gestellt, und der musste erst vom Lagerkommandanten genehmigt werden, und dann ging er zum

Inspekteur der Konzentrationslager in Oranienburg. Da die Post nicht mehr gut funktionierte, verschleppte sich die Entscheidung um einige Wochen. Vielleicht war auch der Zug mit seinem Antrag darin bombardiert worden und der war in Flammen aufgegangen?

Es war absurd: Wurde man von einem Choleriker zu Tode geprügelt oder zur Flucht gezwungen, damit er einen von hinten wie Jagdwild erschießen konnte, ging es auch ohne Formulare. Andere wiederum wurden erst geschlagen, nachdem der oberste Leiter über alle KZs seine bürokratische Genehmigung erteilt hatte.

Vielleicht war Köcher bei ihm extra diesen Weg gegangen, um ihn zu zermürben. Die Wochen des Wartens waren tatsächlich eine Belastung. Immer wieder träumte er davon, wie ihn der SS-Oberscharführer mit dem Ochsenziemer bearbeitete, bis ihm schwarz vor Augen wurde und er starb, und wachte dann schweißgebadet auf.

Als beim Morgenappell seine Häftlingsnummer aufgerufen wurde, fuhr er zusammen vor Schreck. Das Herz donnerte in seiner Brust einen wilden Galopp. Zusammen mit einem Dutzend weiterer Übeltäter, die auch aufgerufen worden waren, musste er nach dem Appell vor dem Torhaus antreten, während die anderen zur Arbeit ausrückten. Man ließ ihn und die anderen über eine Stunde in Habachtstellung stehen, vielleicht war auch das Teil der Folter. Die Angst konnte sich in einem ausbreiten bis in den kleinen Zeh und die Fingerspitzen, während man da so stand und sich vor dem fürchtete, was unweigerlich kommen musste. Zum Glück herrschte Tauwetter, die Winterkälte war vorüber.

Mareks Nummer wurde aufgerufen. Er musste ins Torhaus treten, vor einem Schreibtisch strammstehen und dem

Vernehmungsführer Meldung machen. Auf die Anschuldigung, unbefugt in der Infektionsbaracke 21 gewesen zu sein, antwortete er schneidig: „Jawohl!" So hatte man es ihm beigebracht, schnell antworten und mit militärischem Eifer, sonst setzte es Schläge.

Das Urteil des Vernehmungsführers erfolgte binnen Sekunden: „Fünfundzwanzig", dann traf ihn ein Fußtritt des Wachsoldaten, und er hörte hinter sich ein Kerniges: „Hau ab!"

Die anderen Übeltäter und er mussten im Krankenrevierblock B antreten und sich nackt ausziehen. „Kehrt euch!", befahl man ihnen, und sie mussten ihr Gesäß zeigen. Der SS-Arzt schritt an ihnen vorüber und sagte bei jedem „Tauglich!", was der Revierschreiber auf einer Liste vermerkte. Er sagte es auch bei denen, deren Hintern bloß Haut und Knochen war.

Jetzt konnte es nur noch Tage dauern. Er ging zu Stani, um sich zu verabschieden. In derselben Stube lag auch Willi Bader. Bald zwölf Jahre hatte er im KZ überlebt und Unzähligen geholfen und jetzt drohte ihn die Krankheit zu töten. Marek brachte, nachdem er Stani versorgt hatte, Willi Bader vom Wasser und vom eingeweichten Brot. Leider war es nicht viel. Seit dem 28. März erhielten sie nur noch ein Achtel Brot. Als er wieder an Stanis Seite saß, flüsterte der Bruder mit letzter Kraft: „Spiel mir was auf der Geige vor. Ein Lied von zu Hause."

Erlaubt war das nicht. Er konnte sich zwar herausreden, dass er die Infektionsbaracke betreten hatte, um Leichen abzuholen. Aber wenn er hier Geige spielte, war das durch nichts zu erklären oder zu entschuldigen.

Und wie sollte er die Geige ungesehen über die Lagerstraße tragen?

„Ich tu's", versprach er. Vielleicht war es Stanis letzter Wunsch, wie sollte er ihm den abschlagen? Und ob sein eigenes Leben weiterging, stand ja auch auf Messers Schneide. Er fuhr den Leichenkarren zu Block 27, wo die Instrumente lagerten, holte seinen Geigenkasten heraus, legte ihn auf den Karren und deckte ihn mit der Jacke eines Toten zu. Dann schob er den schweren Karren wieder zurück zur 21 und trug die Geige hinein.

In der Stube, zwischen den röchelnden Kranken, öffnete er den Kasten und hob die Geige heraus. Lange hatte er sie nicht mehr in den Händen gehalten. Ein hohler Holzkorpus, die gewölbte Decke aus Fichtenholz, der Boden aus Ahorn, daran ein Hals geleimt aus dunklem Ebenholz, nun, bei dieser einfacheren Geige womöglich nur aus Holz vom Birnbaum, das geschwärzt worden war, um dem edlen Ebenholz zu ähneln.

Und darauf vier Saiten gespannt, g, d, a und e. Das war's. Er legte die Geige zurück und nahm zuerst den Bogen zur Hand. Mit geübter Bewegung spannte er die Bogenhaare, Haare von einem Hengstschweif, die mit ihren feinen Widerhaken die Saiten beim Darüberstreichen in Schwingung versetzten. Er öffnete die Kolophoniumschachtel und strich den Bogen einige Male über das Harz.

Jetzt hob er die Geige an seine Schulter. Spielte die Saiten leise an und stimmte sie. Es wurde ruhig in der Stube, die Kranken lauschten. Ein Lied von zu Hause sollte er spielen. Vielleicht unterzeichnete er mit diesem Lied sein eigenes Todesurteil. Aber er machte das Sterben leichter für Willi Bader und für Stani und all die anderen.

Wenn er dann selbst über den Bock dahingestreckt liegen würde und SS-Oberscharführer Köcher ihn zu ermorden versuchte, würde er sich an die Melodie erinnern und froh sein, dass er noch einmal Geige gespielt hatte. Es tat ihm gut, sich über die Verbote der SS hinwegzusetzen. Es erinnerte ihn daran, dass er ein Mensch war, zuallerletzt doch ein freier Mensch.

Er entschied sich für das „Hebräische Lied“ von Joseph Achron. Die meisten hier waren Juden. Und Stani würde es sofort wiedererkennen, sie hatten das Lied zu Hause oft gespielt, er an der Geige, die Mutter am Klavier.

Er spielte die ersten traurigen Töne. Sofort hatte er das Wohnzimmer vor Augen. Stani lächelte im Bett, anscheinend ging es ihm ähnlich. Aber Marek konnte nicht ganz mit der Musik verschmelzen, ihn hinderte der sperrige Gedanke an Köcher und den Ochsenziemer.

Vielleicht fühlte sich der Oberscharführer nicht einmal schuldig! Sie hatten ein perfides System entwickelt. Köcher machte ja nur die Meldung, der Vernehmungsleiter schlug einzig die Strafe vor, der Inspekteur der Konzentrationslager bestätigte sie bloß, und der Lagerarzt entschied nur über die Fähigkeit des Delinquenten, die Strafe zu überleben, und assistierte medizinisch bei ihrem Vollzug, während die Wachmannschaft, ein Zug von zwanzig bis vierundzwanzig Soldaten, bloß zuschaute und verhinderte, dass es ein Aufbegehren unter den Häftlingen gab, die man ebenfalls zum Zusehen zwang.

Jeder war ein kleines Rad im Getriebe, nicht mehr, sie waren Ausführende einer höheren Gewalt und fühlten sich nicht verantwortlich. So hatte die SS die Strafen und sogar die Hinrichtungen zu einer dienstlichen Routine bagatellisiert, zuverlässig und unerbittlich rollte die Strafmaschine voran und zermalmte unter sich die Häftlinge. Sie erweckte dabei sogar den Eindruck von Gerechtigkeit! Vielleicht brauchten die Deutschen diese Bürokratie des Todes, um sich vor ihrem Gewissen zu rechtfertigen.

Er zwang sich, nicht weiter nachzudenken, und lauschte auf das Lied. Er ging jedem Ton nach. Da war die Heimat. Da war die Trauer seines Volks, die Trauer über diese Hölle, in die man sie gestoßen hatte, die Trauer über die erstickten Gebete, über Gottes Schweigen. Er zog die Töne lang, legte alles in sie hinein, was er vermisste, alles, was ihnen genommen worden war. Die Klavierbegleitung fehlte nicht, er hörte die Mutter spielen. Stani hörte sie gewiss auch.

Als das Lied beendet war, gab es nichts mehr hinzuzufügen. Die sterbenden Häftlinge atmeten ruhig. Er legte die Geige in den Kasten. Drückte Stani die Schulter, und Stani nickte mit Tränen in den Augen.

Dann ging er hinaus, bereit, sich festnehmen und zum Bunker stoßen zu lassen. Aber zu seiner Verblüffung war niemand da, der ihn festnehmen wollte. Sie mussten das Lied doch gehört haben! Und es klang eindeutig nach einer verbotenen Melodie.

Obwohl die Arbeitskommandos ausgerückt waren und das Lager still hätte sein müssen, herrschte auf der Lagerstraße geschäftiges Treiben. Die SS trug Apparate und Material aus dem Krankenrevier. Kisten stapelten sich auf dem Appellplatz. Aus dem Torhaus wurden Schreibmaschinen gebracht, Akten, Telefone. Sie räumten die Kantine leer, holten einen kleinen elektrischen Heizofen aus der Schreibstube und weitere Akten aus dem Büro für die Arbeitseinsätze.

Lastwagen fuhren vor und wurden beladen. Das konnte nur eines heißen: Sie bereiteten den Abzug vor. Die Alliierten nahten. Was aber würde mit ihnen, den Häftlingen, passieren? Gab es einen Liquidierungsplan, würden vor der Ankunft der Befreier noch die Maschinengewehre knattern?

Er wartete angsterfüllt, bis am Abend die Arbeitskommandos zurückkehrten. Nichts Ungewöhnliches geschah. Das Lager blieb das Gefängnis, das es gewesen war, Hunderte schwer bewaffneter SS-Männer bewachten sie, der Abendappell wurde in aller Strenge durchgezogen. Am nächsten Morgen wurden sie wie immer grob geweckt und zur Arbeit getrieben, die Kapos schlugen, die SS trat und fluchte.

Nachmittags hatte er eine traurige Fuhre zu machen. Willi Bader war gestorben. Er brachte ihn zur Totenkammer, dort bahrten sie ihn gegen jede Regel auf, die SS duldete es. Dutzende Häftlinge kamen, um ihm die ersten Frühlingsblumen auf die Brust zu legen und sich zu verabschieden.

Mit jeder Nachricht, die er über die nahende Front hörte, ging er zu Stani, in der Hoffnung, dass es seinen Überlebenswillen stärkte. Er berichtete ihm, dass Wien gefallen war, dass das Lager Mauthausen in Österreich bereits befreit war und die Alliierten sich Berlin bis auf hundert Kilometer genähert hatten.

Am 17. April blieb er mitten auf der Lagerstraße stehen und stellte den Karren mit den Toten ab. Er lauschte. Ja, es gab keinen Zweifel. Das war kein Gewitter. In der Ferne hörte er das Donnern der Artillerie. Die Front war nah.

Am 20. April, Hitlers Geburtstag, überbrachten die Alliierten der Wachmannschaft des KZs und den nebenan stationierten SS-Kompanien einen besonderen Gruß: Tiefflieger griffen an und beschossen die SS mit Maschinengewehren.

Die Häftlinge verkrochen sich in ihren Baracken. Man hörte die Front sich weiter nähern, Geschützdonner grollte. Aber es kam auch die Nachricht, dass die Nazis in München viele Panzer und Soldaten zusammenzogen. Und man fing an, alle transportfähigen Juden aufzuschreiben.

Marek wurde sofort hellhörig. Er kannte solche Listen, er hatte in Łódz auf einer solchen gestanden. Auch da hatten sie gehofft, dass rechtzeitig die Rote Armee kommen würde, alles hatte danach ausgesehen, die Truppen der Wehrmacht waren auf dem Rückzug Richtung Westen durch Łódz gekommen, die Befreiung war nah gewesen, glaubte man. Aber das Organisationstalent der Deutschen war größer. Sie schrieben Listen. Sie transportierten die Menschen ab und trieben sie in Gaskammern. Und bevor die Russen kamen, war das Ghetto aufgelöst und seine Insassen fein säuberlich ermordet oder, wie er und Stani, zum Arbeiten in ein KZ gebracht. Von hundertachtzigtausend Juden im Ghetto lebten jetzt vielleicht noch zehntausend.

Noch einmal würde er die Deutschen nicht unterschätzen. Er eilte zu Dr. Czarkowski, flehte, bettelte. Die Krankenstuben seien voll, erwiderte der, er habe jetzt schon achtzig Patienten in jedem Zimmer, er könne ihn unmöglich da noch unterbringen.

„Aber es werden heute einige sterben, so wie jeden Tag, ich weiß das, ich hole sie doch ab! Also werden auch Plätze frei. Bitte, ich darf nicht auf dieser Liste landen. Wenn es sein muss, reiße ich mir die Fußnägel aus oder trinke Reinigungsmittel, ich kann krank sein, auch sterbenskrank, bitte, nehmen Sie mich auf!"

Ein langer, müder Blick des Arztes. Dann sagte er leise: „Kommen Sie heute Abend. Sollte ich bis dahin einen freien Bettplatz haben, nehme ich Sie auf."

Es gelang. Er kam in die Krankenstation, sogar in Stanis Zimmer. Aus Sorge, dass die Sache aufflog, taten sie, als würden sie einander nicht kennen. Am nächsten Morgen, am 24. April, mussten draußen die Juden antreten, alle, die transportfähig waren. Viele wussten, dass sie in den Tod gingen, ganz sicher. Nach allem, was sie durchgestanden und überlebt hatten, sollte so kurz vor Kriegsende ihr Leben ausgelöscht werden.

Marek ließ sich durch einen eingeweihten Pfleger berichten, was der draußen gesehen hatte: Man habe die Juden zu den Gleisen gebracht und in Waggons steigen lassen. Etwa eintausendsiebenhundert Juden, in einem einzigen Zug. Aber es stünde keine Lok zur Verfügung für die Abfahrt.

Stuttgart, Ulm und Freiburg fielen. Die SS-Lagerführung verteilte an ausgewählte Häftlinge weiße Armbänder mit den Buchstaben „HP" für „Hilfspolizei". Heimlich bastelten und bemalten die Häftlinge sich weitere, um im Fall, dass das Lager liquidiert werden sollte, sich selbst schützen zu können. Wobei die Frage war, was unbewaffnete Hilfspolizisten gegen die Waffen der SS ausrichten sollten.

Am 25. April standen die Waggons mit den Juden immer noch auf dem Gleis. Wollte die Lagerführung die alliierten Bomber, die über das Lager hinwegflogen, dazu bringen, die Waggons zu zerstören?

Augsburg fiel, angeblich. Das Krachen der Artillerie wurde lauter, es dröhnte ununterbrochen. Nachts hörte Marek vom SS-Lager Lärm herüberhallen, Geschrei, Pfiffe, Befehle, zufallende Autotüren und Motorenbrummen.

Am nächsten Morgen hieß es, die höhere SS-Führung habe das Lager verlassen. Eine Lok kam und holte die Waggons mit den Juden ab. Nach dem Appell rückten nur ein paar kleinere Arbeitskommandos aus, die anderen Häftlinge sollten sich um zwölf Uhr marschbereit auf dem Appellplatz einfinden. Jetzt versuchten sie, sich zu verstecken, im Krankenrevier, in den Baracken, aber die Hilfspolizei unterband das und schleppte alle zum Platz. Oh, wie er das kannte! Mit ihren Pferdedecken standen sie da, dreißigtausend inzwischen, die Menge angeschwollen durch die vielen Evakuierten aus den Außenlagern und anderen KZs, auch viele neue Juden. Gegen Abend befahl die SS-Lagerleitung, dass nur Deutsche, Juden und Russen auf dem Platz bleiben sollten, die anderen sollten in die Baracken zurückkehren. Die blechernen Worte aus dem Lautsprecher hallten über das Lager, er hörte sie auch im Krankenrevier.

Vom Bett aus spähte er zum Fenster. Es wurde spät. Halb zehn am Abend marschierten sie doch noch los, Deutsche, Russen und Juden, sicher siebentausend Mann. Am Tor schlossen sich ihnen schwer bewaffnete SS-Männer mit vielen Hunden an, begleitet durch SS-Oberscharführer Köcher, das gerötete Gesicht des Löwen erkannte er im Schein der elektrischen Lampen sofort. Er nahm sich vor, Dr. Czarkowski zum Dank die Hände zu küssen, dass er hier in Sicherheit sein durfte.

Am 28. April heulten morgens gegen 8:30 Uhr die Sirenen in Dachau, ein ungewöhnlich lange anhaltender Ton. War das Panzeralarm? Gerüchte von einem Aufstand machten die Runde. Noch vor der Mittagsstunde hieß es, die SS habe den Aufstand niedergeschlagen. Außerdem sei ein Zug aus Buchenwald eingetroffen, Waggons voller Toter, nur wenige von den ehemals viereinhalbtausend Häftlingen lebten noch, die meisten seien unterwegs verhungert.

In der Nacht hörte er ein Panzerduell, eine halbe Stunde lang krachten die schweren Schüsse. Der 29. April brach an, ein Sonntag. Der Gefechtslärm kam näher und näher. Bei jeder Explosion eines Artilleriegeschosses bebte der Boden, und mit ihm bebten die Betten.

Was, wenn die Amerikaner nicht zwischen den SS-Baracken und den Häftlingsbaracken unterscheiden konnten und das Lager zerschossen?

Er stand auf und bat seine beiden Bettgenossen, ebenfalls aufzustehen. Mühevoll erhoben sich die Schwerverletzten. Er zog das weiße Laken vom Bett. „Wir müssen denen zeigen, dass hier niemand gegen sie kämpft“, sagte er und ging mit dem

Laken zum Ausgang der Krankenbaracke. Am besten hisste er es auf einem der Türme.

Hinter der Plantage kreiste ein amerikanisches Aufklärungsflugzeug, scheinbar befand sich dort die Front. Aber auf den Wachtürmen standen statt wie üblich zwei Wachen jetzt jeweils zehn und die schweren Maschinengewehre zielten aufs Lager. Wenn sie ihn mit dem weißen Laken sahen, würden sie ihn über den Haufen schießen.

Er kehrte in die Krankenstube zurück. Hinlegen konnte er sich jetzt nicht mehr. Erregt ging er im Raum auf und ab. Stani, der noch im Bett lag, folgte ihm mit beunruhigtem Blick. Die Schüsse kamen jetzt direkt aus dem SS-Lager, auch Maschinengewehrfeuer war zu hören.

Dann hörte er einen Jubelruf: „Die Amerikaner sind da! Die Amerikaner sind im Lager!" Selbst Schwerkranke verließen ihre Betten und wankten zum Fenster. Hurra-Rufe und Freudenschreie drangen von draußen herein.

Marek eilte hinaus. Ein einzelner amerikanischer Soldat mit einem Gewehr in der Hand war durch das Torhaus ins Lager getreten und sah sich unsicher um. Eine Lawine von Häftlingen strömte aus den Baracken, sie rannten zu ihm, umarmten ihn, jeder wollte ihm danken. Franzosen, Russen, Juden, Italiener küssen sich wie Brüder. Manche brachen bei dem Gedanken an das, was sie erlitten und überlebt hatten, in Tränen aus.

Mit einem vorsichtigen Blick zu den Türmen ging Marek ebenfalls zum Amerikaner. Nach wie vor stand die SS dort oben.

„Thank you", rief einer der Häftlinge laut, „for all you've done for us!"

Der Soldat, ein Hüne, erwiderte: „No problem, it was just a small battle."

Da ratterte plötzlich Maschinengewehrfeuer los, aus einem der Türme begann die SS zu schießen. Ein Häftling brach tot zusammen, die Menge zerstob in alle Richtungen, sie floh in die Baracken. Auch Marek stürmte los.

Er blieb im Eingang der Krankenbaracke stehen und spähte vorsichtig hinaus. Weitere Amerikaner kamen auf den Platz, fünf Soldaten, die jetzt von Turm zu Turm vordrangen, im Inneren hinaufstiegen und oben bei den Wachen erschienen, die Gewehre im Anschlag. Sie forderten sie auf, sich zu ergeben. Er sah die SS die Waffen fallen lassen und mit erhobenen Händen zur Treppe stolpern.

Unten angekommen, mussten sie an der Lagermauer Aufstellung nehmen. Jetzt wagten sich die Häftlinge wieder hervor, auch wenn noch nicht alle Türme erobert waren. Sie rannten in den befreiten Turm, holten sich die Waffen der SS und kamen zurück zum Appellplatz. Mit den Waffen postierten sie sich vor den Festgenommenen, um den Amerikanern zu helfen. Eine Umkehrung der vergangenen Jahre: Jetzt standen KZ-Häftlinge bewaffnet vor den unbewaffneten SS-Männern.

Der freundliche Luftwaffenoffizier war dabei, natürlich, er trug ja eine SS-Uniform, wie sollte man ihn da unterscheiden. Marek nahm sich vor, bei den Amerikanern Fürsprache für ihn zu halten.

Durch das Tor kam ein Jeep auf den Appellplatz gefahren, mit vier Amerikanern in Uniform darin, eine junge, hübsche Frau darunter. Die Frau war sichtlich bestürzt, als sie die Leichen vor dem Eingang zur Totenkammer und am Krankenrevier liegen sah. Auch vor den Barackeneingängen lagen Tote, die in der Nacht oder am Tag davor gestorben waren. Wenn sie das schon erschreckte, dann sollte sie besser nicht die Berge von Toten im Krematorium sehen, dachte er.

Einer der Häftlinge, ein Italiener, lief zur Plantage, pflückte Schlüsselblumen und Gräser und reichte sie der Amerikanerin. „Grazie, Signora." Ihre amerikanischen Kameraden klopften ihr lachend auf die Schultern.

Da gab es bei der Erstürmung des hinteren Turms plötzlich erneut ein Feuergefecht. Jetzt eröffneten auch die neu bewaffneten Häftlinge das Feuer, sie erschossen die SS-Leute an der Mauer. Marek sah den Luftwaffenoffizier blutend taumeln. Er stürzte und blieb reglos liegen.

Die Schüsse hörten auf. Es wurde still. War das richtig gewesen? Das waren doch nicht die SS-Leute, die sie die ganze Zeit gequält hatten, das waren irgendwelche Ersatzverpflichtete, die man in SS-Uniformen gesteckt hatte! Er würgte an dieser Ungerechtigkeit.

Da rief jemand seinen Namen. Er drehte sich um.

Stani war aus der Krankenbaracke getreten. Er lief auf unsicheren Beinen, machte nur kleine Schritte. Aber er rief noch einmal: „Marek."

Marek ging auf ihn zu. Stani breitete die Arme aus und schloss ihn darin ein. Sein Bruder war nur noch ein Skelett, und er, Marek, kaum mehr. Aber sie lebten.

„Danke", sagte Stani. „Danke, mein Bruder."

Nachwort

Der Häftling mit der Gefangenennummer 95101, dessen Schicksal diese Geschichte inspiriert hat, hieß in Wahrheit Abram Merczynski. Er wurde als 21-Jähriger Ende August 1944 zusammen mit seinen Brüdern Isak und Zysman vom Ghetto Łódz nach Auschwitz und von dort zum Konzentrationslager Dachau deportiert. Nach dem Krieg quartierte man die Brüder in München in der oberen Etage des Hauses der Familie Sesar in der Loichingerstraße ein. Abram freundete sich mit Julius an, dem 14-jährigen Jungen der Familie, und schenkte ihm seine Geige.

Heute ist Julius Sesar ein alter Mann. Er gab die Geige vergangenes Jahr einem befreundeten Geigenbauer, Eberhard Thiessen, der sie nach Israel zu Amnon Weinstein schickte.

Abram Merczynski wanderte 1955 gemeinsam mit seinem Bruder Isak in die USA aus. Abram wurde 88 Jahre alt. Seine Tochter Eleanor sagt, dass ihm die Musik und das Geigespielen lebenslang wichtig blieben: „Es erhielt ihm die mentale Gesundheit."

Spielte Abram Merczynski tatsächlich im Lagerorchester? Der damals 14-jährige Julius bestätigte mir mehrfach mit Nachdruck, dass es so gewesen sei. Bei einem Besuch im Archiv der KZ-Gedenkstätte Dachau prüfte der Archivar, Herr Albert Knoll, die Unterlagen. Er hält es für unwahrscheinlich, dass Abram Merczynski zur Lagerkapelle gehörte, vor allem wegen seines Arbeitseinsatzes. Namenslisten zur Lagerkapelle existieren allerdings nicht, niemand kann mit absoluter Sicherheit sagen, wer dort spielte.

Wie sich dieses einzelne Schicksal zugetragen hat, bleibt also offen. Die Zustände in Dachau und die Rolle, die Musik im Lager spielte, sind aber gut dokumentiert. Abram Merczynskis Geige und Amnon Weinsteins Arbeit mit den *Violins of Hope* haben den Anlass gegeben, daran zu erinnern und an die Menschen, die als KZ-Häftlinge in Dachau leiden mussten.

Wir kennen die Fotos von der Befreiung des Lagers: Leichenberge und die ausgemergelten Überlebenden. Hinter jedem Verstorbenen und jedem Überlebenden verbirgt sich eine Lebensgeschichte. Sie bilden keine anonyme Masse von Opfern, es sind Menschen mit Sehnsüchten, Kindheitserinnerungen, Berufen, Familien, Freunden. Wir sollten sie nicht vergessen.

Dr. Alfons Czarkowski, der polnische Chirurg, hielt einige Kranke über Jahre in wechselnden Betten im Krankenrevier von Dachau versteckt, weil sie sonst aussortiert und vergast worden wären. Nach dem Krieg wurde er durch die U.S. Army im Krankenhaus eingesetzt, wo er die Behandlung von KZ-Überlebenden überwachte. Dort lernte er seine zukünftige Frau kennen, eine OP-Schwester. Sie übersiedelten später gemeinsam in die USA.

Die Figur des SS-Oberscharführers Köcher ist an SS-Oberscharführer Böttger angelehnt. Er verhinderte auf dem brutalen Evakuierungsmarsch, der am 26. April 1945 vom KZ Dachau aus seinen Anfang nahm, dass die Zivilbevölkerung den entkräfteten Häftlingen Wasser gab. Viele Häftlinge starben auf dem Weg. Als die Lage aussichtslos wurde, setzte er sich ab und begab sich nach München in seine Wohnung. Kurz vor der Besetzung Münchens durch die Amerikaner floh er mit seinem Fahrrad. Ehemalige Dachauer Häftlinge entdeckten ihn und brachten ihn zurück in das Lager. Am 15. November 1945 wurde Böttger im Dachau-Hauptprozess als Kriegsverbrecher angeklagt. Man warf ihm die Teilnahme an Exekutionen und die Misshandlung von

Häftlingen vor. Am 13. Dezember 1945 wurde er mit 35 weiteren Mitangeklagten zum Tod durch den Strang verurteilt. Einer der Mitangeklagten war Lagerführer Friedrich Wilhelm Ruppert. Vor Gericht wurde ihm unter anderem seine Beteiligung an der Exekution von neunzig russischen Gefangenen im September 1944 im Dachauer Krematorium vorgeworfen. Dort starb auch der talentierte Trompeter Kirilenko. Friedrich Wilhelm Ruppert wurde für schuldig befunden und zum Tode verurteilt.

Edgar Kupfer-Koberwitz berichtet von einem zwangsweise zur SS eingezogenen Wachmann aus der Luftwaffe, der sogar gegenüber den Häftlingen geäußert habe, wie sehr er die SS-Uniform verabscheue und dass er das nicht gewollt habe. Stanislav Zámečnik, ein weiterer Dachau-Überlebender, schildert in „Das war Dachau", dass eine der SS-Wachen, die am 29. April 1945 entwaffnet wurden und mit erhobenen Händen an der Lagermauer stehen mussten, ein Soldat der Luftwaffe gewesen sei, den man erst vor wenigen Wochen zur SS eingezogen hatte.

Willi Bader hatte die Häftlingsnummer 9 nach einer Rücküberführung aus dem KZ Mauthausen erhalten, ursprünglich war er in Dachau Häftling Nr. 18537 gewesen. Er starb im Frühjahr 1945 vom Hunger geschwächt am Fleckfieber. Es ist überliefert, dass ihn Mithäftlinge in der Totenkammer besuchten, wo er aufgebahrt worden war, und ihm die ersten Frühlingsblumen auf den Sarg legten.

Sämtliche im Buch angegebenen Lieder und Musikstücke wurden im KZ gesungen und gespielt, mit Ausnahme des „Hebräischen Liedes" von Joseph Achron. Während die Musik von der SS zur Demütigung der Häftlinge eingesetzt wurde, hatte sie auch die Kraft, einige von ihnen zu stärken und ihnen in einer menschenverachtenden Umgebung das Gefühl von Selbstwert und Menschlichkeit wiederzugeben.

Titus Müller dankt

Christoph Ganslmayer für Hinweise zur Musik und zum Instrument Violine.

Barbara Ellermeier für wertvolle Hinweise zur Recherche.

Albert Knoll und dem Archiv der KZ-Gedenkstätte Dachau für Nachforschungen zu Abram Merczynski und zu Willi Bader.

Eleanor Merczynski für zahlreiche Gespräche über ihren Vater.

Helga Preußler für engagierte Unterstützung bei der Literaturbeschaffung.

Eberhard Thiessen für erste, gute Hinweise zur Geschichte.

Stanislav Zámečnik, Edgar Kupfer-Koberwitz, Rudolf Kalmar, Max Mannheimer, Gregor Schwake und den vielen anderen, dass sie ihr Erleben und Erleiden im KZ Dachau aufgeschrieben haben, für uns, die Generation, die solche Unmenschlichkeit in ihrer eigenen Zeit vielleicht einmal verhindern können muss.

Christa Roth dankt

Familie Weinstein für ihre immerwährende Gastfreundschaft und Offenheit.

Daniel Schmidt für seine Hartnäckigkeit und Unterstützung bei der Recherche.

Dr. Birgitta Unger-Richter für Hintergrundinformationen zu Dachau.

Alexander Hülshoff für seine aktive Mitwirkung und wertvollen Ratschläge.

Matan Battat für die Hilfe bei Übersetzungen.

Quellen

Guido Fackler: „Des Lagers Stimme". Musik im KZ, Edition Temmen 2000

Guido Fackler: „Musik im KZ Dachau", in: Musik in Dachau, Ausstellungskatalog 2002

Sascha Feuchert, Erwin Leibfried, Jörg Riecke (Hrsg.): Letzte Tage. Die Łodzer Getto-Chronik Juni/Juli 1944, Wallstein 2004

Rudolf Kalmar: Zeit ohne Gnade, Schönbrunn 1946

Hermann Kruk: The Last Days of the Jerusalem of Lithuania: Chronicles from the Vilna Ghetto and the Camps; 1939–1944, hrsg. von Binyamin Harshav, New Haven, Connecticut: YIVO Institute for Jewish Research, 2002

Mila Kuna: Musik an der Grenze des Lebens. Musikerinnen und Musiker aus böhmischen Ländern in nationalsozialistischen Konzentrationslagern und Gefängnissen. Zweitausendeins, Frankfurt 1998

Edgar Kupfer-Koberwitz: Die Mächtigen und die Hilflosen. Als Häftling in Dachau, Vorwerk 1960

Andrea Löw: Juden im Getto Litzmannstadt, Wallstein 2006

Max Mannheimer: Spätes Tagebuch, Pendo 2000

Musik und Gesellschaft: Musik in national-sozialistischen Konzentrationslagern, aus: Aus Politik und Zeitgeschichte (APUZ) 11/2005

Thomas Rahe: „Höre Israel". Jüdische Religiosität in nationalsozialistischen Konzentrationslagern, Vandenhoeck & Ruprecht 1999

Gregor Schwake: Mönch hinter Stacheldraht. Erinnerungen an das KZ Dachau, Aschendorff 2005
Nicole Warmbold: Lagersprache. Zur Sprache der Opfer in den Konzentrationslagern Sachsenhausen, Dachau, Buchenwald, Hempen 2008
Stanislav Zámečnik: Das war Dachau, Fischer 2007

www.holocaustresearchproject.org/einsatz/ponary.html
www.yadvashem.org/yv/en/exhibitions/vilna/during/ponary.asp